本书部分照片来源于网络，因权源不清，故未一一标注，请权属明晰者见书后与作者联系，邮箱 :Longtang2019@163.com

陈建兴　著

弄堂轶事

上海人民出版社

图书在版编目(CIP)数据

弄堂轶事/陈建兴著. —上海：上海人民出版社，
2024
ISBN 978-7-208-18744-3

Ⅰ.①弄…　Ⅱ.①陈…　Ⅲ.①散文集-中国-当代
Ⅳ.①I267

中国国家版本馆 CIP 数据核字(2024)第 034547 号

责任编辑　赵蔚华
特约编辑　盛颖颖
美术编辑　雷　昊
封面题字　陈佩秋
封底题字　车鹏飞
篆　　刻　孙　浩

弄堂轶事
陈建兴 著

出　版　上海人民出版社
　　　　　(201101　上海市闵行区号景路 159 弄 C 座)
发　行　上海人民出版社发行中心
印　刷　上海商务联西印刷有限公司
开　本　720×1000　1/16
印　张　22.5
插　页　3
字　数　313,000
版　次　2024 年 3 月第 1 版
印　次　2024 年 3 月第 1 次印刷
ISBN 978-7-208-18744-3/I・2135
定　价　78.00 元

序一 晶莹的记忆之珠

读了建兴先生的散文集《弄堂轶事》，掩卷回想，脑海中迭现出无数熟悉的情景和画面，还有很多让人难忘的人物。那是20世纪上海的弄堂生活，是飘漾着烟火气息的市井风情，是真实可亲的人间悲欢，是生活中的真善美。书中所描述的场景和气息，对我来说都不陌生。建兴先生的童年和青少年时代的很多经历，都是我熟悉的。这是一种发自本心的真实的回忆和记述，写得生动细致，让人有如临其境的感觉。不仅是个人生活的回忆，也可以让读者从中了解20世纪上海市民的日常生活。

人的记忆，如同潜藏在蚌壳中的珍珠，岁月之河的流逝，不会磨灭这些记忆的珍珠，反而会使其更加晶莹清亮。当然，并非所有人的记忆都会成为珍珠，只有那些热爱生活、热爱生命、珍惜岁月的馈赠、珍惜人间情谊的人，才会在回忆过往的时光时，捧出一把把晶莹的记忆之珠，让人发现人生的意义，发现生命的多彩。

建兴先生记忆中的往事和人物，不模糊，不含混，都是真切清晰的。他对童年生活中的种种经历，如数家珍地徐徐道来，仿佛就发生在昨天。读他的文字，可以听见昔日弄堂中的人声喧嚷，可以闻到从邻里楼阁中飘出来的生活气息，也可以认识老老少少各种各样的人物。尽管家境清贫，生活中并不事事顺心，但童心的纯真，童年的欢乐，人间美好情感的交流，在任何时代都不会缺失。

建兴先生对昔日生活的回忆是全方位的，很多细节和场景，那么深刻地藏在他的记忆中：木拖板、白衬衫、蓝裤子和白球鞋、储蓄罐、压岁钱、元宵灯谜、兔子灯、小菜卡、煤球店、老虎灶、蝈蝈、火花、零食、糖纸头、手工编织、乌龟车、军棋、足球、康乐球、电影票、照相机、三五牌台钟、挂历、公交月票……这些童年和青少年时代触摸过的事物，每一件都引发出他记忆中生动的故事，也联系到与之相关的人物。他的描述非常生动，不是简单空泛的介绍交代，而是有声有色的描写，文字中有精微的细节，有曲折的故事，有生动的表情，有香甜苦辣的气味，有高低起伏的声音。这样的文字，引人入胜，是能吸引读者的。正如作者所言："人对味道的记忆是有感情的。那些苦涩的回忆，留下多少难忘的瞬间。"

建兴先生写弄堂见闻，写童年趣事，写各种各样生活中的物件，文章的最终落点，都是写人，写人情，写人性。一个孩子的成长，必定会受到环境的影响，是很多人用自己的善良和仁爱，让孩子感受到人间真情，懂得做人的道理。书中写了很多人物，父母兄弟，童年的伙伴，少先队辅导员，宅心仁厚的鲍老师，心有大爱的巡夜老伯，家门口的"赤脚医生"，弄堂口的修鞋匠……每一位出现在书中的人物，都给人留下很深的印象。

书中最让我感动的，是对亲情的描绘。父亲、母亲、哥哥，不断地出现在建兴先生的回忆中。母爱和父爱，无微不至地浸润在生活中的种种细节中。生活的窘迫和家境的清寒，并没有妨碍父母对子女付出温暖的关爱。如那篇《白衬衫、蓝裤子和白球鞋》，就很生动地记录了父母对儿子的爱，母亲通宵缝补裤子，父亲用白粉涂球鞋，这样的情景，让人动容。书中有篇回忆父亲的文章，写得情深意挚，文中的很多细节让人难忘。父亲用献血的营养费买肉回家，抽价格便宜的劣质香烟省下钱为儿子缴学费……"父爱是一种默默无闻，是一种寓于无形之中的感情，让我的童年充满阳光。”

让童年充满阳光的，不仅是父母之爱，还有手足之情。出现在回忆中的哥哥，也让人难忘。为了满足弟弟的心愿，给弟弟创造一点快乐，哥哥费尽心机，为弟弟自制康乐球。去农场后，还利用工余时间，精心为弟弟裁剪缝制了一套“的确凉”面料的绿军装。这样的兄弟情，非常难得。建兴先生的哥哥，让我联想起自己最近写的长篇小说《手足琴》，小说中，哥哥大麦亲手为热爱音乐的弟弟荞麦制作了一把小提琴。虽然是虚构的故事，但也是源自生活，是那个时代的兄弟情深。

建兴先生讴歌亲情，不止于写父母对孩子的关爱，也写到了儿女用实际行动对父母的感恩和回报。书中有几个情节，给人深刻印象。建兴兄弟几个见母亲在寒风中上班很冷，相约拿出藏得很深的压岁钱，给母亲买了一个挡风保暖的口罩。建兴还用自己劳动所得的零花钱，为母亲买了一个铝饭盒，让母亲感动得流泪。《父亲的卷烟器》一文中，兄弟俩倾心尽力为父亲卷烟，最后和母亲一起，帮助父亲成功戒烟……孩子的成长过程中，有这样的经历，是多么美好，也是多么有意义的事情。这对少年人未来的人生，是一种希望的预示。

我和建兴先生是同时代人，虽长他几年，但我们经历了相同的时代。承蒙建兴先生信任，让我成为这本书的第一批读者，并为之作序。读这本书的过程是愉悦的，也不时触动我情感的神经，让我感动，让我共鸣，并引发我的回忆和思考。这本书，是建兴先生对上海弄堂生活的回忆，是他自己成长过程的真实记录，这样的回忆和记录，也是一种历史书写，真实的历史，正是由很多这样的回忆和记录组合而成的。这正是这本书的可贵价值。

由衷地祝贺建兴先生，写成了这样一本有意思的好书。

上海市作家协会副主席　赵丽宏

序二　一代上海人的记忆

建兴又要出书了，这是他的第三本书。记忆之中，他出版第一本书《燃情岁月》，似乎是刚刚发生的事。现在，第三本书又要出版了。可见他创作之勤奋、出手之快。

正如他的书名《弄堂轶事》所提到的，这本书里的随笔体散文，写的都是弄堂里的人和事。

我也是在上海的弄堂里长大的。为了写好这篇序，我饶有兴趣地打开了这本书。说老实话，书里的不少文章，发表在报刊上时，我都读过了。一来是认识建兴，二来是对他的文笔熟悉，三来是他的文章一般都不长，花一小点时间就读完了。

收录进《弄堂轶事》里的随笔体小散文，可以分为几类：一类是已经消失了的弄堂情景，比如《踢踢踏踏木拖板》《老虎灶茶馆》《红灯牌收音机》等。另一类是正在渐渐淡出人们的记忆现象，再也不像当年那么引起弄堂里所有人关注了。比如书中写到的书场、阅报栏、夜幕下的巡夜老伯、养蝈蝈、路灯下的“四国大战”……我生活的现在这条弄堂，仍辟有阅报栏。恕我直言，走过路过的远近邻居们，几乎没什么人走进去阅报。即使是疫情期间，几次“兜圈子”走过报栏，我走近去看过，报栏里全是过期的报纸。据说市中心和近郊的一些老镇

上，书场还是有的，但听众不多。个别有特殊爱好的孩子，仍有养蝈蝈的，只是再也形不成我们的童年时代那类现象了。巡夜的老伯，仍时有所闻，大多数是只摇铃，不再吆喝了。

《弄堂轶事》中还有一类文章，建兴不写出来，我们这些“过来人”都已忘记了，比如《那些年的“差头”叫乌龟车》《弄堂有家服务站》《侬吃过麦淇淋蛋糕哦》《黄鱼车忆旧》……他若不写下来，我们这些曾经从弄堂里走出来的老上海人，也都置之脑后，想不起来了。所以每读完他这类文章，我都会情不自禁地露出一缕会心的笑纹。

我这么一介绍，建兴这本《弄堂轶事》出版的意义也凸显出来了。他的轶事，写的虽然都是弄堂里的小人物、“小事体”（这话要用沪语来读），但是留下来的，却是整整一代上海人的记忆。

行文至此，不由得想起一位有见地的作家说过的话：文笔记录下来的有意思的人和事，最终都会留给历史的。

30 多年前，一位摄影家曾经送过他的摄影作品册给我，这本摄影册的书名叫《正在消失的上海弄堂》。那个年头，上海正处于大力发展房地产的前夕，很多的老式里弄和弄堂里的老房子正在被拆除，准备建造我们现在四处可见的高楼、小高层和多层居民楼。他对我说，我现在是拍不过来呀，到处都在拆，从杨浦赶到虹口，从黄浦赶去南市，从南市又到卢湾……事实证明，这位专拍即将消失的上海弄堂的摄影家，不但摄影技术精湛，还是一位有思想、有追求、有历史责任感的摄影大师！正是通过他的这本摄影作品集，平时在我眼里司空见惯的弄堂景象，成了颇有意味的特殊风景。

我觉得，建兴用他的一篇篇随笔体散文，写下来的也都是耐人寻味的小品、精品，也能给上海弄堂的历史和风景增添画龙点睛的色彩和难以忘怀的记忆。

相信每一个喜欢上海的读者都会热爱建兴的《弄堂轶事》。

是为序。

上海市作家协会副主席　叶辛

序三　来自往昔时光的善良和感动

《弄堂轶事》是陈建兴先生继2019年出版《弄堂旧趣录》后，埋头写作的又一本关于上海弄堂的纪实作品集。我曾为《弄堂旧趣录》写过一篇《弄堂里格“日脚”是哪能过格》的序文。也许是我当年写序的认真态度感动了他——确实，我每每写序，生怕对不起作者的辛苦笔耕，对不起朋友的殷殷期待，也对不起买书的读者，总是认真地一页页读作品，一遍、两遍……画满条条杠杠圈圈点点的红笔记号，不敢有任何懈怠——日前，建兴又兴冲冲地找我，还带着点忐忑的神情，希望我为《弄堂轶事》写序。没想到，他对弄堂如此执着，如此留恋、痴迷！深深地感动了我。

上海的弄堂就是北京的胡同，是这座远东最国际化的现代大都市的底色，魔都的所有奇幻迷人的色彩，追根溯源都来自星罗棋布的弄堂和生活在弄堂里的人们。如果说马路是上海的主动脉，吞云吐雾，血脉偾张，那么弄堂就是上海的毛细血管，所有社会、人生的微循环都在弄堂里悄悄地不引人注目地运行着，那是一种细水长流，很少有轰轰烈烈的，但细水长流，水滴石穿，以它持续不断的“韧性”塑造着人性。《弄堂轶事》记录的大都是在宏大历史叙事中不起眼的起居生活中鸡毛

蒜皮的小事，正是这些“上大人”不屑的细枝末节是我们须臾离不得的最要紧的，就像空气，看不见，摸不着。从时间的维度，《弄堂轶事》几乎涉及每天从早到晚、一生从小到大的弄堂生活。从空间的广延，它又牵扯事无巨细的弄堂生活的角角落落，辐射与弄堂相关却走出弄堂的方方面面。随着作者笔墨的引导，我们走进了弄堂拐角的老虎灶、家对门的煤球店，不期而遇无论刮风下雨夜幕下摇铃巡夜的郁老伯伯、弄堂口修鞋的老皮匠……每每读到：春节前，老皮匠起早摸黑给弄堂里老人小孩做新鞋，准确无误送上门，从不像今人随行就市涨价，在年初一人们穿上新鞋的一刻，他“才卷着铺盖踏上回家的路”，我不觉得心中凄然。特别是，90 年代，旧区改造，老皮匠从这个弄堂口搬到那个弄堂口，直到有一天所有弄堂都拆平了，老皮匠再也不见了踪影……此中埋藏着多少的令人唏嘘忧伤的故事！读着读着，我仿佛看到了从小皮匠到老皮匠，从挺直的腰板到佝偻的身姿，从年轻的面容到爬满皱纹的脸庞，他小榔头捶打楦头的声音一直在我耳边回响。今天我们的艺术创作苍白失血，读读《弄堂轶事》，可以发现多少创作的富矿啊！

《弄堂轶事》就像一部在我们眼前展开的不见尽头的上海市民世俗生活长篇连续剧：清晨四五点怀揣着小菜卡在菜场排队，阳光灿烂的冬日里三三两两“孵太阳”的老人，夜晚元宵节吃汤圆做兔子灯，20 世纪 90 年代前摩托车送电报激起的弄堂的不安骚动，竹壳子热水瓶，还有竹席竹榻竹椅子竹篮头竹淘米箩……往事不时像一个幽灵闪烁穿行在字里行间，从《过街楼下》最终消失的苏北小皮匠到《弄堂口的皮匠摊》里的老皮匠；从自己搜肠刮肚藏压岁钱零花钱到父亲藏私房钱，在住房拥挤、家具简陋的年代，要在几乎一览无余的房间里藏钱，其难度所需要的智商，简直不亚于特工的秘密工作。陈建兴无意中为我们的时代留下了一幅幅弄堂的肖像画。就像我们今天走进欧洲的博物馆，从巨幅肖像中看到过去的欧洲一样。不同的是，那是色彩，而建兴用的是文字。

生活是最广义最本质的文化，细节是文化最鲜活感性的呈现和演绎。我们可以凭空说出一大堆关于历史、社会、人类的理论，但再有学问也无法虚构、想象出弄堂生活家长里短的细节，那些藏在墙缝、门背，那些时间缝隙的种种细节。生活，如果粗看就像一堵粉墙，光滑、洁白，但细细打量，你就会触摸到粉墙细微的肌理走向和起落变化。《弄堂轶事》注重于生活场景的细节钩沉，而且不回避一些似乎让我们难堪却充满了编也编不出来的极为戏剧性的场景和细节：做木拖板的细节、穿木拖板带来的乐趣和尴尬。就像早晨生煤炉弄堂里四处弥漫的烟雾一样，《弄堂轶事》字里行间散发着上海市井生活曾经的烟火气。弄堂邻里固然有古道热肠的相助、不分彼此的友好，但蜗居的局促也难免有磕磕碰碰。作者像个社会学家，还专门把《吵相骂》分成婆媳类、灶披间类、夫妻类，在灶披间费尽心机不动声色地占公共部位，描写得生动细致，跌宕起落。《恶作剧》则像一篇微信小说，从母亲和储家姆妈放马桶，到自己参与恶作剧，自鸣得意，几十年后储家阿宝解密他当年对自己的秘密报复，和两家私下的互帮互助，满满的轻喜剧色彩。

我把它视为上海弄堂的一部有体温的努力“活着”的“微型百科全书”。陈建兴的弄堂书写，在一定程度上，写出了现代人对生命和文化的“根”的依恋。在急剧变化的现代社会，我们越来越感受到一种无根的失落、软弱、恐惧、沮丧和迷茫，从而导致了对“根性文化”的关切。在很长的时间里，我们急匆匆地追赶现代的发展速度，而忘却了曾经拥有过那么日常养育、滋润过我们生命和灵魂，星罗棋布的上海弄堂。

在《童趣》篇，他记录了那个物质贫乏年代的孩子生活，那是我们的初心所在地。我们遇到了稚气未脱的少年陈建兴，他有着属于自己的“私生活”，和这些私生活带来的乐趣和享受，昏暗路灯下，赤着膊“四国大战”下军棋；元宵夜拉着大兔子灯领着20多只兔子灯，神气活现地当兔王……也许美好的生活需要钱，但我们也发现，许多时候有了钱未必就有幸福和快乐，甚至还带来了不少烦恼和痛苦。作者一点不回避自己小时候是一个调皮的孩子，做了许多让母亲担心、被母亲责备、属于孩子的小小的“坏事”。时代过去了，这些小坏事的乐趣却穿越了岁月的风涛，感动着我们。童年的记忆是深刻的。直到我年逾古稀，我自己还会和小外孙、小外孙女做些让他们开心的小“坏事”，满足一下他们好奇的童心。《弄堂轶事》提醒我们，纯粹的快乐和幸福，需要物质，但更多的源于精神世界的满足。

《弄堂轶事》有许多非常真切动人只属于个人的回忆。陈建兴和我一样，出身贫寒。他至今清晰记得，小学时，不少学期学费都是免费的。有时，同学间发生口角，被人说成是“不缴学费读书的人”。他描绘当时的心情“既气馁又有点难为情”。其实，我知道，那不是一般的“说成”而是带有一些羞辱的“相骂”。自己的心情除了“气馁和难为情”，还有一丝低人一头的屈辱感。好在“穷人的孩子早当家”，后来，开学前，他砸开储蓄罐，拿出积攒的零用钱缴学费。《弄堂轶事》的细节中饱含浓浓的化不开的感情。建兴以历经沧桑的目光打量触摸留存在旧日时光的故事和场景。不少细节都饱含了写作者的深深牵挂和浓郁的感情。特别是有一篇说到父亲为了儿子能体面地缴学费，不惜三次献血、抽劣质烟，闲暇时，从床上的席子底下翻出儿子在学校的奖状，“用手指蘸着口水数着一张张奖状”。偷存私房钱只是为了给少年的作者买一双高帮篮球鞋。母亲一路辗转，最后步行几小时到农场，没有见到儿子，“坐在寝室床上”的伤心痛哭。一件件，一桩桩，读来让人心酸。全书有许多这样甜蜜而温暖的人生忧伤和痛苦，一去而不复返，让我们难以忘怀！

记忆是个人的，也是属于一个时代的所有孩子们的。像手脚患冻疮的细节描绘（奇怪，现在的孩子好像很少会生冻疮了），闻到油墩子香味的馋相（油墩子确实诱人，直到今天我自己也还会不时买个热油墩子，一个人偷着乐），六一儿童节穿白衬衫蓝裤子系上红领巾那么单纯的快乐（连同用粉笔涂白跑鞋的细节），女同学用钩针编结玻璃丝小饰品（那个年代的男同学不时会收到同桌同班女同学送的玻璃丝编的小花小蝴蝶）。

陈建兴会把藏压岁钱的信封贴在床底的铺板上，“揩油”的钱塞在臭袜子里，会偷窥父亲的私房钱秘密，要挟父亲，还会无伤大雅地恶作剧。就是“迪个”小辰光调皮捣蛋又聪明机灵的小囝陈建兴，内心铺了弄堂底层生活的底色，而且真正地“不忘初心”，才最终成就了一个始终把黎民苍生挂在心上的“全国百佳人民好公仆”的陈建兴！

打捞城市往事，留下城市文脉。《弄堂轶事》的阅读是一件非常让人愉悦的事。它文字明白晓畅，就像弄堂接水站、灶披间打开的龙头里流出来的自来水，又指向不远的过去，更向着广阔的未来。

在《弄堂轶事》我读到了弄堂里人和事，也读到了善良和感动……

原上海艺术研究所所长　毛时安

目录

第二篇　拾集

第三篇　漫忆

第四篇　小暖

第五篇　至味

第一篇　童趣

童年的记忆像是一方神秘的宝盒，盛满了难以计数的无价之宝——有着欢笑和温馨的节日片断，至今仍萦绕鼻翼、回味无穷的趣味零食，记忆犹新的国内外电影，那些靠自己挣来的零花钱，老师无微不至的爱和鼓励，课堂上突然鸣叫的蝈蝈，甚至那些年少不了的“竹笋烤肉”……虽然也有少时的伤感和无助，但童年的记忆却依旧是鲜活的、醇香的，幸福感从来不曾缺少的。

踢踢踏踏木拖板

木拖板，现在不少年轻人已不知为何物了，而我们20世纪五六十年代过来的人，却在它“踢踢踏踏、踢踢踏踏”的声音中，走过了童年的岁月。

哥找来了一块木板，把我的两只鞋子放在板上，用木工笔沿鞋边画出了两只鞋样，又用钢锯锯出了鞋底板。哥很细心，他用柴刀将鞋底板的前掌劈出了一个弧度，使前掌略低，又用砂皮打磨了一遍鞋底板。哥将邻居讨来的自行车内胎剪成了横搭襻，让我试了大小，就用鞋钉将横搭襻钉在了鞋底板的两侧。这样，一双简易的木拖板做好了，它虽分左右脚，却并不怎么明显。

可没过多久，一只木拖板裂成了两爿。哥只好找来木板重新为我做了一只。就这样，我穿着两块不同的木板做成的木拖板在弄堂里的弹街路上奔跑着。

弄堂里也有人家做的木拖板很考究，不仅木质好，还用帆布带做横搭襻，做成的木拖板有前掌与后跟，并且还刷上了清漆。洗好后经常挂在竹节架上晾晒，有点“扎台型”的味道。

木拖板是弄堂人家夏天脚上的主要穿着。虽然它脚底实梆挺硬，可穿着凉快、易洗，老老少少都爱穿。无论是马路上、

弄堂里，还是屋里向，木拖板有节奏感的声音此起彼伏，别有一番情调，是弄堂一道流动的风景线。没有木拖板“踢踢踏踏、踢踢踏踏”的声音简直就不是弄堂的夏天。

蒙眬中，听到有人趿着木拖板出门倒马桶的声音，预示着新的一天又开始了。夜深时，马路边乘风凉回家的人，阵阵木拖板的拖趿声，惊醒了在家门口纳凉睡着的人，“烦煞了”，他们嘟哝了一句，一侧身又睡着了。隔壁邻居“吵相骂”了，一拨人争着去看“闹猛”，整条弄堂木拖板的声音响成一片，好似一首弄堂交响曲。

整个夏天，我都是穿着木拖板的。玩斗鸡、玩跳山羊、玩官兵捉强盗，因为跑得太多，木拖板上的横搭襻松脱了，我便歇下来，路边找块砖头，拔出钉子将横搭襻重新钉牢，又奔了起来。就这样，松了钉、钉了松，久而久之，木拖板侧面钉钉子的木板酥脱了，我便将横搭襻的一头钉在木拖板上，一跷一跷地照走不误，可没过多久，横搭襻松脱的钉子扎到了我的脚，痛得我龇牙咧嘴地坐在了地上，脱下脚上的木拖板夹到了腋下，赤脚照玩不误。

一阵暴雨过后，弄堂成了一条小河，我们却开心得不得了。木拖板浮到了水面上，我们在混沌的水中蹚来蹚去，双手各拿一只木拖板，相互追逐着，打起了水仗。我把抢到的一只木拖板扔到了人家的屋顶上，那孩子告状到我家。母亲见我浑身上下湿透，像只“水老鼠”，夺过我手中的木拖板就是一顿暴揍，痛得我捂着屁股连连求饶。晚上，我扒下裤子让弟弟看红肿的屁股，他却数起了层层叠叠木拖板的前掌印。

穿木拖板也出过不少洋相。一次，几个小伙伴去万航渡路一户孤老家送西瓜。石库门房子的楼梯特别陡，灯光又幽暗，我脚一蹩，连人带西瓜滚下楼梯，一只门牙也摔得摇摇欲坠，吓得老人在楼梯上直呼“要命了，要命了”。回到家里，母亲见我脚上有几处挫伤，瞪着眼睛问我与谁打架了，我道出了原委。这次，母亲非但没给我“吃生活”，还拿出红药水帮我涂了伤口，更开心的是母亲还帮我买来了一根棒冰，让我有点受宠若惊。

还有一次，我穿着木拖板去愚园路上捉知了，在一棵棵梧桐树上寻觅着知了的踪影，冷不防脚底下的木拖板已被烈日晒软的柏油牢牢粘住了，我用力一拔，横搭襻断了，急得我用手去抠柏油里的木拖板，却弄得双手沾满了黏糊糊的柏油，搓也搓不掉。情急之中只好跑到华阳路安乐厂门口的黄沙堆上拼命地用黄沙搓，直到把手脚上的柏油搓得无影无踪才敢回家，可双手双脚的皮肤却被搓得通红通红的。

夏日里，木拖板的拖趿声随着城市的改造而远去了。如今，只留在了弄堂人的可贵记忆里。

儿时的压岁钿

离春节还有大半个月，我就掰着手指头算着还差多少天可以拿到压岁钿了。

压岁钿，是我过年时最大的期盼，这是一年中唯一能自行分配的钱。虽然压岁钿不多，但已让我兴奋得一个晚上睡不着觉了。

平常的日子基本没有零食吃，口袋里也没什么零花钱。过年有了压岁钿，那可不一样了。我会拿着压岁钿买零食，买鞭炮，买小人书，买香烟牌子。那些日子，我走起路来也是“神抖抖”的。

年夜饭后，母亲拿出早已准备好的用红纸包着的压岁钿，壹角、贰角、伍角的钞票都是“赤刮勒新”的。见压岁钿只有捌角，有些少，我与弟又盯着父亲讨，父亲面露难色，经不住我俩的蛮缠，趁母亲在洗碗，父亲爬着凳子，从阁楼上掏出一只皮鞋盒，暗示我与弟不要声张。哦，原来是父亲的私房钿。父亲从皮鞋盒中的书里迅速抽出两张壹圆的，给我与弟各一张，哥也在一旁伸手要，父亲只给了他一张伍角的，哥默不作声把钱藏进了口袋。父亲又把皮鞋盒塞进了阁楼，这一切堪称“闪电战”，母亲一点也没察觉，兄弟三人却开心得龇牙咧嘴，

却没有笑出声来。

大年初一起床，我就给哥磕了头。哥一脸疑惑地看着我，问："侬做啥?""给我压岁钿。我帮侬磕过头了呀!"哥一听要钱，双手紧紧捂住了口袋，头摇得像拨浪鼓似的。"勿来三，我都给你拜年了。"说着，我用手掰开哥捂着口袋的手，哥仍旧不肯，可我死缠着他。无奈，哥拗不过我，背转身去，极不情愿地从红包中拿出一张壹角的新钞票塞给了我。弟一见这阵势，拔脚就溜出了家门。

知道母亲会在春节后以"帮侬做件新衣裳"为由，"回收"压岁钿的。我拼命在弄堂里的烟纸店买零食吃。盐金枣、青津果、半话李、陈皮条、萝卜丝、弹子糖、卫生橄榄和白糖杨梅，几乎把烟纸店里的坛坛罐罐里的零食吃了个遍，好在那时的零食便宜，都是一分二分一包的。

我又去了曹家渡长宁支路口的那只小摊头，摆摊的老头卖不少花式的鞭炮、洋泡泡等小玩具，四周弥漫着一阵阵呛鼻的火药味。小摊头前挤满了穿着新衣的小孩，一个个脑袋挨在一起，男孩子大都买掼炮、火药纸和小鞭炮。买好了就在摊头旁掼的掼、放的放，"乒乒乓乓"，"嘭—啪—"的鞭炮声不绝于耳。辫子上扎着蝴蝶结的小姑娘都挤着买洋泡泡，一个小姑娘嘴对着洋泡泡用力吹着，"啪"的一声爆裂了，气得小姑娘嘟哝着嘴，不一会儿又吹起了另一只洋泡泡。

我在小摊头前徘徊着，想买一串100响的小鞭炮走着放。一问要三角五分，犹豫了半天还是舍不得买，就花了二三分钱买了几只小掼炮往地上扔，炸开的声音特别响，也蛮开心地回家了。过了年，母亲几乎年年都会以各种借口问我要回压岁钿的。为了不让母亲讨回压岁钿，我先是把多余的压岁钿藏到了沾满灰尘的破棉鞋中；想想不放心，怕母亲晒棉鞋，又把压岁钿夹到了旧书中；怕弟弟翻书拿走压岁钿，我又爬到骨牌凳上，将压岁钿藏到了碗橱上；又怕被哥发现，最后我把压岁钿放在信封中，爬到床底下，将信封用橡皮膏粘贴在铺板上。床底下“黑咕隆咚”的，不会有人爬到床底下朝上看的，这下我终于放心了。

春节后没几天，看到母亲急吼吼地捂着嘴巴，冒着凛冽的寒风上班去，哥把我与弟叫到跟前，说是每人出三角钱，帮母亲买一只口罩。我满口应允，二话不说，趴着身子去床底下拿压岁钿，见我满身是灰地从床底下爬出，哥傻了眼：“姆妈，侬来看哦，伊拨钞票藏到迪种地方去哦。”

元宵节包汤团、玩兔子灯

童年的元宵节记忆是多彩的。那时，虽然没有豪华壮观的花灯和绚丽多彩的烟花，但有父母、兄弟姐妹的陪伴，有弄堂的小伙伴一起玩耍，那份深深印在心底的记忆依旧醇香。

听说离家不远的少年宫有猜灯谜的，我便叫上左邻右舍的七八个小伙伴直奔少年宫。灯谜写在了红红绿绿的纸上，贴在宫灯上供我们竞猜，猜中者可揭下谜条去兑奖，能得到铅笔、橡皮、蜡笔和卷笔刀等奖品。灯谜大都是成语谜、俗语谜、人名谜和地名谜，饶有趣味的，一撮撮的孩子在谜语下沉思。记得有一次我猜中的一条谜语是“两个胖子在一起”，打一地方名，我一番搜肠刮肚后终于想到“合肥”这个地方，领到了一包心爱的蜡笔。

“元宵”是元宵节必吃的食物。母亲用春节藏下来的糯米粉包“元宵”，上海人也叫汤团。对于包汤团，父母是有分工的：父亲与哥“乒乒乓乓”斩菜斩肉包菜肉大汤团，母亲与姐“咚、咚、咚”地用石臼子捣黑芝麻，拌上猪油和绵白糖，揉捏成黑洋酥包宁波汤团。忙碌了大半天，甜的咸的馅心做好后，母亲使劲把糯米粉倒进面盆里，加入些许温水后，反复揉搓成面团，再摘成一小块一小块的面团，即可包汤团了。

母亲手搓的宁波汤团个头只有桂圆大小，却皮薄馅大，滚圆滚圆的。父亲手捏的菜肉大汤团两头尖尖的，中间鼓鼓的。做好的汤团，母亲会用湿纱布盖在上面、防止干裂。

煮汤团了，我也挽起袖子来帮忙了。我将锅盖上的汤团一股脑儿全倒入沸水中，水花溅到了我的手上，烫得我哇哇直叫，把锅盖也扔到了地上。怕汤团粘锅底，我又用饭勺子去搅拌汤团，几只汤团被我戳破了皮，清水变成了芝麻汤。第二锅汤团母亲硬是不让我插手了，只见她将汤团沿着锅边一只只轻轻放入，不一会儿，沸水将白白胖胖的汤团翻涌而出，那晶莹剔透的汤团令我垂涎三尺，我迫不及待地用调羹去舀了一只，咬上一口，流沙状的黑洋酥淌了出来，细腻、甜香、绵柔自始至终缠绵在我的嘴唇、牙齿和喉咙。母亲又帮我盛了满满的一碗汤团，我刚刚端了起来，天空中响起了炸雷般的响声"嘭—啪—，嘭—啪—"，弄堂里有人燃放了"高升"，我立马放下饭碗，爬上了老虎窗，四处的烟花尽收眼底，衬着漆黑的夜幕，艳丽夺目。

拉兔子灯是我儿时最有印象的元宵记忆。

扎兔子灯是父亲每年元宵节前必做的一件事情。元宵节的前几天，父亲拿出老虎钳、旋凿、钉子、蜡烛、细铁丝和小木板等，戴上一副纱手套，他将几根竹片削成了竹篾，折弯，加以细铁丝固定，扎成了兔子灯的骨架，四只轮子是自行车摊淘来的废轴承做的，然后在兔子灯的骨架上用糨糊贴上薄的白纸，纸屑粘出兔子毛。我还在兔子灯上贴上几只香烟壳子上剪下来的图案。父亲又在骨架底部钉上一块小木板，反敲一只钉子，插上一根小蜡烛，兔子灯算是完工了。父亲做的兔子灯有眼有鼻有嘴，特别是那对大耳朵向上竖着，好像在聆听弄堂人的欢声笑语。

我拉着兔子灯满弄堂地跑，兔子灯在弹街路上颠得摇摇晃晃的，蜡烛老是忽明忽暗的。弄堂的前前后后，到处都是拉着兔子灯的孩子们，整个弄堂被兔子灯的烛光映照着，不时传出孩子们一串串清脆的笑声。

父亲带着我拉着兔子灯一直走到了中山公园门口，只见上百只兔子灯在广场上转悠，它们造型不同，色彩各异。有几只奇异的兔子灯深深吸引着父亲的目光。往后几天的晚上，我照拉着兔子灯去中山公园门口玩耍，几天的拖拉，“兔子”的屁股被磨掉了一大块，肚子也被路面蹭破，轮子也掉了一只，奔跑中我的兔子灯与另一只兔子灯撞在了一起，两只“兔子”都四脚朝天了，火苗蹿出，望着兔子灯燃起了熊熊烈火和星星余烬，我带着一种说不出的寂寞回家去了。

春游长风公园

又是一个春暖花开的季节，这让我想起了童年春游那些有趣的事。

去长风公园，那是我梦寐以求的地方，这消息使我整整兴奋了一个多星期。

我们是自带干粮步行去长风公园的。行进在苏州河畔，我们尽情唱着“三大纪律、八项注意”等革命歌曲，一路走，一路唱到了长风公园。

铁臂山，是我童年爬的第一座山。山下，班主任曹老师一声令下，全班一拥而上，比谁先登顶。一时间，石阶上尽是爬山的同学。我心生一计，便抄小路爬坡登顶，落叶、树杈、碎石、荆棘充满山坡，凹凹凸凸的，几块突兀的石头，差点被它绊倒。

我气喘吁吁，渐渐地体力有些不支了，脚上似乎绑了块大石头。回头一看，后面竟然有同学紧跟着我，眼看要追上我了，我脱下外衣，手脚并用一鼓作气地向山顶冲去，终于第一个到达顶峰，累得坐在一块大石头上喘着粗气，欣赏着银锄湖的美丽景色。后面登顶的同学知道我从陡峭野坡上爬上来的，都问我不怕滚下山去啊，我笑着说，怕就不爬坡了。

“勇敢者的道路”是男生必去的地方。这里有十几道障碍：跨战壕、攻碉堡、走独木桥、钻铁丝网、翻障碍墙等，惊险，刺激，有趣，我几乎把每个项目玩了一遍。

独木桥乃是一根圆木，既光滑又湿答答，是有同学把水浇在了木头上。我走上独木桥，伸直着手臂，让身体平衡，有人在后面猛蹬了一下，我心里一慌，从桥上摔了下来，幸好下面全是黄沙，可我啃了一嘴的黄沙。

钻铁丝网时，我生怕铁刺钩破了衣服，就脱光了衣服，赤着膊往里爬，眼看要爬到头了，屁股一撅，背上被铁刺拉了一下，一阵钻心的痛袭来，我咬了咬牙，匍匐着爬出了铁丝网。有同学告诉我背上有一道长长的红血印，我顾不上痛，穿上衣服，又爬上了木板叠成的高高的障碍墙，骑在墙上一个劲地欢呼。

走完了“勇敢者的道路”，我们似乎人人都是勇敢者了，却个个灰头土脸的，划伤、挫伤与跌伤的不少，却没有一个人去与曹老师说的。

午饭前，老师把我们集中在大草坪上，给我们讲起了长风公园的来历。曹老师说，“长风”是取自《宋书·宗悫传》：“愿乘长风破万里浪”，还有银锄湖、铁臂山，都源于毛主席的诗“天连五岭银锄湖，地动三河铁臂摇”，还让我们把这三句诗背出来，回家还要写一篇《春游的一天》作文。

午饭了，大家纷纷在草坪上摊开塑料布，席地而坐，有人啃起了大饼油条，有人吃着面包、青团，也有人咬着花卷馒头，更有人带了铝饭盒，扒起了蛋炒饭。我带的是粮店里买的一角钱壹两粮票的油光纸包着的长方形面包，可在半路上就被我啃掉了，只好远离同学在湖边玩。曹老师过来问我怎么不吃午饭，我只好如实说了，曹老师狠狠瞪了我一眼，二话不说，就把她手上的面包塞给了我，转身走了。我才狼吞虎咽啃起了面包。

“上船啦——”我在租船码头边尖叫着，早已相约的都是弄堂里玩得最好的小伙伴，还有班级里两个最漂亮的女生。怕我恶作剧，他们让我最后一个上船。轮到我时，我一跃而上，跳了上去，弄得小木船一阵摇晃，惊得女生大叫，引来一片笑声。

我们划的是双桨船，我抢着划桨，与同学划得不协调，小木船在原地打转，我又用力过猛，木桨划出的水将女生的衣服打湿了不算，还脱手把木桨掉进了湖里，急得我扒着船帮，探出身子去捞木桨，不但没捡到，还差点掉进湖里，幸好有同学的船划过，帮我捞起了木桨。

我在船上一刻也不消停，见同学的船靠近，就用木桨去推人家的船，互相泼水，弄得全身上下湿漉漉的，鞋子里也灌进了水。船在湖中心后，我又站了起来，使劲晃船，惊得同船的人都叫“救命”，继而，他们一拥而上，将我按倒在船舱里，我动弹不得，一番求饶才得以坐起。这才欣赏起波光粼粼的银锄湖，远眺还能看见铁臂山，其乐融融啊。

长风公园，一个伴我长大的天堂。

祭扫烈士墓

“清明节全班去宝山烈士公墓。”曹老师在讲坛上话音刚落，底下就一阵骚动。许多同学眼里露出了兴奋的目光，纷纷交头接耳，“啪、啪”，曹老师的教鞭在台子上抽了两下，同学们立刻安静了下来。

曹老师说：“扫墓不是春游，心情要沉重……”讲完了她还布置全班做花圈，做小白花，并让我来负责。

次日下午放学后，全班都动员起来了，大家搬动课桌椅，围成了一个个“小作坊”，男同学拿出了从家里带来的老虎钳、旧菜刀与细铁丝，女同学纷纷将剪刀、绉纸、细绳等放到了课桌上，一场制作开始了。有男同学用稻草、树枝扎成了一个圆形的环状骨架，再用细铁丝绑扎，有男同学用旧菜刀劈竹爿，再用小刀削成竹签，我则找来两根细毛竹，劈、削成了两根花圈的支架，并用黑布作了缠绕。女同学们分成了几摊，有做花圈大白花的，有做佩戴的小白花的，剪的剪、捏的捏、扎的扎，一刻也不停。有男同学将一朵朵的大白花缚在竹签上，再插进骨架上。我又请来了美术老师俞狮峰，让他写了两条挽带，一条是“革命烈士永垂不朽”，一条是“红军小学六（6）班全体师生”。花圈中一个大大的“奠”字，是俞老师写好后

女同学又用金纸剪了下来，贴在底板上，嵌在花圈中。全班同学一直忙到天黑，个个脸上露出了欣慰的笑容。

清明节的早晨，我们各自带着干粮出发了。我的书包里装着母亲早起蒸出的四只菜馒头，细心的母亲将菜馒头放在了铝饭盒中，还用细绳扎好。

两辆 96 路客车载着我们去宝山，一路上大家叽叽喳喳，说说笑笑地不停，可汽车一进入宝山烈士公墓，我们就乖乖地闭上了小嘴。

首先跃入眼帘的是纪念碑，“革命烈士永垂不朽”八个大字是解放后上海首任市长陈毅的手迹。大门两旁的松柏青翠欲滴，使公墓显得庄严、肃穆。同学们个个神情严肃，胸前佩戴着小白花。我与另一个同学抬着花圈，迈着沉重的步伐，缓缓走到纪念碑前，把花圈放在了碑前并整理了挽带。

曹老师走到我们面前，一脸严肃地对我们说：“这里安放着解放上海牺牲的近两千名烈士的遗骸，还有 100 多名无名烈士。在那个战火纷飞的日子里，解放军渡长江，炸碉堡，跃壕沟，每一场战斗都短兵相接，最后解放了上海，他们却付出了宝贵的生命……”纪念碑下，我们默哀、鞠躬，我们还举起右手集体宣誓：“准备着，时刻准备着，为共产主义事业而奋斗，让星星火炬代代相传。”

我们排着队，从一排排墓碑前走过，瞻仰着青翠的小松树守护下的汉白玉墓碑，不时俯身拾去墓旁的落叶。看着墓碑上一个个英雄的名字，我们恭恭敬敬地把佩戴着的小白花摘下，献给长眠于此的烈士们，又深深地鞠个躬。“烈士叔叔，安息吧！”我的眼眶里闪动着泪花。

在大草坪上，我们围着一个大圈，召开了“扬先烈精神、抒爱国情怀”的主题班会。同学们纷纷以发言、诗朗诵、讲烈士故事等多种形式缅怀烈士们的丰功伟绩。作为班长的我，站起来第一个发言：“国旗的颜色是红色的，代表着用革命烈士的鲜血染红的，红领巾是红旗的一角，我一定不辜负烈士们的遗愿，做一个毛主席的好学生。”不少同学纷纷抢着发言。住在我家对门的同学丁建华激动地说：“革命先烈们，你们为了解放上海，抛头颅、洒热血，你们的死重于泰山……”话音未落，一些同学窃窃地笑了起来，曹老师顿时怒了，刚想发作，女同学钱家媛站了起来说：“老师，丁建华把‘抛头颅’的‘颅’念成了‘颈’，说是‘抛头颈’了。”曹老师狠狠瞟了下丁建华，示意钱家媛坐下。此时又有陈国荣站起来朗诵了毛主席的诗：“为有牺牲多壮志，敢教日月换新天。”说着，他还做了一个远去的手势。此时，曹老师看了看手表，叫我带领大家一起朗诵毛主席的语录。我让大家起身，打开随身背着的语录袋，拿出毛主席语录，一起朗读了起来：“成千上万的先烈，为着人民的利益，在我们的前头英勇牺牲了，让我们高举起他们的旗帜，踏着他们的血迹前进吧。”此时，又有同学建议，让曹老师指挥我们唱《少先队队歌》。“我们是共产主义接班人，继承革命先辈的光荣传统，爱祖国、爱人民，鲜艳的红领巾飘扬在前胸……”嘹亮的歌声在烈士公墓上空盘旋，我们一边唱着，一边走出了烈士公墓。一阵微风吹来，凄婉的哀乐仍在奏响，心中不免泛起一阵阵的激动。

路灯下的『四国大战』

军棋，是弄堂孩子最为普及的棋类游戏之一，有着迷人的魅力。夏秋的夜晚，我时常在弄堂昏黄的路灯下，与一帮赤膊小子，摆上一张小桌子，玩起了“四国大战”，我时常一手走军棋，一手摇着蒲扇驱蚊，常常厮杀到深夜。

军棋双方各有25只棋子，分别为军旗、司令、军长各一只，师长、旅长、团长、营长和炸弹各2只；连长、排长、工兵、地雷各3只。军棋有两种走法：一种是两人对决，由一个小伙伴充当裁判；另一种是事先打乱棋子，摆在棋格上双方直接翻棋决生死。最有劲的是“四国大战”，在硬纸板的棋盘上，四个小伙伴分占东、南、西、北四面，东、西方与南、北方各自结盟，两个“联军”厮杀，这样的玩法比两军对擂更刺激，常令我们废寝忘食。

军棋的走法也颇为有趣。“司令”吃“军长”，“军长”吃“师长”，“师长”吃“旅长”……“排长”吃“工兵”，“工兵”能排除“地雷”，“炸弹”与任何棋子相碰则同时“报销”。“炸弹”还不能放在第一排的“兵站”上，“地雷”只能放在最后二排的“兵站”上，“军旗”只能待在“大本营”中，吃掉对方棋盘上所有的棋子或逼得对方无棋可走，则获得胜利。

各方排兵布阵后，各拿一枚棋子，一出兵站即为“交战”，把棋子交到裁判面前裁定输赢，赢方拿回自己的棋子，输方被没收棋子且不公开吃掉的是啥棋子，打成平手或遇上“炸弹”，双方都被没收棋子。“四国大战”时，双方是不能沟通的，只得靠自我判断和彼此默契。我经常会把“司令”“军长”放在第一排的“兵站”上，充当小兵的角色，诱使对方上当，这招果然有用。一次，小伙伴拿一个“旅长”来战我的“司令”，死了，他并没有提高警觉性，接着又拿“军长”来吃我的“司令”，结果“军长”也牺牲了。这时，他才恍然大悟，急忙调来一只“炸弹”想和我的“司令”同归于尽，我却让旁边的一个“排长”出阵，与他的“炸弹”一起报销了，我立刻把“司令”遣回了“兵站”。经过此劫，对方元气大伤，没走几个回合，他就败下阵去了。

走军棋看似简单，实则是灵活多变的，从对方的眼神、脸部表情、肢体动作能判断出他手中的棋子或他的失误。有时，小伙伴手拿着棋子老是想吃别人的棋子，我捉摸着是“司令”或“军长”了，便派“炸弹”去执行任务，果然将对方的“最高长官”炸了。

棋摊上常有趣事发生。某日，我与几个小伙伴正苦思冥想之中，只见某家姆妈冲到棋摊前一脚踢翻了我们的桌子，“哗”的一声，棋子四处乱飞。某家姆妈双手撑腰，杏眼怒睁，对着自家儿子大喝一声：“小赤佬，死回去！”似炸雷一般，众小伙伴无不惊恐，其儿子更是魂飞魄散，拔脚就想溜。某家姆妈对着儿子就是一记耳光，骂道：“暑假作业不做，浴不汰，滚回去！”话音刚落，她的儿子双手捂着面孔狂奔而去。待某家姆妈走远了，我们悄悄说：“伊拉姆妈介结棍啊，吓煞人了！”从此，在弄堂里走军棋，再也不敢叫她儿子了。

走棋中，时常有人会做些“小动作”，我也不例外，趁人不备，在对方“司令”的棋子上用指甲刻一道浅印做记号，然后不动声色地把我的“炸弹”潜伏到他的“司令”身边。就这样，在每盘棋中，他那倒霉的“司令”只要露头，就只有被炸身亡的命运了。没有了统帅，他的虾兵蟹将简直不堪一击，而我的“部队”在“司令”的带领下，乘胜追击，把对方的“军队”打得一败涂地。时间长了，我做的记号终于被小伙伴们识破，我被打了不少“头塌”。他们去文具店买来蜡光纸，将军棋一只只包了起来，没了记号，也没了“司令”的踪影，我也当不成常胜将军了。

观棋者中也不乏在桌旁喋喋不休当“参谋长”的人，一边看着我“出兵”，一边给小伙伴使眼色，惹得我大恼，冲上去一把抓住“参谋长”欲与他干架，被小伙伴劝开。也有人的小动作更有意思，要“同盟”助攻“吃”棋子，佯装咳嗽一声或摸一下耳朵，可有一次，小伙伴喉咙痒了，不由自主地咳了一声，对方误以为要让他“吃”棋，结果，“司令”遇上了“炸弹”，让我大笑不止，从小矮凳上翻了下来。

一次，正当我欲全胜之际，被母亲一阵急促的叫声所惊，母亲让我回家吊井水，我嘴上应允着，屁股却纹丝不动。母亲在家等了许久未见我回去，便一个箭步冲到我跟前，一把揪住我的耳朵将我拎回了家，身后却是小伙伴的一片笑声。

一只储蓄罐

每个人的童年都有自己喜欢的东西，我也一样。最喜欢的就是每年一只造型各异的储蓄罐。

记得九岁那年，母亲给我买了一只无锡泥塑的胖猪储蓄罐，让我把平时的零用钱存进储蓄罐，聚少成多，用储蓄罐积聚的零用钱缴纳学杂费。

胖猪的面孔胖乎乎的，眼睛黑黝黝的，像两颗黑葡萄，两道弯弯的眉毛，一对招风耳朵耷拉着，大大的鼻子上有两只小圆孔，一张小嘴微微向前拱起，一个扁方形的小孔，这是存钱的地方。胖猪的脚又粗又短，肚子却是圆滚滚的，细细的尾巴盘在屁股上，显得一副老实巴交的样子。

自从有了胖猪以后，我就很少花零用钱了，我经常把买棒冰、盐津枣、弹子糖等零用钱省下来，往胖猪的嘴里塞。

邻居家打碎了玻璃窗，碎玻璃散落一地，我会拿着扫帚、畚箕去将碎玻璃扫起来，送到长宁路 476 弄口的那家废品站，买了一分钱。家里剥下的橘子皮，我也会收集起来，摊在搓衣板上晒上几天，卖到“泰山堂”中药店。母亲洗乌贼鱼，挖出的几块乌贼骨，我也会洗净放在窗台上晾干卖给药店。逢年过节，家里杀鸡杀鸭，煺下的鸡毛鸭毛我会从铅桶中捞起，在家

门口的地上摊开一张报纸，将鸡毛鸭毛晒干，连同鸡肫皮、鸭肫皮，分别卖给废品店和药店，拿到几分钱，忙不迭赶回家塞进胖猪的嘴里。

家里用完的牙膏皮我也会积存起来，有了三四只也会匆匆奔向废品店的。我连饭桌上吃剩的肉骨头也不放过，会用报纸包好，送到废品站。废品站的阿姨爷叔都认识我了。有时，我拎着湿淋淋的鸡毛和大小不一的肉骨头去卖，他们会叫我直接扔进门口的两只麻袋里，称也不称就给我几分钱。那些年，废品站和药房是我“生财”的好地方。

我往胖猪嘴里塞硬币的频率越来越高了，开始塞进去的硬币只是“哐啷、哐啷”的声音，随着里面的硬币越来越多，胖猪变得沉甸甸的了，投进硬币的声音也渐渐小了。

一个炎热的中午，弄堂里传来了丁家伯伯叫卖赤豆棒冰的吆喝声，邻家孩子纷纷出门卖棒冰的声音吸引着我，我实在忍不住了，就将胖猪倒过来，用缝衣针去抠胖猪嘴里的硬币，捣鼓了半天只抠出三分钱。正在此时，放学回家的弟弟看到了这一幕，他飞快地从我手中夺下了胖猪，还一个劲地责怪我“赖急皮”，因为我也时常把弟弟抠储蓄罐的事告诉父母，如今，被弟弟“活捉”，我自知理亏，只好乖乖地把手掌心攥着的三只硬币塞回了储蓄罐。

一次，我在长宁支路大饼摊前捡到了五分钱，如获至宝地奔回家塞进了胖猪的嘴里，还“鲜格格”地告诉了母亲，我话音未落，母亲便大怒起来，要我把五分钱从胖猪嘴里抠出来。夜晚，我很是不情愿地在昏黄的灯光下抠了好长时间，才将一只五分硬币抠了出来，母亲还逼着我把五分钱交给了班主任老师。

日复一日，胖猪越来越重了，里面装满了我存进去的硬币。我买铅笔、橡皮、直尺、圆规、卷笔刀等学习用品也不会再向父母伸手，我就去抠储蓄罐中的硬币，父母知道我的用处也没再责怪我。

有时，看到其他孩子在烟纸店里买零食吃，我馋得流出口水，一想到快要缴学杂费了，便心甘情愿地把已捧在手中的胖猪放回原处。我还时不时拿起胖猪晃来晃去，硬币在罐子里相互撞击的声音很是美妙。我喜滋滋的。

开学了，要缴学杂费了。晚上，我将胖猪捧到台子上，旁边放着一把小榔头，胖猪似乎很不高兴，我也依依不舍。弟弟趁我不备，拿起小榔头敲开了储蓄罐，“哗啦”一声，胖猪四分五裂了，台子上散落着一大堆的硬币，我与弟弟忙着清点起来，弄得双手墨墨黑，“存款”居然有三块多，那是我省吃俭用的“财富”哦，足够缴一学期二元多的学杂费了，我的兴奋是无法用言语来表达的。

母亲又拿出一只崭新的储蓄罐给我，让我把多余的硬币仍塞进储蓄罐中。

储蓄罐，储存了我童年的美好记忆。

儿时零食好味道

留在记忆深处最好吃的东西，是儿时的零食。至今，还能清楚地记得它们的味道。

我对弄堂口的烟纸店充满着期待，这里有我爱吃的种种零食，盐津枣、弹子糖、青津果、盐炒豆、陈皮条、水果糖等，可我没有钱去买零食。烟纸店浦老板见我老是在他的店门口转悠，便把我叫进店里，让我帮他数手纸。100 张一刀，数对一刀奖三粒弹子糖，数错一刀则扣两粒，浦老板时常会把我数好的叠得高高的手纸抽出一刀复核，令我不敢马虎。那时的手纸又硬又糙，厚厚的手纸中夹杂着不少稻草屑。我一下午可数二十几刀，浦老板见我数得心不在焉了，就不失时机地给我几粒弹子糖吃，让我又专心致志起来。当然他给我吃的弹子糖要从总数中扣除的。我时常数得手指头的皮“脱掉”，微微发痛。傍晚，浦老板会把一包弹子糖放到我手上，我拿着一包弹子糖，蹦蹦跳跳回家去。那时，我大概十岁，读小学三年级了。

弄堂里时常有挑着货担的换糖人，吹着“淘来米来米来淘”的竖笛。扁担上有两只箩筐，一只放废品，一只放着一大块麦芽糖，上面撒着一层薄薄的糯米粉，麦芽糖呈米黄色。换糖人要用木槌和铁片刀才能敲下麦芽糖。换糖人视孩子手中的废品，决定着给你或大或小的麦芽糖。他的笛声不停地吸引着弄堂里的孩子。看着邻家孩子用废铜烂铁换到了麦芽糖，我吞咽着口水，忙奔着回家。可家里哪还有废品的影子呢？不是被我卖掉了就是换糖吃掉了，我一狠心便将家里的揩台布、洗碗布，还剪了十几根拖把上的布条换来了几块麦芽糖。虽然过了吃糖瘾头，结果换来了晚上父母的“男女混合双打”。

儿时，我是一只小馋猫。上学路上，在烟纸店里买了一包鱼皮花生，是非要把它吃光才肯罢休的人。上课了，我趁班主任朗读课文转身之时，以迅雷不及掩耳之势将几粒鱼皮花生塞进了嘴里，嚼了起来。班主任的听力实在太好了，他一下子锁定了目标，走到了我跟前叫我走出教室吐掉嘴中的东西，我遵命而出，却在走出教室的十几步路中把鱼皮花生咽进了肚子，还装模作样对着教室外“呸、呸”吐了几口唾沫。

看到同学吃零食，我也会口水直流三千尺，没有得到同学的馈赠，我想着法子会捉弄他。下课了，男同学在教室外的走廊上“斗鸡”，相互撞来撞去。我看到不肯给我吃零食的同学也在其中，裤袋里的零食塞得鼓鼓的，我便用膝盖去顶他大腿上的裤袋。他也意识到了什么，左躲右闪，但终究还是被我狠狠地撞了几下，裤袋中的白糖杨梅纷纷滚落地上，我才放过了他。没想到他蹲下身子，一粒一粒捡起白糖杨梅往嘴里塞。斗鸡的同学立刻围着他，叫着“腻心煞了”，我却在一旁得意地笑着。

绞绞糖，是弄堂孩子最喜欢“玩”的一种糖。弄堂里经常有卖绞绞糖的小摊贩，一只煤球炉，一只盛着绞绞糖的钢精锅子，一大把竹签。我买好绞绞糖后，会在两根竹签之间用手绞来绞去，往两边一拉，糖就止不住地往下坠，我双手又快速地绞了起来，糖又缠上竹签，绞的次数多了，那金黄色的糖外表渐渐露出丝丝的白线状，一张一弛，一股浓浓的糖香慢慢散开来，再用舌头舔着吃，独特的风味和乐趣至今难忘。

学校组织看电影时，我会去长宁电影院对面的愚园食品店买一种叫“三角包”的零食吃。愚园食品店里的大口瓶子里装着各式蜜饯，有奶油话梅、拷扁橄榄、甘草桃爿。五分、一角都可零卖。称好后，营业员会用一张已裁好的黄纸头或报纸，将我买好的零食手脚麻利地包成一只似三角粽的形状。我怀揣着三角包直奔长宁电影院。电影开场前，不少同学都会在愚园食品店选购零食，坐在电影院里，我们还相互交换零食吃。电影开场了，我还用牙齿咬着硬硬的小核桃，同学们原本紧盯银幕的眼睛纷纷聚焦了我身上。我赶紧低头，吐出了小核桃，才没有招来后排同学的“头塌”。

童年的零食虽然不起眼，却承载着我们儿时最甜的记忆。

自己做兔子灯

儿时过元宵节，最开心的事要数拉兔子灯了。我会早早吃好了汤圆，就等着天快快地变黑。当天刚暗下来的时候，我就急不可耐地拉着兔子灯出门去了。

每年元宵节前，我都会缠着父亲做兔子灯，父亲总是像模像样地帮我做出一只亮丽的兔子灯来。后来几年父亲多病，没空顾及我的兔子灯了，哥就自告奋勇地为我做兔子灯。他跑去曹家渡的路边摊，看摊主如何扎兔子灯，默默地记在了心里，回家凭着记忆帮我做出不一般的兔子灯。哥很是心灵手巧，他会把兔子的耳朵做成猪样的招风耳，有时还会把兔子的尾巴做成长长的狗尾巴。

有一年，哥帮我做了一只特大的兔子灯，足有家里的铅桶般大。他戴着一副破纱手套，拗铁丝、糊薄纸、贴兔毛、装轮子、串拉绳……在昏黄的电灯下，鏖战了三个晚上才做出来。哥制作兔子灯时，我不时为他递剪刀、递老虎钳，他用直尺上上下下量了好久兔架子，就在白纸上画出了兔子的大致轮廓，让我小心翼翼地用剪刀沿着他画的线条剪下兔子的形状，哥再用糨糊一点点粘贴到兔架子上。我不时用手去摸一下兔子的“毛”，一股满足感油然而生。我又打开十二色的水彩笔盒，将

大兔子的眼睛描得又红又大，把兔子的鼻子、嘴巴又画得小小的，哥又提笔将兔子的一张三瓣嘴和两只可爱的板牙也勾勒出来了。

看到一只活蹦乱跳的兔子灯展现在了我的眼前，我不禁大叫一声：“兔子灯做好喽。”闻声而来的母亲见兔子毛竟是家里的草纸撕成条贴上去的，不由恼怒起来，朝着哥的头上就是几只“麻栗子”，哥躲闪着，却是咯咯咯地笑个不停，待母亲走了，哥又用边角料为弟弟做了一只小巧玲珑的手提兔子灯。

弄堂电线杆上的路灯亮了，左邻右舍的同龄小孩都牵着一只只造型别致的兔子灯走出家门，在弄堂里蹿来蹿去。这些铁丝弯出的兔灯架，纸屑贴出的兔子毛，木轮子滚出的兔子脚，就好像一只只真的兔子。月光下，一只只兔子灯全身雪白，像一堆堆闪闪发光的雪花。一盏盏点燃起来的兔子灯，远远望去犹如天女撒下的朵朵银花，似满天繁星闪着亮光。兔子灯里的蜡烛透过薄薄的纸映射出来，燃着温暖的烛光，将弄堂照得亮堂堂的，各种各样的兔子灯把弄堂打扮得绚丽多姿，令人眼花缭乱，给元宵节披上了节日的盛装。弄堂里的小孩笑声融成一片，使寂静的弄堂仿佛置身于童话世界。弟弟与一些小朋友手提的兔子灯看上去乖巧、活泼，面容清秀，两颗小眼睛都是红红的，似红宝石一般，一条条的短尾巴也是薄纸做成的，毛茸茸的，煞是可爱。

我拉着大兔子灯神气活现地在弄堂里兜来兜去，分外夺人眼球，围着我转的小兔子灯越来越多，我的兔子灯俨然像只“兔王”。有弄堂的爷叔干脆叫我做领头兔，让一帮小兔子跟着我在弄堂里巡游，我便拉着大兔子灯跑了起来，回头一看，后面竟然跟着二十多只兔子灯，引来了大人小孩的纷纷驻足，一片赞扬之声，我内心深处是满满的喜悦和温暖。远远望去，弟手拿两只小兔子灯跟在了兔灯队的末尾，走路还是一簸一簸的。

忽然，有一个小孩跑得太快，兔子灯滚翻了，蜡烛点燃了兔子灯，没过一会儿兔子灯就烧成了灰烬，小孩一屁股坐在了地上号啕大哭起来，迅速赶来的家长一番安慰才止住了孩子的哭声。弄堂还未走到尽头，有三四只兔子灯着火了。我也不免担心自己跑得太快而翻掉兔子灯，便格外小心地拉着兔子灯，一步三回头，再也不敢在弹街路上尽情地撒欢了。

随着时代的发展，元宵节曾经的热闹渐渐平淡了，小区里也很少见到拉兔子灯的小孩，少了儿时元宵节的氛围。但是，儿时元宵节的兔子灯常常在我的脑海里“骨碌骨碌”地转着。拉兔子灯是我儿时最有味道的元宵记忆。

童年的中秋好难忘

入夜，看窗外苍穹如黛，素辉如练，金风送爽，桂影婆娑。又一个中秋节将至，不禁让我想起童年过中秋节的欢乐时刻。

那些天，我几乎天天要问母亲，中秋节还有几天？母亲会说，你看天上的月亮快要圆时，中秋节就要到了。在那个食物匮乏的年代，中秋节有好多平时吃不到的食物，已经成为我对美好生活的向往和寄托。

那些天，我还害怕天气不好，好几天前就莫名地担心。如果是秋高气爽，心里自然是欣喜不已，若是阴晴不定，那心头也仿佛蒙上了阴霾。

浓浓的节日气氛，填满了大大小小的弄堂。那皎洁的月光给弄堂里的一切镀上了一层银光。早晨起来，母亲就给我盛了一碗糖芋艿，甜糯香滑，好吃煞脱了。

入夜，玉兔东升，微风飒飒。母亲在晚餐前让全家人祭拜菩萨祈求平安，台子上摆满了美味佳肴和月饼、水果，我在乖乖上香祈福的同时，内心其实只想着眼前的美食。

父亲搬了只小台子放到家门口，月光下，全家人围着小桌聚在一起。桌子上满满地摆着母亲烹制的各式佳肴，有鱼有肉

还有毛豆、芋艿、莲藕和老鸭汤，还冒着香喷喷的热气呢，让我馋涎欲滴。我轻轻地拿起筷子偷偷地夹了一块红烧肉，放到嘴里嚼了又嚼，真是太好吃了。父亲边吃边给儿女们讲嫦娥奔月、吴刚伐桂、玉兔捣药这些故事，既好听，又能带给我们些许道理。母亲拿着菜刀切分着各式月饼，每种口味的月饼每人只能分到一小块，我也是喜欢至极的。我特别喜欢吃五仁月饼，那时的月饼还没有现在这么多花样。五仁月饼中有冰糖、陈皮、青红丝和核桃仁，我会把五仁挑出来吃掉再啃月饼。

弄堂一角，如水的口琴声悠然响起，把我们欢乐的情绪融入音符传递到弄堂的每个角落。弄口人家的一棵桂花树散发出淡淡的清香，沁人心脾，令人神清气爽。弄堂里到处都是温馨的喧闹，小孩的追逐，欢快的笑声……看着，看着，我便想到还在崇明农场的哥，风大浪高停航，哥未能及时赶回家，一股惆怅的情绪涌上我的心头。思念是中秋独有的味道，我的眼眶里不知何时有几滴眼泪在滚动，似乎那圆圆的月亮透露出冷清的感觉，一片思念溢心间。几声蟋蟀的鸣叫将我从沉思中唤醒。天空中，月亮从乌云中缓缓地露出峥嵘，可谓是犹抱琵琶半遮面，不一会儿，便展示出她那圆润美丽的身姿，圆圆的，似镜子，又仿佛是玉盘。斯文的姐姐不禁背起了苏东坡的“明月几时有，把酒问青天”的词句。我望着月亮，仿佛看到了嫦娥和玉兔在月亮上嬉戏。渐渐地，乌云飘过来，挡住了月亮的一角，月亮若隐若现、若有若无，更是增添了几分神秘。没一会儿，乌云又散开了，我坐在小矮凳上吃着月饼，享受着静谧的月

光，看到邻家孩子爬到屋顶的老虎天窗上看圆月，我也一骨碌从凳子上跃起，“蹬、蹬、蹬……”没几下便爬到了自家的老虎天窗上。母亲生怕我摔下屋顶，又怕我踩碎瓦片，引起屋漏，便用丫杈头戳我，我只好悻悻地爬下了老虎窗。

“吃酒酿圆子喽。”母亲给每人端上了一小碗酒酿小圆子，母亲说酒酿圆子象征着全家人团团圆圆。晚饭后，在姐姐的带领下，我与弟弟一起去了安西路口的长宁区工人俱乐部，看彩灯，猜灯谜，猜中的还有铅笔、橡皮、卷笔刀等学习用品奖励。我朝挂着灯谜的长廊奔去，跃入眼帘的一条灯谜上写着“上边毛、下边毛，当中一颗黑葡萄”，我一怔，这不是“眼睛”吗？我连忙去兑奖处报了号码和谜底，用期待的目光望着那位老爷叔手中的答案本，只听到他说“猜对了”，我开心地蹦跳起来，我获得了一只卷笔刀。猜着猜着，我与姐姐、弟弟手中的铅笔、橡皮、直尺已拿不住了，我们都沉浸在猜灯谜的乐趣里。猜完灯谜，我们又去玩了套大头娃娃、夹弹子、吹蜡烛等小游戏，直到挂着的红灯笼全部熄灭，我们才依依惜别回家。

时光荏苒，童年的中秋节犹如那原汁原味的月饼之香，至今仍萦绕鼻翼，回味无穷。父母驾鹤西去也已有二十余年，令我每逢佳节倍思亲。每年中秋节，我都会吃到各式的月饼，可是怎么都不如当年母亲分给儿女们的那一小块的月饼好吃，子欲养而亲不待，父母大人，我永远想念你们。

白衬衫、蓝裤子和白球鞋

儿时，每逢国庆节，我都要穿上白衬衫、蓝裤子和白球鞋，戴上鲜艳的红领巾去参加各种活动，这三件套是我们年少时的服装标配。

有一年国庆节，学校组织歌咏活动，要求每个学生必须穿上白衬衫、蓝裤子和白球鞋。晚上，我把学校的要求向母亲说了，让母亲快点帮我找找衣服。母亲翻遍了箱子，只找到一条略大的黑长裤、哥的一件磨了袖口的白衬衫和一双黑不溜秋的白球鞋。看我不爽的样子，母亲说："侬就将就点吧，反正穿在人群里是看不出的。"我拖着哭腔说："勿来三的呀。"母亲又说："现在已经是夜里了，去买布做也来不及的，况且家里已经没有布票了。"我有些不讲道理了："反正我不管，明早就要穿到蓝裤子。"我把蓝裤子说得重重的，说完便气呼呼上床睡觉了。

也不知过了多久，我被母亲的一阵咳嗽声惊醒了，我迷迷糊糊地睁开眼睛，看见昏黄的电灯下，母亲正一针一线地缝着裤子。我轻声地问母亲："侬勒了做啥？"母亲说："侬困吧，我在帮侬改裤子，快了，快了。"话音刚落，我翻了个身又睡着了。第二天早晨我醒来，看见床头放着一条蓝裤子，裤子的

布料虽然还是旧的，但针针线线却是新的。母亲来到我床边，眼睛里布满了血丝，眼圈也是黑黑的。我马上想到昨晚母亲灯下缝裤的那一幕，是母亲熬了一个通宵，用哥的蓝裤子改成了我的尺寸。我连忙穿上，还正合身，此时我眼睛里噙满了泪水，心中也充满了愧疚。

父亲大清早也起来了，他坐在家门口，用粉笔帮我涂白了球鞋上的黄斑，边涂边用嘴吹去鞋子上的浮粉。我望着父亲的背影，一丝念想划过脑际，父亲对子女的付出总是默默无闻的。

还有一年的国庆节，我被选为一年仅一次的班级升旗手，那是多么光荣的一件事啊。但我心里却忐忑不安，因为升旗手又要穿白衬衫、蓝裤子和白球鞋，而我的白衬衫已有了补丁，实在穿不出去了。班主任曹老师知道了我的窘况，放学后，把我拉到华阳路一条小弄堂里，找到一个老裁缝，曹老师从包里

掏出一块白色的料作，让老裁缝帮我做一件合身的白衬衫。仅过一天，当我双手从曹老师手中接过那件叠得整整齐齐的白衬衫时，眼泪簌簌地往下流。我穿着曹老师为我做的白衬衫，在同学们的众目期待下升起了五星红旗。我从未告诉别人曹老师为我做白衬衫的事，但我发誓自己一定要好好学习、天天向上。

一个人最艰难的时候总会想到一个好办法的。有一次，去参加区里的国庆游行，老师照旧让我们穿上三件套。我的一双白球鞋已穿得露出了大脚趾。情急之下，我问同学借了双米黄色的球鞋，用粉笔涂成了白球鞋。我整个夜晚都在祈祷明天不要下雨，可第二天老天爷偏偏下起了小雨，国庆游行照常进行，我走不多久，白球鞋便原形毕露了。我遭到了同学们的嘲笑，恨不得地上有条缝，立马钻进去。

每到节假日或迎接外宾、去少年宫，学校召开运动会、歌咏会等，我是最开心的，这样又可穿上三件套，神气活现地走在弄堂的弹街路上了。有一次活动，我拿出的白衬衫洗得快成黄衬衫了，便向邻居友康借了件白衬衫。次日早上，我把晚上折叠好的白衬衫去归还友康，谁知，发现白衬衫上有一只小洞，我也不知是什么时候钩破的，我急得快要哭了："这怎么向友康交代呢？"母亲急忙拿出针线，细心地一针一线把小洞缝补好了。虽无大碍，可补过的痕迹仍然醒目，我战战兢兢地把白衬衫还给了友康并说明了补好的小洞，友康却豪爽地说："小事体一桩，碍啥啦。"我如释重负，一把拉住了友康的手，连声道谢。

白衬衫、蓝裤子和白球鞋，系上红领巾，就是我们这一代人过节记忆的标配。五十多年的时光转瞬即逝，当年的三件套的年少岁月，却那么美好，令人难忘，是我一辈子无法忘却的情怀。

在寒假的日子里

儿时的寒假生活，只有二十几天，可事情还真不少。老师要我们开展“学雷锋、见行动”活动，家长则要我们做家务，我们自己还要做寒假作业。

那时，我已经是一个14岁的中学生了。春节前家里一些票证供应的商品，不少要我去买回来的，我拎着篮子，拿着副食品卡，穿梭在菜场里，从肉摊、鱼摊、豆制品摊、禽蛋摊到蔬菜摊，买肉买鱼买豆制品买蔬菜买冰蛋……还拿着购粮证去粮店买糯米，买年糕，买赤豆，去南货店买金针菇、木耳、红枣、黑枣、粉丝、瓜子等，还挑着两只破铅桶，带着煤球卡去对门的煤球店买计划供应的煤球，几乎弄堂里的孩子都为这些事忙碌着，我们戏称是奔波在“黑”（煤球）“白”（大米）“绿”（蔬菜）战线上的“小大人”。

虽然跑东跑西蛮累的，但我心里还是蛮开心的，因为过年了，可以穿新衣，有压岁钿，吃到平时吃不到的鸡鸭鱼肉。

过年前家里炒花生、摊蛋饺、磨水磨粉也是我的本分家务，我是很乐意做这些事情的。炒花生边炒边吃。摊蛋饺时，“近水楼台先得月”，先摊几张蛋皮子解解馋。像揩玻璃窗、刷白墙壁、拖地板我是不屑于做的，但卖废品，我却是一马当先

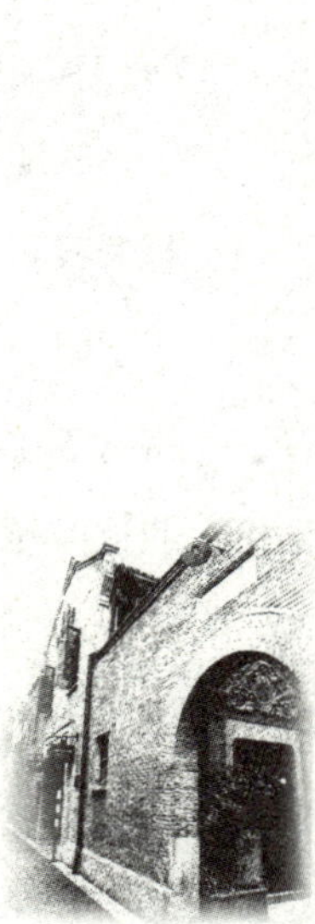

的。废品站回来的路上，我会把“揩油”的一二毛钱塞在袜子里，那时，我穿的是“回力”跑鞋，脚汗又多，袜子的味道可想而知，家人是不会让我脱袜子“检查”的，我也算蒙混过关了。

母亲与姐姐在给水站上洗全家人的衣服，我也会时常被喊去“踏衣裳”。母亲在搓衣板上搓衣服累得腰酸背痛，她只好把不少衣服浸在大脚盆中，放满水，让我站在盆中用脚踏，代替母亲的手洗。冰冷的自来水，加上我脚后跟生着冻疮，没踏多久，我就想跳出脚盆，却被母亲一把按住，只好硬着头皮忍着痛，踏到母亲叫停为止。

那年头，过年多是为了吃而忙碌着，家家户户或多或少都要腌制一些咸鸡、咸鸭、咸鹅、咸鱼、咸猪头之类的腌制品。我家每年必腌一两只咸猪头的。我上学前要用丫杈头将咸猪头叉到晒衣架上去晒太阳。傍晚，太阳落山了，我还要记得将咸猪头叉回家，吊到阁楼上的房梁上。猪头的两只眼睛天天瞪着我，我有点吓丝丝的，我就用橡皮膏将猪头的两只眼睛封掉了，猪头变成了“瞎子”，我也宽心点了。又过了几天，我叉下来的猪鼻头在滴盐水，我觉得有点“腻心”，就用日历纸捏成团塞进了猪头的两只鼻孔。邻居丁家奶奶见我这样晒猪头，就朝着我说：“咸猪头的大嘴巴侬不帮伊戴只口罩啊?”我知道丁家奶奶拿我“寻开心”，就闷声不响，却心生一计，趁丁家奶奶去老虎灶泡开水之机，我拿起她家一块龌里龌龊的揩布朝着她家晒着的咸猪头扔去，不偏不倚，正好扔在猪鼻子上。丁家奶奶回家见状：“小赤佬，又做坏事情了。”说着，拿起丫杈头将揩布叉了下来。

煮熟后的咸猪头是父亲喝酒的最爱，他将猪耳朵切成一丝丝的，拌点香菜、麻油，老酒呡呡，看上去惬意得不得了。

班主任杨老师时不时来我家，站在门口也不进来，看到我便问："侬弄堂里学雷锋活动搞过了哦?"我摇摇头。杨老师叹了口气，把我叫到跟前："不要光忙着买汰烧，寒假里学雷锋是头等大事哦。""我看到大家做家务忙煞了，不好意思喊人家出来义务劳动。"我对着杨老师嘀咕着。杨老师摇摇头，走了。我以为事情结束了，可小年夜的前几天杨老师又来找我了，我只好保证三天内完成任务。

"学雷锋做点啥事体呢?"我把邻家几个同班同学叫在一起，站在我家门口商量着。有人说去帮军属挑水、倒垃圾、打扫卫生；有人说，去红绿灯下搀老爷爷、老奶奶过马路；也有人说，阿三头的爸爸在南货店包粉丝人手不够，要不要去帮帮忙。

于是，说干就干，几个女同学带着报纸去长宁路476弄口的南货店去包粉丝了。男同学穿好套鞋，戴好袖套，跟着同学"大扁头"去他妈管的一个倒粪站"学雷锋"。这个倒粪站在长宁支路一条大弄堂里，倒粪站臭烘烘的，我皱着眉，捂着嘴站在倒粪站门口，眼睛是朝上翻的。同学绿美见我这副样子，问我是来看天花板的还是来学雷锋的，我不好意思起来。看到不远处有位老奶奶拎着沉甸甸的马桶吃力地走过来，我连忙奔上前去，接过老奶奶手中的马桶，帮其倒掉，将马桶还给老奶奶。这一幕正好被在菜场买咸菜的母亲看到了："侬有空啊，帮人家倒马桶？死回去拣菜！"看着四周的同学，我脸涨得通红，脚却未离开倒粪站一步。

童年寒假的生活是鲜活的，就如一切发生在昨天，想想也蛮有意思的。

童年的日记

一个偶然的机会，我翻出了一本珍藏五十多年的学生日记，那是我 1969 年至 1974 年间记录的一些事情。

日记里稚嫩的笔迹歪歪扭扭，还有点斑驳的渍痕，写的日记如报流水账，如写做好人好事，大多是开始不想做，后来想起来毛主席的教导和某个英雄人物的事迹后，就高兴地去做了，也有做错事后对毛主席他老人家的忏悔。

看看这篇吧，时间是 1969 年 8 月 20 日。“今天放学后，全班同学去长宁电影院观看了动画片《半夜鸡叫》。看得我肺都快要气炸了。万恶的旧社会、地主剥削农民的手段是花样百出，周扒皮为了让长工早早出工，就鬼鬼祟祟地挨近鸡窝，学着公鸡叫引起了其他公鸡的群叫，然后，在周扒皮的催促下，长工们只好早早爬起下地干活。后来，聪明的长工小宝发现了周扒皮的这个秘密。没几天，当周扒皮又在鸡窝前学鸡叫时，被长工们当贼抓，将周扒皮痛打了一顿，看到周扒皮被打得哇哇大叫时，我们都哈哈大笑起来。”

“电影里面的小宝与我们年龄差不多大。我生在新社会，长在红旗下，而小宝因为家里穷，却要帮地主打长工，什么苦活累活都要干，吃不饱不算，连觉也睡不好，还要挨打受气，

看看小宝，想想自己，我一定要不忘阶级苦、牢记血泪仇，争做无产阶级革命事业的接班人。”

60年代学雷锋、王杰、刘英俊、欧阳海、麦贤得……“学英雄思想、走英雄道路”也充满了我的日记——1971年3月5日，今天是毛主席亲笔题词“向雷锋同志学习”发表8周年的日子，曹老师在班级里号召我们放学后要“学雷锋、见行动”。回到家里，我正在家门口想着去做点什么时，突然对门煤球店门口一个老人在向我招手，我连忙奔过去，原来他叫我帮他一起将三格子煤饼搬到他家去。这不是最好的“学雷锋、见行动”吗？我爽快地答应了下来，我使出了全部力气与老人一起将煤饼搬到了他家门口，待到他将煤饼放入自家的一只破缸后，我正欲拿起煤饼格子往回走时，老人硬是将两角钱塞入我的裤袋，我连忙掏出钱来还给了老人，老人又把钱塞到了我的手中，见是两角钱，那可是父亲给我一个月的零用钱呐。我正犹豫时，那老人却把家门关了，见四下无人，我连忙将钱塞进了口袋。

晚上，我学习了毛主席语录——一个人做一件好事并不难，难的是一辈子只做好事，不做坏事。对照下午做好事还收钱的事，真是大错特错了。今天是学雷锋的纪念日，我却是私心杂念作了怪。我必须立即把钱去还给老人，我要认真学习毛著，狠斗“私”字一闪念，与私心杂念划清界限。在第二天的日记里，我还详细地记录了半夜敲门还钱的事情。

这则日记里面的事情我还记忆犹新。1972年，刚进长宁中学没几天，学校就组织我们去市郊进行了“练好铁脚板、打击帝修反”的野营拉练。日记里却记下了这件事："1972 年 2 月 14 日，今天我们到达了青浦凤溪这个地方，在行进的路上，我班同学个个雄赳赳气昂昂，排着整齐的队伍唱着'三大纪律八项注意'的歌曲，班长樊金龙突然叫了一声'疏散—隐蔽'。刹那间，同学们四处散开，按照训练时的动作扑倒在地。我专注唱歌，反应有些慢，没听清樊班长的口令，见同学们都趴在了田间，才知道又演习了，身旁的地方都扑满了同学，连条缝也没有，只留着一坨湿漉漉的牛粪的地方，这使我想到了毛主席他老人家的教导——我赞成这样的口号，叫作一不怕苦，二不怕死。革命英烈，连死都不怕，我还会怕'牛粪'吗？我毫不犹豫地扑了上去。演习结束时，同学们都捂着鼻子围了上来，我衣服臭烘烘的。班主任杨老师当众表扬了我，今天我虽然身上是臭烘烘的，可心里却是热乎乎的。"

这样的事情，今天看来是傻乎乎的，却在那个年代是习以为常的。翻着自己的一页页日记本，我时笑，时落泪，时深思，时反思……这本既是那个年代特定的产物，也是我美好的童年回忆。

养只叫蝈蝈

日前，去岚灵花鸟市场买花，看到了儿时喜欢的蝈蝈（小时候称“叫蝈蝈”），便花了30块钱买了一只，装在了一只透气的塑料罐里。

回到家里，我拿起塑料罐，端详着蝈蝈，蝈蝈的脸就像一颗蓝宝石，它的嘴上有两颗白色的大板牙，左右还有两对胡须，眼睛总是圆溜溜的，因为它没有眼皮。它还有着一个白花花圆鼓鼓的大肚子，背上有一对黑绿相间的厚翅膀，胸部有两对前足和一对后足，后足粗大有力。它的每条腿都分成两截，下半节腿上还长着一排小刺，脚上还长着为了抓东西方便的倒钩。这真是一只奇怪的精灵。我每天喂以毛豆或胡萝卜，蝈蝈那迷人的叫声，让我似乎又回到了儿时的弄堂。

夏日，弄堂里经常有人挑着担子，前后挂着两大串装在竹篾笼里的蝈蝈，串街走巷地叫卖着，常常引来一帮孩子的围观。我在家里听到了蝈蝈的群叫声，忙不迭奔出家门，把母亲给我买棒冰的四分钱买了一只，左邻右舍不少孩子扯着大人，也纷纷买了蝈蝈。大家都把蝈蝈挂在屋檐下的竹节架上。蝈蝈碧绿的身体在阳光的照射下泛出翡翠般的色泽，背部一对薄翅在不停地摩擦着，发出醇美清越的叫声，这悠扬的叫声似乎让

整条弄堂充满了勃勃生机，仿佛一下子驱散了夏季的炎热。

蝈蝈很好养，吃的东西不挑剔，毛豆、苹果、黄瓜、胡萝卜它都吃。

一次，我的一只小知了死了，我把它扔进了蝈蝈笼里，蝈蝈咬住了知了的头，大口地啃着。我知道蝈蝈吃毛豆什么的，不知道它还吃昆虫。后来，每次有死了的蜻蜓、知了、天牛都喂它，都被蝈蝈一点点啃掉了，连一小片翅膀都没留下。蝈蝈吃饱了，就会待在一旁一动不动，心满意足。偶尔也会在笼子里爬来爬去，高兴极了便鸣叫一阵。蝈蝈鸣叫不是用嘴的，而是靠翅膀的摩擦振动的。

偶尔，我也会把蝈蝈放到洗衣盆里玩。“扑梭”一声，蝈蝈跳走了，躲到了对门人家的碎砖堆里，我一块块翻动着砖头，终于在砖缝里发视了它，屏气敛声张开双手伸过去，轻轻一合，蝈蝈就到了手掌之中，乖乖地做了我的“俘虏”，可蝈蝈凌厉的牙齿咬到了我的手心皮肤，立刻一道血痕。从此，每每我抓蝈蝈，便心有余悸了。

有一次，在马路边买了两只蝈蝈，放到了一只笼子里，才知道蝈蝈生性好斗，它们互相撕咬，一只被咬死，另一只也断胳膊断腿了。从此，我会像斗蟋蟀一样，把两只蝈蝈放到一只盒子中，只见它们都挺起触角，露出大门牙，摆出一副气势汹汹的样子。两只蝈蝈几乎同时后腿一蹬就互相咬了起来，它们先是互相用脚踢，用大门牙咬，在盒子里追逐，直到打得精疲力竭，这场恶战才告结束。两只蝈蝈趴在盒子里直喘气，它们的大门牙各掉了一只，头也歪了，我却笑得龇牙咧嘴的。

最多的时候，我养着三只蝈蝈。蝈蝈常在半夜里欢叫，害得上早班的邻居来我家“抗议”，无奈，每天晚上睡觉前，我只好把几只蝈蝈放进焐饭的饭窠中，怕它被闷死，我把饭窠盖上时还留条缝。

上学时，我的书包里还带着蝈蝈盒，没想到它在课堂上鸣叫起来，声音竟是那么的响亮，结果免不了被老师当场“充公”，扔向了窗外的草丛里。下课了，我又去把蝈蝈捡了回来，当然是不敢再带进教室了，我把它藏到了矮树杈上，放学时带回了家。

蝈蝈的鸣叫声成了弄堂里的天籁之声，给我的童年平添了几分乐趣，伴我度过了许多快乐的时光。

集火花

日前，去家对面的长风生态园，看到了在上海火柴厂原址上建造了一座火花博物馆，它的外墙设计制作了一只“龙游牌”火柴盒的模样，大门的立柱也是巧用数根火柴棒的具象来建造的，恰如其分地反映了火花博物馆的主题。

儿时喜欢集火花，是帮抽烟的父亲买火柴或生煤球炉子用完了火柴，母亲让我去买火柴开始的。火柴是弄堂人家的必备之物。烧水煮饭、抽烟、生煤球炉，都离不开火柴，火柴两分钱一盒，且要凭票供应。父母让我去弄堂口的烟纸店买火柴，就在这一次次的接触中，我被惟妙惟肖的火花所吸引，迷上了火花。从此，与火花结缘，开始了收集火花的日子。

家里的火柴通常放在煤球炉子旁的隔板上，每次买来一盒火柴，我就会将上面的火花小心翼翼地撕下来，放进课本中夹好，以保护火花的平整性。有时，火花与盒子粘得太牢，我只能将火柴取出后把火柴盒放进水里浸泡一会，才慢慢地把火花揭下来，把备用的火柴盒套上。为了收集火花，我心里总是希望家里的火柴早点用光，有时，生煤球炉时故意多划几根火柴，或将十几根火柴扔进煤球炉子里，一盒火柴没用几天就用完了，以致母亲起了疑心：“啥人喜欢吃火柴啦？”我知道母亲

在数落我，也不吭声，只是再也不敢往煤球炉里扔火柴了，生怕母亲来顿“竹笋烤肉”。为了收集火花，我省吃俭用买火柴盒，每次收到一枚不同的火花都会让我喜不自胜。

弄堂里路灯下打牌的人众多，抽烟的人不少，一盒火柴一包香烟放在桌上，谁的火柴盒上的火花是我没有的，我会献殷勤地为他们点香烟、倒开水等，博得他们的好感，征得他们的同意换回我心仪的火柴盒。

我还会去西站沿着铁道两旁里来回走，去捡拾火车上旅客扔出窗外的火柴盒、香烟壳、糖纸头等，往往也有意想不到的收获，那是五花八门的火柴盒。每次收集到一只亮丽的、品相不错而我没有的火柴盒，我都会兴奋一阵子。我将香烟壳与邻家男孩换火柴盒，有时，他们竟然连火柴也一起给我，令我有意想不到的结果。每次去亲戚家都要瞧瞧他家煤球炉上方的灶台，看看能否搞到“战利品”。去杭州乡下的娘舅、姑妈家等，更是一只只灶台扫过去，将我没有的火花一一揭撕下来，有意思的是我还会用余炭在火柴盒上写上“杭州火柴”四个字。

我簿子中夹着的火花越来越多，内容也是丰富多彩的，有许多是我们那个特定年代所有的毛主席语录、英雄人物、样板戏等，也有“节约粮食”“计划生育”“消灭四害”等宣传口号，还有古今人物、名胜古迹、祖国风貌、史地知识、文艺体育、花鸟鱼虫、世界珍奇等内容，更有一张张微缩的红色宣传画置于方寸之间的火柴盒上。一张张小小的薄薄的火花展现了博大浩瀚的大千世界，成为那个年代弄堂孩子集知识性、趣味性、艺术性于一体的微型百科全

书。收集一枚枚火花让我乐此不疲，小小方寸之间竟有这般花花世界，给儿时并不富裕的物质生活增添了无限乐趣和期望，也陶冶了情操，丰富了知识，记录了纯真。

火花最初仅作为火柴的商标用于火柴的流通，随着时光的流逝，火花见证了时代的变迁，不少火花品种成为各个城市和地域的代言，也有的反映了特定时期的历史事件，保留了一段段历史记忆。

收藏源于喜爱，怀旧是一种情怀。如今，我翻出尘封已久的几本火花贴，心里就会激起一阵情意的浪花。许多儿时的回忆让我难以忘怀，那一枚枚来之不易的火花，是童趣无法忘却的收藏。它日渐泛黄，还有些许斑点，但一直燃烧在岁月的记忆中，温暖着我童年的岁月时光。

儿时的零花钱

说起儿时的零花钱，那故事简直太多了。儿时，父母都是普通工厂的工薪阶层，工资收入不高，日子过得紧巴巴的，母亲又多病常住院，花去了家里不少的钱。懂事的我不会伸手问父母要零花钱，因此，我是一个缺少零花钱的孩子，尴尬的事也时有发生。

有一次早上随父亲去单位，下午父亲让我一个人先回家，当我上了 13 路电车时，才知道父亲忘了给我乘车钱。无奈，我只得下车，从宝山路共和新路走回家，两个多小时后，我才走

到家。母亲急得差点去派出所报案。那年，我只有 10 岁，缺少零花钱的日子有时有点窘迫。但我也不想问父母要，特别是父亲，他上班常常提前出门，乘几站车，走几站路，为的就是节约几分钱。我默默地想着，一定自己想办法积攒零用钱。

记得自己的“第一桶金”是与弄堂小伙伴晚上打着手电筒爬进中山公园，折根树枝到一棵棵树上寻觅知了蜕壳，够不到的就用树枝刮下来，一个晚上竟然可以寻到几十只。我用书包装好，次日放学后卖给了长宁路上的泰山堂中药房，得款二元多。我没有拿这笔辛苦钱去买吃买喝的，而是去了曹家渡康美百货商店帮母亲买了一只崭新的铝制饭盒。因为，我看到母亲带饭的铝制饭盒已是“伤痕”累累，瘪塘无数了。晚上，母亲坐在竹椅上，手中拿着新饭盒在默默地流泪，她也没有说什么谢谢之类的话。吃晚饭的时候，她尽往我碗中夹菜。晚饭后，母亲拿出针线盒，用旧布为铝饭盒做了只布套。

家里的鸡肫皮、橘子皮、乌贼鱼骨等，我都会收集起来，晒干后卖到中药房去，还有牙膏皮、鸡毛、鸭毛、肉骨头卖到废品站去，这些钱父母亲是不要我上缴的，便成了我零花钱收入的一部分，我会把它积攒起来。

那时，我想要买的东西很多，想要买一本《新华字典》、一双白球鞋、一套大红的线衫线裤，还想买几本连环画，可我的零花钱少得可怜，几乎一件东

西也买不成。更难受的是每当经过弄堂口的烟纸店时，我总会忍不住往店里那些坛坛罐罐多瞟几眼，“棒冰买哦？赤豆棒冰，四分一根！”听着那诱人的叫卖声，我馋得口水直流，可我想到积攒的钱要买的东西很多，咬咬牙还是离开了烟纸店。

几乎所有的玩具我都是自制的，好不容易弄到一块木头，为了削“贱骨头（陀螺）”，差点被钢锯刀削掉了手指头。我也会用自行车废链条制成玩具小手枪，装上几根火柴头，能打出“啪啪”声，很受弄堂小伙伴的欢迎。他们会用自己的三毛球、乒乓球、连环画等与我交换链条玩具小手枪。我还会用劳动车的轮胎皮和粗树杈自制弹皮弓，用棒冰棒叠成一只只知了和蝈蝈的笼子，有时竟然也能换来小伙伴几分甚至几角的零花钱，令我大喜过望。

那时过六一儿童节，没有新衣服穿，也买不起玩具，连吃顿好吃的也是奢望。但学校都会组织六一儿童节庆祝会，唱歌、跳舞、朗诵，大家穿上白衬衫、蓝裤子、白球鞋。我们弄堂十几个孩子还会相约来到中山公园，各自用零花钱买门票，进得公园，我们爬假山，跳山羊，撑老黄牛，捉迷藏，拗手劲，看小书，踢毽子，刮刮片，抽贱骨头，跳橡皮筋，充满着欢笑，留下了很多乐趣和美好的回忆。

对门煤球店的营业员邓阿姨也知道我是一个缺钱花的孩子，见我人高力气大，碰到有人要帮着搬、抬煤饼时，总会朝着我家喊，让我去帮人家出力，偶尔也能得到几分辛苦钱，这样的“差事”，每月总能有几次。

我是非常不舍得用自己攒来的零花钱的，能不花尽量不花，非得花时，也是算了又算。哪怕是想看“打仗片”电影了，也是星期天去买早场票子，即早上七点左右开映的电影，比日常票要便宜一半左右。

小学时，不少学期我的学费都是免费的。有时，与同学间发生口角，被人说成是不缴学费读书的人，这让我既气馁又有点难为情。从此，每到开学前，我就会砸碎储蓄罐，把积攒的零花钱拿出来缴学费，见还有多余，就重新买上一只储蓄罐和再买上几件文具，多余的硬币、纸币我仍会塞进储蓄罐。

儿时的零花钱很少，可儿时的幸福感却从来不少的。

童年爱看『打仗片』

近日，我也去看了电影《长津湖》。影片以抗美援朝长津湖战役为背景，讲述了极度严寒冰冻的环境下，志愿军战士凭着钢铁般的意志奋勇杀敌、最终取得胜利的真实故事。我被感动得数度流泪，心情久久不能平静。

这让我想起童年时代十分爱看的抗美援朝电影《上甘岭》《英雄儿女》等“打仗片”，这些都刻骨铭心地留存于我的脑海中，难以磨灭。

《上甘岭》讲述的是抗美援朝期间，志愿军战士在上甘岭的战役中，坚守阵地，与敌人浴血奋战的故事。43天的战斗经历，再现了那场惊心动魄的战役。这部电影以鲜活的生命与昂扬的激情铸就的英雄史诗，以其恢宏的气势、严峻的史实，永远留驻在我们的红色记忆中。特别是电影中的插曲《我的祖国》，“一条大河波浪宽，风吹稻花香两岸，我家就在岸上住，听惯了艄公的号子，看惯了船上的白帆……”这首歌唱遍了大江南北，几十年来经久不衰，也伴随着我们这一代人一同走过青涩年华。

打仗片是弄堂每个孩子的最爱，电影院只要是放打仗片的，几乎场场爆满。我也是打仗片的小影迷，只要有打仗片放

映，我会想方设法去看的，哪怕是早上七点多的早早场电影，有时一部好看的打仗片要看上好几遍，甚至十几遍。我能把电影里的经典台词背得滚瓜烂熟。虽然那时我还不太懂得战争分正义的和非正义的，但内心总喜欢红

军、八路军、解放军、志愿军赢得胜利，每当我军冲锋号吹响，大部队冲向敌营，敌人溃不成军，或逃或俘或被毙时，我时常会拍手称好。

最早看《地道战》是在小学的操场上，两根竹竿撑起一块大幕布，搬着家里的小矮凳与众多弄堂里的孩子挤在一起，任凭蚊虫叮咬，我摇着破蒲扇兴致勃勃地观看。《地道战》讲的是冀中平原高家庄的老百姓在共产党的领导下，

利用所挖的地道与敌人斗智斗勇，最终打败了日本鬼子的故事。这部电影在那些年我至少看了二十遍，电影中有句经典台词我还清楚地记得，就是电影演员刘江扮演的伪军长，拍日本鬼子山田队长马屁的台词：“高，实在是高！”还有民兵队长高传宝说的“各小组注意，各小组注意，你们各自为战，打一枪换一个地方，不许放空枪”，在弄堂的孩子们中朗朗上口。另一部电影《地雷战》，是反映山东人民群众用土制炸药制造地雷抗击日寇的故事，塑造了勇敢、智慧的民兵形象。影片真真假假，虚虚实实，死雷活用，到处开花，炸得敌人人仰马翻。观影中，我经常乐得哈哈大笑，民兵们布雷的技巧和伪装，地雷战、麻雀战等多种战术的巧妙结合，让我看得津津有味。

《鸡毛信》中的放羊孩子海娃，拿着插着鸡毛的密信欲送给八路军的连长，途中碰到了日本鬼子，海娃急中生智地把鸡毛信藏到了羊的尾巴下面，躲过了日本鬼子的检查。海娃勇敢机智的形象也留给我们那一代人深深的印象。《小兵张嘎》也是弄堂孩子特别喜欢看的一部电影，既有打仗片的紧张节奏，又有让人莞尔的幽默小谐趣。影片中的几个情节我还记忆犹新。嘎子和胖墩比赛摔跤，摔不过胖墩就咬他，缴获的手枪不上缴，藏在鸟窝里。特别是嘎子目睹了奶奶为掩护八路军逃跑而被鬼子杀害后，他一个人来到县城，寻找游击队的侦察排长罗金保，好让罗叔叔为奶奶报仇，哪想在街上真见到罗金保时，却将对方误以为是汉奸，嘎子拿着木头枪指着罗金保喊道：“举起手来，打死你个狗汉奸！”竟然要下罗金保的真枪，罗金保假装举手，却一个转身将嘎子掀翻在地。罗金保问嘎子是干什么的，

嘎子说是要饭的。罗金保训道："打死你个狗汉奸，也能换饭吃吗？"这些有趣的细节至今我都清晰地记得。

还有一部好看的打仗片叫《铁道游击队》，讲述的抗日战争时期，在鲁南铁路沿线有一支铁道游击队，他们通过各种途径破坏日军铁路运输，有力地打击了敌人。影片情节跌宕起伏，险象环生。游击队员在紧张的战斗中还坐在土坡上抱着土琵琶，边弹边唱："西边的太阳快要落山了，微山湖上静悄悄，弹起我心爱的土琵琶……爬上飞快的火车，像骑上奔驰的骏马……我们扒火车那个搞机枪，撞火车那个炸桥梁，就像钢刀插入敌胸膛，打得鬼子魂飞胆丧……"优美的旋律，游击队员开心的表情让我记忆如昨。

那个年代电影谈不上使用多少特技，但是演员的表演却生动自然，故事和情节都源于生活，很接地气，没有胡编乱造的东西。这些打仗片看多少遍都不觉得心烦，加之那个年代娱乐方式很少，看电影成了我们最喜欢的消遣和精神享受。弄堂里的孩子聚在一起就扮演电影里的"英雄"和"坏蛋"，有时，为了谁演"好人"与"坏人"还要发生争执。我们扮演着各自的角色，背诵着电影中的经典台词，常常陶醉于电影中的情节，享受着心灵的满足和快感。

那些年，也有极少的外国电影上映，我印象较深的外国电影有阿尔巴尼亚的影片《宁死不屈》。影片描写了该国人民反对意大利和德国法西斯的斗争。由于叛徒的出卖，地下工作者米拉被捕，这是一位卓娅式的女英雄，在监狱中，在刑场上，米拉不受敌人的威逼利诱，宁死不屈，英勇就义。影片中的主题歌也是我学生时代一段恒久的记忆。至今都会传唱：“赶快上山吧勇士们，我们在春天里参加游击队，敌人的末日就要来临，我们的祖国将要赢得自由解放……”

阿尔巴尼亚的故事片有个经典的场面，就是游击队员在见面时都有两句对答：“消灭法西斯，自由属于人民。”这两句话一度也成了20世纪70年代中国社会的流行语。

看打仗片很刺激，对我来说有说不清的魔力，虽说那时的电影票价很低，可我口袋里还是瘪瘪的，于是苦心积累地攒钱，卖废品的钱、父母给的零用钱一点点攒起来买电影票了，我时常会买便宜的早早场，买加座的位子，实在没钱了，也动过歪脑筋，帮母亲买菜，拷酱油时少买一点点，“揩油”几分一角钱地积攒起来，这样涓涓细流汇成河，打仗片就有得看了。

岁月匆匆流逝，时隔50多年，打仗片中许多银幕形象作为时代的英雄早已留在了我的记忆深处，伴我走过了懵懂。

我的少先队辅导员

六一前夕，在电视新闻中又看到少先队员戴着鲜红的红领巾参加活动，鼓号声震天地响。嘹亮的歌声，一派欢快的场面，在这样的一个季节，我的思绪又回到了童年，怀念起我小学时的少先队辅导员鲍老师。

那时，学校周日有阅览室向少先队员开放，凭戴着红领巾才能进入，而我太调皮捣蛋，一直未被批准入队，只好在校门口徘徊。有一天，我捡到一根很破的红领巾，如获至宝，匆匆套进脖子想进入校园，却被同学发现告诉了值勤老师。校门未得进去，红领巾也被没收了，我很是气恼，想着法子捉弄一下这个同学。一天下课后，同学们都去操场玩“官兵捉强盗”了。我趁教室没人，偷偷将老师讲台上的半瓶墨水倒向了打“小报告”的同学书包上，恰巧被一个回教室拿毽子的女同学撞见了，我再次被班主任训斥了一顿，并责令我回家将书包洗干净后归还同学。我拎着一只黑不溜秋的书包正欲走出校门，遇见了少先队辅导员鲍老师。她知道我又惹事了，就把我叫到了她的办公室，当她知道我为了去阅览室才戴上捡到的红领巾时，摸着我的头，嘱咐我用实际行动争取早日加入少先队。说着，她从我手中拿过书包，说你不要带回去了，我帮你洗掉，

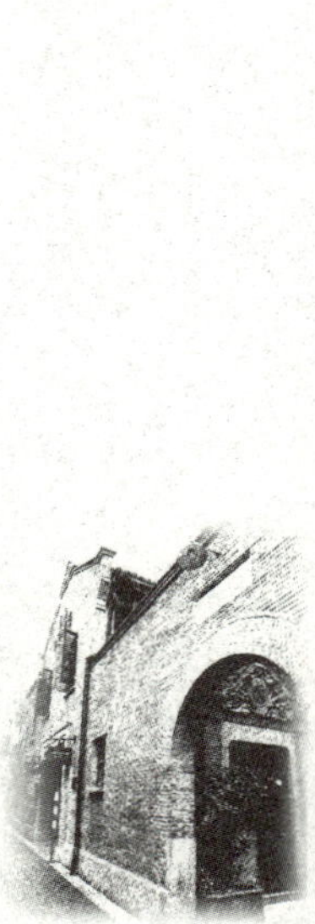

带回去的话，说不定你妈又要请侬“吃生活”了。我点着头，默默地走出了鲍老师的办公室。

有一次课后，我与邻班的同学为了争抢一只皮球，互不相让便打了起来，滚在了走廊的地板上。鲍老师下课正好路过，看见我又打架了，呵斥我住了手。见我灰头土脸的样子，她摇了摇头，叹了口气让我跟着她去了办公室。鲍老师这下没说什么，却从面盆里绞了把毛巾帮我把脸擦干净了。看到我衣服的纽扣也掉了两粒，她在抽屉里翻弄着，没找到，便对我说，让我跟她一起去她家，找纽扣帮我缝上。我跟着她来到长宁路西新街对面的一条洋房里弄，开了门，她让我坐在沙发上。我从没坐过沙发，有点好奇。鲍老师笑着问我舒服吗？我点点头，她又问我饿了吗？我又点点头。鲍老师便到厨房里给我弄吃的去了。我看到她开煤气煮面，生惯了煤球炉子的我，对煤气灶兴趣十足，鲍老师便关闭了煤气，让我试着划着火柴点燃煤气，“蓬”的一声，火苗齐刷刷地蹿了出来，吓了我一跳，鲍老师“咯咯咯”笑了。在我吃着有着葱花、麻油的阳春面时，鲍老师便给我讲雷锋的故事，鼓励我做一颗“永不生锈的螺丝钉”，她还给我讲了红领巾是红旗的一角，是革命烈士的鲜血染成的，把红领巾佩戴

在胸前就像是把祖国装进了心里，听得我直点头。我穿好鲍老师给我缝好纽扣的衣服，还吃了面，坐了沙发，学开了煤气，开心啊，我是蹦蹦跳跳着回家的。

学校号召学生要捡拾废钢铁，支援国家建设，我为了能早日加入少先队，天蒙蒙亮就挑着两只破铅桶出发了，一个人沿着长宁路苏州河向西走去，直到北新泾桥附近，那里很少有同学过来。结果，我把满满的两铅桶废铜烂铁挑回了华阳路的学校，老师们见我满头大汗，走得鞋子破了，脚趾头也露了出来，衣服也又脏又湿，让我赶紧回家去。没几天，我在学校的上缴废钢铁的榜单上以 38 斤荣获本周的第一名。鲍老师知道后，把我叫到大队部，这回她没像往常一样是批评，而是大大地表扬了我，让我再接再厉，早日加入少先队。

鲍老师时常有事无事把我叫到办公室，与我促膝谈心，要我多做好人好事，不调皮捣蛋。她看到我老是问同学借军帽戴，知道我太喜欢军帽了又无钱购买。有一天下午放学后，她带着我从华阳路走到长宁支路，来到曹家渡的抗美百货商店，自己掏了八角钱，帮我买了一顶新军帽。从此，我天天戴在头上，爱不释手。

五月下旬的一天，鲍老师来到我教室门口，把我从班级里叫了出来，告诉我少先队大队部同意接收我为少先队员了。我高兴啊，回到家第一个告诉了母亲，母亲说："戴上了红领巾不允许再做坏事情啦，晓得哦?"我连连"哦、哦"应着，此时，我看到母亲的眼睛是湿润的。

那天晚上，我特别兴奋。想到明天就有红领巾戴了，可以去阅览室了，可以去少年宫了，我辗转不能入睡。盼着早点天亮，盼着早点升旗，盼着早点戴上红领巾。早晨，入队仪式在鼓号声中拉开帷幕，出旗，唱队歌……鲍老师为我戴上了红领巾，我恭恭敬敬地向鲍老师敬了一个标准的礼。

少先队独有的仪式感和满满的正能量，在我心中留下了永不磨灭的记忆。

国庆游园

儿时的国庆节，白天可以看游行，去游园，晚上看彩灯，看焰火，忙得不亦乐乎，而去公园游园更是让我有着挥之不去的回忆。

国庆节上午，弄堂里的孩子成群结队地涌向离家很近的中山公园，个个兴高采烈的。公园门口停着两辆大卡车，十多个腰束彩绸的工人在上面敲锣打鼓，让入园的游客情不自禁地停下脚步欣赏着工人们震天撼地的鼓艺。

10 月的中山公园秋风飒飒，迎面而来的是一堵花墙，由许多花卉铺成墙面，镶嵌着一幅毛主席的画像。花墙下是一只硕大的花坛，花坛中盛开着绚丽多彩的各式菊花，道路两旁悬挂着国旗和彩旗，将中山公园装扮得五彩缤纷，一派节日的气氛，一些游客端着 120 和 135 照相机纷纷拍照留念。大草坪上飘浮着两只大气球，悬挂着巨幅标语“热烈庆祝中华人民共和国成立 22 周年”和“伟大光荣正确的中国共产党万岁”。游园会有主会场和分会场的舞台演出，主会场的观众是各厂各校组织而来的，其他的分会场的观众都是游客。我作为观众参加过多次的主会场活动，都是学校组织的。

记得早晨七点多我们就到校了。二人一组搬着教室里自己

坐的椅子到中山公园的大草坪上，那时的椅子都是三角铁架和木板制成，特别沉重，我们一路搬搬停停，好在学校离公园很近，没过半个小时就将椅子搬到了指定位置。老师一声令下，让我们赶紧换上白衬衫、蓝裤子和白球鞋，戴上红领巾，就开始练唱革命歌曲了。观众席里有一个女生方阵，都手执翻花，伴随着带队老师不同的口令，女生们手中的翻花会变幻出多种颜色的花样和造型，有的还是花中变花，令我目不暇接又倍感魔术般的魅力。记得有一年，我们全班同时选为“演员”和观众，既要登台演唱儿歌《我爱北京天安门》，又要坐在台下当观众尽情拍手。《我爱北京天安门》虽然只有短短四句歌词，二十八个字，却让我们排演了几乎一个月，天天放学后全班练唱，唱到后来大家都有点疲沓了，老师及时开导我们，歌唱时要表达自己内心对祖国的爱和对天安门的憧憬，大家才打起精神来。临到登台的那一刻，我激动的心扑扑乱跳，脑海里尽涌现出天安门城楼上红色的国徽、大红灯笼和五星红旗，虽然只有两三分钟的演唱，全班同学还是引吭高歌，博得了台下的阵阵掌声。舞台剧目大多是歌曲、舞蹈、杂技和戏曲。

有一次，台上演《红灯记》中的李铁梅演唱“都有一颗红亮的心”时，刚念白了一句“奶奶……”，台下的我们几乎众口一词：“您听我说——我家的表叔数不清，没有大事不登门，虽说是，虽说是亲眷又不相认，可他比亲眷还要

亲……”台上台下几乎成了大合唱，气氛很是融合，唱罢，我们又笑得前仰后合。有一年的游园会，早晨天气阴沉沉的，像是要下雨的样子，已经到校集中的我们在老师的要求下回家取伞，我不愿回家。谁知节目演到一半就淅淅沥沥下雨了，同学们都撑起了伞，我只好硬挺着，后来雨越下越大，见有同学拉起了一块大塑料布遮雨，我一下子钻了下去。后来，雨更大了，演出只得暂停，我们才纷纷奔进了湖边的亭子，直到雨停，我们又将椅子搬回了学校。

游园会在指定区域还设置了不少游艺项目，特别适合我们少年儿童参与，诸如钓鱼、套圈、吹蜡烛、吹乒乓球、夹弹子、扔纸飞机、大头娃娃击鼓，都是我们喜闻乐见的项目，我对扔纸飞机情有独钟。

在游艺处我领到了一张厚厚的白纸，靠着自己平时的折纸功夫，我快速叠好了自己的纸飞机，然后与其他小朋友一起站在一条红线上。工作人员一声令下，大家都使出吃奶的力气，将纸飞机掷向天空，看谁叠的飞机飞得更高更远，第一名便可获奖。我将飞机掷向天空的那一刻，身体失去了重心，一头扑在了草坪上，我没有被判罚犯规，大概是老师看我摔得不轻吧，我竟然得到了第一名，拿到了一只铁皮青蛙，捧在手里高兴得不得了。在大头娃娃击鼓的地方，原地转了三圈已令我晕头转向了，拿着鼓槌朝着观战的人群走去，一记敲到了观战的一个同龄人头上，引得现场一帮孩子哈哈大笑，我却尴尬地向人赔不是。

每当国庆节来临的时候，我都会想起儿时的那些日子，有一种淡淡的甜蜜的忧伤。

第二篇　拾集

那一张张小小的菜卡、活跃在小巷里的乌龟车、手臂上戴着“治保”的红袖章老人、街道工疗站的“赤脚医生”、弄堂口的皮匠摊、夜幕下巡夜的郁老伯、弄堂里不时传来的吵相骂……在时间的罅隙里，雀跃着，挥之不去，珍藏以记之。

过街楼下

过街楼是上海石库门弄堂一道特别的风景线。时光冲刷下的过街楼，总是藏有许多故事，承载着曾经的过往。

过街楼跨在弄堂上，楼上住人，底下通行，得天独厚的位置，犹如一座瞭望塔，一排窗子对着弄堂里，一排窗子对着外面的马路，两头各有风景。

过街楼是弄堂口的标志性建筑，上有半圆拱圈的花枝缠绕的浮雕，下有一方匾额大小的空白，用水泥砌出的立体字，仔细看，这些颜体、欧体的书法写得很典雅，还刻有弄堂建造的年份，镶嵌在过街楼的正中。

特定的居住环境形成了特有的弄堂风情。早上，勤劳持家的主妇们已完成了买菜的任务，灼人的暑气还未泛起，过街楼下的穿堂风凉爽而清新。主妇们各自搬只小矮凳，拎着菜篮子聚在一起，一边聊着家常，一边剥毛豆、拣毛菜、削土豆、刨丝瓜、择豇豆，交流着油盐酱醋米等开门“七件事”。冷不防，有人把话题转到了一旁正低头修套鞋的小皮匠身上，说要帮他介绍女朋友，小皮匠开心得两眼笑成了一条缝。

小皮匠已在过街楼下摆摊多年。早年，他随师傅从苏北农村来沪，后独立门户自摆摊头。小皮匠约莫三十多岁，他与弄堂里的人混得很熟，进进出出的人都会与他打个招呼，他的两只耳朵上就夹着居民递给他的香烟。弄堂里的人都叫他小皮匠，可没有人知道他的姓名。弄堂里有人家下馄饨也会端去一碗让他尝鲜，有人家过生日烧了排骨面也会送上一碗给他，而小皮匠在帮弄堂里的人修鞋子收费也是低廉的，向他讨点补套鞋的胶水，要几只钉掌子的鞋钉，拿一块车胎皮，小皮匠也是爽快给人家的。

夏日的午后，烈日当空，热浪滚滚，树上的知了却叫个不停。弄堂里总有几个老人搬只躺椅放到过街楼下，一手拿只骨牌凳，一手拿只印有厂名的搪瓷杯，将泡好的大麦茶放在骨牌凳上，呷一口茶，摇一会黑纸扇或芭蕉扇，就迷迷糊糊睡着了，旁边一只半导体收音机却还唱着沪剧《鸡毛飞上天》。

傍晚，背阴通风的过街楼又成了孩子们的避暑胜地，有的在过街楼下摆只小台子算扑克牌二十四点，有的搁好了架子打起了康乐球，有的在斗蟋蟀，更多的孩子在玩跳棋、飞行棋和军棋“四国大战”，小伙伴们玩得不亦乐乎，不时有孩子被大人们唤回家去做家务的。过街楼下是一幅活脱脱的消暑图。

不少过街楼的房子年久失修了，楼上人家的地板缝大得吓人，趴在地板上能看到楼下进出弄堂的人。碰到落雨天，弄堂人只好到过街楼下生炉子，升腾的烟雾缕缕钻进了楼上人家，熏得老人连连咳嗽，只好将席子铺在地板上挡烟。有时，楼上人家拖地板，楼下却是一桌桌的牌摊头，水滴滴答答淌到打牌人的头上。“楼上人家撒尿出啦?”打牌人没好气地大声嚷嚷着，可手中还是紧紧握着一副牌，不肯放手。楼上夫妻吵架，家什摔得“乒乓响”，楼下一撮堆看走象棋的人，有人不耐烦地拿起一把丫杈头，对准头顶上的楼板一阵乱戳，“不要吵啦，烦煞脱了，吃的泡饭，哪能有介大的力气，歇歇好哦?”话音刚落，楼上“吵相骂”的夫妻好像得到了“休战令”，立刻没有了动静。

我喜欢去万航渡路同学家的过街楼，我趴在窗口上，特别喜欢把头伸出窗口，看看马路上车水马龙的景象，又倚窗瞧瞧弄堂里忙忙碌碌的人们。我在同学家的过街楼上放风筝，掼纸折飞机，更喜欢用弹皮弓弹近在咫尺电线上的麻雀和鸽子。有时，麻雀飞走了，“子弹”却飞到对门人家的玻璃窗上，“叭”，玻璃窗即刻成了放射状，我慌了手脚，缩回了头，蹲在窗下，等着对面人家“骂山门”。过了好久，未见有动静，我悄悄抬起头来趴在窗口上，对门人家竟然无人。我一阵欣喜，立即关上窗子，拉好窗帘，下楼去，一路小跑奔回了家。

过了几天我又去同学家，打碎人家玻璃窗的事竟然没人再说起，我那揪着的心终于放下来了。我趴在地板缝上看风景，过街楼下的剃头摊、水果摊、裁剪摊一个挨着一个，吆喝的，讨价还价的，构成了过街楼下独有的生活交响曲。当有人端着锅子买回馄饨、阳春面走进过街楼时，我会故意在地板上蹦跶几下，让人尝几缕“青烟”。端着锅子的人朝着顶上楼板纳闷地看着，我却捂着嘴巴窃笑不已。

过街楼也是我们孩子读书写字的场所。放学后，我跟着同学回家，在过街楼下搭个小桌，搬几只小矮凳，就做起回家作业来，不时有路过的大人们过来指指点点和家长们的督战。

现在，过街楼在城市中已不多见了，其斑驳的景象也慢慢尘封在老去的记忆中，可它终究也是城市温度的一个侧面、一种风情，可追可忆。

孵太阳

冬日的上海阴冷潮湿，不少人家寒气逼人，在阳光灿烂的日子里，弄堂里总有三三两两的老人拎着小矮凳和小椅子，到避风朝南的墙角处，一边晒太阳、一边“嘎讪胡”，用上海话来说，叫孵太阳。

孵太阳的老人还真多，有的穿着棉袄棉裤棉鞋，有的戴着罗宋帽和绒线帽，有的还戴上了纱布口罩和围上了长长的围巾。在暖阳下，一些老人闭着眼睛打起了瞌睡，一些老人却手脚不停地干着各种活儿。老年妇女坐在一起做针线活，补衣服、纳鞋底、结绒线。家庭主妇们拎着菜篮子来拣菜、削土豆、刨萝卜丝。有老人用那种吃剩下来的酱菜瓶灌满开水，一边焐手，一边喝水，瓶外还套着一只玻璃丝编织的杯套；有老人脚底下还放着一只盐水瓶，双脚踏在上面前后滚动，活络关节；有老人还抱着“蜡烛包”里的宝宝一起来孵太阳，老人将膝盖弯成一张小床，让宝宝躺着，宝宝咿呀咿呀不知在说些什么，在穿着棉衣棉裤的老人的膝盖上舒服睡去。有老人久病卧床，行动不便，子女们从家里搬出藤椅，搀出老人，在他的双膝上盖上一条旧毯子，让老人也享受一下久违的阳光。更多的老人是手捧着“汤婆子”来孵太阳的。有老人喜欢独处，一个

人坐在弄堂一角孵太阳，穿着对襟的老棉袄，双手插在袖管里闭目养神，人一冲一冲的，不一会竟倚墙睡着了。有老人拎着一只骨牌凳，腋下夹着一副象棋，坐下来与邻居老伯伯对弈，手中几只“吃”来的象棋“吧嗒、吧嗒”响个不停。旁边观棋的几位老人不时指指点点，惹得两位走棋的老人气呼呼地说：“侬来走好哦？”观棋者连连摆手，又捂住嘴巴说“不讲了，不讲了”。有老人在暖阳中昏昏欲睡，头歪斜在一边，却被自家老伴大声喊醒“绷绒线了”。老头很不情愿地伸出双手，老太把一圈绒线套到了老头手上，收线绕团，老头双手左右摇摆着，老太手中的绒线团越来越大。有老人用一台自制的卷烟机，一根根卷着自产的香烟，不时有老人伸手来讨一根，卷烟老人毫不吝啬地把一根根香烟递给他人。有的老夫妻从里弄加工组接来了活，在太阳底下穿别针、揿揿钮、粘纸盒，一天赚几毛钱补贴家用。

孵太阳的老人聚在一起“嘎讪胡”，多聊的是家事、身边事，儿女孝顺，媳妇贤惠，孙辈聪明和今日菜价等。有时，老人们还为某事争论不休，但之后又会平静地友好相处。

老人们惬意地孵太阳，打发着慵懒的时光。而一帮小孩却倚着弄堂一面墙玩起了“轧煞老娘有饭吃”的游戏，嘻嘻哈哈地互相挤来挤去，小棉袄挤破了也不管，白白的棉花挂在背上也毫不在意，挤得脸上汗涔涔的，身上热烘烘的，不少人的棉袄后背上留下了一块块的石灰粉迹，每当挤赢时，心中还不免升起了一种成就感。阳光下的弄堂成了孩子们的乐园。

女孩子们则在一块平地上“造房子”，在地上画出一个个小方块，单脚踢动一片碎瓦玩那“造房子”，也是不亦乐乎的，小脸蛋都是红扑扑的。一边是老人们沐浴在冬日的暖阳里，一边是孩子们的游嬉时光，而另一边又是家庭主妇们忙碌的时刻。她们纷纷把家里的棉花胎、棉大衣、棉袄等拿出来翻晒，用丫杈头将洗好的衣物杈到屋顶上。

时间在“嘎讪胡”中慢慢逝去，温暖的阳光沿着墙壁慢慢地爬上去了，老人们一个个拎着自家的小矮凳、小椅子回家去了。

眼下，不少老人还是喜欢聚在小区一角孵太阳，或许独门独户的住宅隔开了过去那份邻里情，也使得在家的老人多了几分寂寞的感受。孵太阳，既给予了老人身体上的温暖，更是给予了他们内心的抚慰。

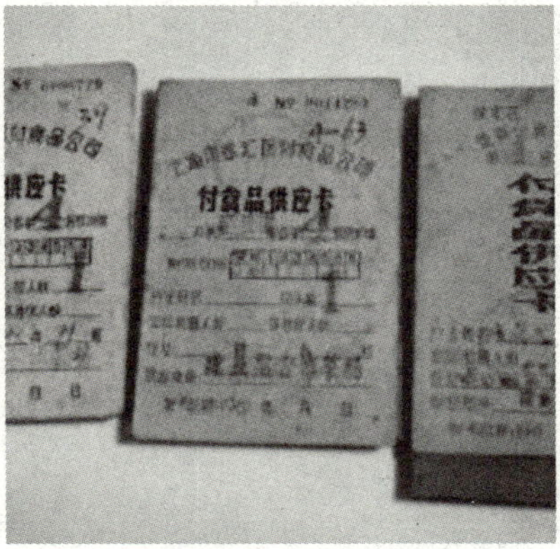

丢了小菜卡

小菜卡是以前去菜场购买蔬菜、禽蛋和鱼类等副食品的凭证，它的正式名字叫“副食品购买证”。弄堂里的人不管你买荤菜还是买蔬菜都叫买小菜的。于是，人们习惯把这种副食品购买证叫作小菜卡。

记得当时各区都发放副食品供应卡，卡上有某某办事处，某某里弄、户主姓名、家庭总人数、实际居住人数、住址、供应地点（菜场）和发卡日期。小菜卡是按家庭户籍人数的多少分为大户和小户的，五人以上为大户，以下为小户，大户与小户的区别是决定着副食品供应多少的依据。

小菜卡的四只边角也是购买某种副食品的记录，买一次菜便在某旬的格子内用圆珠笔画上一笔。有时买了鸡蛋，营业员会将小菜卡剪去一只角，买了海鲜河鲜，小菜卡就被盖上一枚“鲜鱼已购”图章。逢年过节的时候，时常有临时的副食品供应，几乎都是以小菜卡为凭证的。小菜卡是不能跨菜场使用的。我家的对口菜场是长宁支路菜场，一个地地道道的马路菜场，路旁两边摆满了蔬菜摊、水产摊、禽蛋摊、咸菜摊、豆制品摊和肉摊，最多的还是蔬菜摊。简陋的摊头，由三角铁做支架，焊成的铁皮柜台，白铁管撑起了一个雨棚。各个摊头的价

格也是明码标价的，用毛竹爿做的竹牌约30厘米×10厘米长，插在蔬菜筐里，菜价写在上面，让买菜人一目了然。

冬天，特别是落雪天，蔬菜供应非常紧张。有些日子，每人配给的蔬菜不足半斤，而且还要凌晨四五点钟去排队，去晚了还买不到。母亲经常给我七分钱买一副大饼油条，让我早起去排队。天还是墨墨黑的，人还是昏沉沉的，我拎着两只篮头直奔菜场。尽管我起了个大早，可菜场里比我早到的大有人在，不少菜摊前摆的篮头（排队的人以篮头代表自己）已排成了长龙。大家都翘首等待着菜场开称。在寒风里等待了几个小时的我，时常手脚冻得冰冰冷，只好双手插在袖管里，在地上蹦跳着。开秤的铃声终于响了，有人却跑来“插档”，后面的人就“骂山门”，自知理亏的“插档”人只好闷声不响，碰到后面有力气大的人，上前一把揪出“插档”人，偶尔也会发生“打相打”，排队人都会相劝，拉开算数。也有人用破篮头和砖头代替排队的，大多数的时候后面的人都会认账的，因为大家都有过这种动作。

弄堂左邻右舍的小伙伴隔夜还会相约去菜场摆篮头。次日晨，小伙伴各自带着几只篮头，分别在蔬菜、豆制品和鱼摊等摊头摆好篮头，一两个人管一只摊头，用细绳将篮头串在一起，不让人“插档”。开秤的铃声响过后，小伙伴都买好了各自摊头的小菜，又赶去另一个摊头，在菜场熙熙攘攘的人流中，经常会见到小伙伴穿梭的身影，这也算是守望相助吧。

一次买菜，我将小菜卡落脱了，急得我像热锅上的蚂蚁，我从菜场走回弄堂，又从弄堂走进菜场，来来回回寻找着遗失的小菜卡，哪里还有小菜卡的影子。我耷拉着脑袋回到家，遭到母亲一顿劈头盖脸的痛骂。小菜卡落脱是不能补发的。这下倒好了，我用不着再起早了，只能到菜场快收摊时去买那些不要记小菜卡的“落脚货”：歪黄瓜、烂番茄、断茄子，还有冻得邦邦硬的冰蛋，鱼摊的橡皮鱼，肉摊的猪肺、猪大肠是我篮头里的“常客”。为了买到蔬菜，天不亮，我经常拎着篮头步行一个多小时，去北新泾苏州河边买农民自留地种的菜，菜价不贵，但来回却要走两三个小时，这样的日子苦了我一个多月。

曾经有一段辰光，还凭小菜卡购买香烟，不仅限量，还要分高中低档香烟搭配供应，一包“牡丹”或“凤凰”搭一包“大前门”和一包“飞马”香烟。父亲叫我去买香烟时，特地关照我把一包“牡丹”烟的额度换成两包“飞马”额度，烟纸店老板也会答应的。

在夏天，西瓜也是配给供应的。拿着小菜卡，我拎着篮头去曹家渡的年丰果品店买西瓜，营业员会用剪刀剪去小菜卡一只角后，用小刀在称好的西瓜上切一个三角形小口，让你看清是瓤红的熟瓜。如果开出的是白籽生瓜，营业员马上会重新开一只西瓜，直到让你买到称心的熟瓜为止。

80年代，副食品供应逐渐丰富了，小菜卡也慢慢退出了历史舞台。然而，小菜卡曾经承载着市民舌尖上的记忆，是我们这一代人挥之不去的生活场景。

消失在弄堂的电报

打电报，对于今天不少人来说，已是很陌生的了，可在当年，电报在百姓生活中扮演着重要的角色。20 世纪 90 年代前，电话还未普及时，电报是一种快捷的通信手段。弄堂人家有什么急事难事，需要告知身处异地的子女或亲朋好友，就以拍电报的方式来转达。

开着摩托车送电报的投递员蛮“拉风”的，身上挎个绿邮包，整天开着摩托车风驰电掣地在弄堂里穿梭。

“××号来电报啦！”电报投递员在门外连声叫着，“来啦，来啦！”随着开门声，户主接过电报，并在回执上敲好图章说声：“谢谢侬哦！”如果该户人家没有动静，隔壁邻居也会拿出自家图章帮邻居代收电报的。“突突突……”摩托车一声轰鸣，驶出了弄堂。童年的我，经常在弄堂里看到这一幕。

弄堂人家对电报有一种神秘感，送电报的摩托车停在哪家门口，左邻右舍都会出来看看，猜想着有什么大事了，户主更是一阵莫名的紧张，生怕有什么事情发生。

那时候，人们最常用的联系方式是写信，只有家里遇到突发事情了才会去拍电报。比如新婚贺喜、突发急病、意外遭难和伤残病故等，收电报的人见了电报不是大喜就是大悲，难怪

有人说："摩托车一到，不是哭就是笑。"

有一次，我半夜里听到摩托车进弄堂，在我家门口停下，我先是一惊，继而叫醒了父母，全家人都紧张兮兮的，后来听到投递员敲隔壁邻居家的门，叫着邻居的名字，全家人才松了口气。可摩托车还没开出弄堂，就听到隔壁邻居家有人号啕大哭了。次日一问，才知邻居的老父去世了，是她弟弟从乡下拍来的电报，只有四个字："父逝速回。"那些年，弄堂人家都怕半夜收到这种凶多吉少的电报。

当然，弄堂人家拍、收电报不仅仅是红白喜事，还有探亲，出差坐火车、轮船前，拍只电报给家人或亲友，望其在某日某刻到车站或码头接某次的列车或轮船的。

"× 次 × 日到沪。"每次接到这样的电报，同学毛建华的母亲脸上都会露出灿烂的笑容。她会叮嘱建华与我去北站接她从黑龙江回来的大儿子。到了北站，我俩拿着电报到指定的窗口买站台票。从三棵树方向开来的列车经常晚点达一两个小时，我与建华在站台上吃足了西北风，冻得"刮刮抖"。火车慢慢驶进了站台，窗口的毛建华的哥哥终于向我们招手了，我俩追着列车跑了近百米，列车才停下。毛建华的哥哥从窗口扔下了一包又一包的行李，足有七八个，最后才从窗口跳了下来。到建华家后已是深夜，她母亲念我辛苦，从大包小包中抓出一些黑木耳、葵花籽和花生给我，我开心得不得了。

弄堂里时常有大人来找我帮忙起草电报稿。那时，我已是一个中学生，有点会"舞文弄墨"了。到邮电局拍电报是以字数多少算钞票的，我好像记得是三角钱一个字。所以，我帮弄堂人每写一份电报前，总要字斟句酌，先听他们说个大概意思，再惜字如金地帮他们写成电报稿。有一次，邻居的一个老头，让我写电报，他说了一大堆的话，我把它归纳成几个字，老头有点不开心了，说我讲了这么多的话，你只写几个字，以为我敷衍他。我跟他解释，帮你多写一个字，你就少买一篮头青菜。老头一听，赶紧说“减字，减字”，还夸我能写会算。

第一次带着草稿去邮电局拍电报，看到电报纸有几十个格子，填写时不知从何入手，问了营业员数遍才搞清格式，除了写上电文，还要写清发报人与收报人的姓名、地址。我写得战战兢兢的，不时写错，在营业员的责备下，经数次涂改，写了四张电报纸后才算合格。

一天，前弄堂的周家姆妈来找我，让我帮忙拍电报，写“母病危速回”。我惊讶地看着她，心里想着，您不是好好的吗？哪来的病危？周家姆妈好像看出了我的心思，叹了口气说：“儿子在北大荒两年未回了，我想让伊回来一趟。”说着哭了起来。“儿子请假没理由，我只好触自家霉头了。”周家姆妈抹着眼泪补充道。见此状，我飞快地写好电文，还陪着她去了曹家渡邮电局拍了加急电报。果然，没几天，周家儿子回来了，还登门谢我。这事让我母亲知道了，被她痛斥了一顿，说我帮人说谎，关照我以后不准再帮人家写这种电报。母亲怕的是我也学会说谎。

20 世纪 90 年代中期，随着电话、传真机的普及，电报业迅速衰落。送电报的投递员也成为人们记忆中的职业了。

灶披间二三事

前不久，看了一部年代剧叫《外滩钟声》，仿佛又回到了弄堂岁月，特别是灶披间里的那一幕幕，充满着浓浓的人情味，令我难忘。

灶披间，是上海石库门房子的厨房。一只门牌号里住着六七户人家，却共用一只灶披间。灶披间四周的墙壁被煤球炉和油烟熏得黑黑的，摸上去黏黏糊糊的，有的人家还在煤球炉的上端钉着一块木板，放着油盐酱醋，灶披间里拉着横七竖八的电线，爬满了蜘蛛网。不少人家点着一盏三支光的“蜡烛灯”，不到十平方米的狭小空间放了六七只煤球炉子，每只炉子旁边还有一只小台子，算是自家厨房的工作台，切菜斩肉，烧好的饭菜端到上面。水斗上装着各家的水龙头，用铁皮或木板敲成的匣子套着，上面还有一把小挂锁。

主妇们时常戴着饭单、袖套，有的还穿着专门炒菜的“厨房服”天天上演着锅碗瓢盆交响曲，混合着各种美味的香气从灶披间缕缕飘出。菜的味道是千滋百味的，油豆腐红烧肉喷喷香，煎臭豆腐干的臭烘烘的，炒尖头辣椒、洋葱的，整个灶披间的人都淌着眼泪，吃不消的人只好逃出去。

夏日的灶披间似只大蒸笼，傍晚的灶披间主妇们忙得满头

大汗，一边炒菜，一边叫着“热煞脱了”。男人们赤着膊，穿着平脚短裤和木拖板，坐在小矮凳上剥毛豆、削黄瓜、劈豆板、钳螺蛳、择鸡毛菜，有人嘴上叼着一支香烟，不时吐出一只只烟圈，还不时被老婆唤去买葱姜、拷酱油、买味精。也有的老婆在炒菜，老公拿着一把扇煤球炉子的芭蕉扇在她的背后使劲帮着扇风的，也有的男人拿着一块井水里搓过的毛巾帮老婆擦额头汗的，也有儿女们端着一只搪瓷杯让母亲喝上几口冷饮水或大麦茶的。旁边的主妇也会嘲叽叽的，“蛮会拍马屁的嘛”。男人尴尬地笑笑溜出了灶披间，整个灶披间里传出了一片笑声。

灶披间里时常会传出温馨的一幕。谁家来了客人，邻居们会帮着拣菜、烧饭，让出自家炉子，甚至帮着炒出几只拿手菜。家庭主妇们的烹饪手艺都是在灶披间里“炒”出来的。那时，没有什么菜谱，都是相互看看，炒炒，慢慢学会的。

灶披间也是一个消息源，主妇们一边烧饭炒菜，一边“嘎嘎讪胡”聊着弄堂里的家长里短。谁家都会碰到一些不开心的事，灶披间便是她们的诉说之

地，闲言碎语也时常从灶披间里传出。偶尔，主妇们也会发生龃龉或“吵相骂”，有的是为了壁角落堆破家什的，有的是把痰盂罐放到了洗菜的水斗里冲洗，有的是贪小便宜老是开邻居家的电灯……从此，两家主妇见着都板着脸不再搭讪，而两家的男人照样香烟扔来扔去。有时，张家阿婆倒好豆油，正欲炒菜，一转身却忘了炉子上的油锅，虽然吵过“相骂”了，李家嫂子还是去帮着端下了油锅，冲着灶披间门外大叫一声：“油锅要着火啦！”张家阿婆忙不迭冲了进去，朝着李家嫂子尴尬一笑，算是谢过了。没几日，李家嫂子外出买菜去了，天渐渐暗了下来，要下大雨了，李家衣服还在风中飘荡，张家阿婆见状，拿起一把丫杈头将李家竹竿的衣服杈到自家屋檐下，急急忙忙奔回家的李家嫂子见张家阿婆正忙着帮她收衣服，连声道谢着从张家阿婆手中接过竹竿。“哗啦啦”倾盆大雨落了下来，两个“冤家”微微一笑泯“恩仇”，灶披间里又传出了她俩说话的声音了。

谁家包了馄饨，主妇们总要煮好一碗碗馄饨，端给左邻右舍后再自家开始吃，这已成了弄堂的风尚。

灶披间里的炉子都是隔夜用煤糊封着过夜的。煤糊中间留一只小洞，关紧炉门，再搁上一只灌满水的铜吊。次日早上，水是热的，用来揩面、烧泡饭正好。谁家的煤饼炉子熄灭了，也可到邻居家的煤饼炉上“过火”，即将自家的煤饼放到邻居家的煤饼上，洞对洞至烧红，再放到自家炉子上用扇子扇扇烊，就可以烧泡饭了。

《外滩钟声》，让我看到了自己的童年。老房子早已在前些年拆除，但那艰苦而又简单的弄堂岁月，仍时常让我牵肠挂肚的。

老虎灶茶馆

老虎灶茶馆，是上海弄堂市井生活的缩影。我家弄堂前后就有三家老虎灶茶馆。

老虎灶茶馆是“螺蛳壳里做道场”，除了泡开水外，店主还会在店堂里摆放几张方桌和几条板凳，多的六七张，少的二三张，兼做茶馆生意。来这里吃茶的都是上了年纪的老年人，他们不管刮风下雨还是酷暑雨天，每天必来茶馆，一张张饱经风霜、爬满皱纹的脸上，绽出微微的笑意。

老虎灶茶馆多位于弄堂的拐角处，门面不尽相同，有大有小，斑驳的老墙上爬满了青苔，有的房梁也有点歪歪斜斜的。茶馆要比弄堂的烟纸店开门还要早，当人们还在睡梦中时，老虎灶的膛火伴着晨光，给静静的弄堂增添了生活的气息。早上五六点钟，有早起的老人一手拿着大饼油条，一手拿着紫砂壶或搪瓷杯直奔老虎灶茶馆，紫砂壶被油腻的双手摸出了铮亮的包浆。落座后，他们打开已放好茶叶的紫砂壶或杯子，让水老板沏茶。老人们似乎对茶叶不太讲究的，上至龙井毛峰，下至茶叶沫子，他们都无所谓，他们来孵茶馆，贪的是那份闲适的氛围和街坊邻居聚在一起“嘎讪胡”的安逸心情。几个老人边吃茶边相互打着招呼，有的已点燃了香烟，没过多久，茶馆里

已是烟雾缭绕，伴随着是老人们的咳嗽声。

稍晚来的老人有的还拎着鸟笼，鸟笼上绣着花边的青布遮盖着，以防小鸟受到惊吓。到了茶馆，老人找了一个靠窗的位子，把鸟笼挂到窗外，并将对外的布帘撩起来，让鸟透透气。一次，我买菜回来路过茶馆，看到一个老人没将鸟笼挂好，掉落在弹街路上，鸟笼散了架，小鸟也惊飞了，老人气得捶胸顿足，瘫坐在茶馆的门口。茶馆里也有的老人抱着一只破了壳的半导体收音机，拍着桌子打着节拍，摇头晃脑地跟着收音机在学唱沪剧，也蛮陶醉的。

老虎灶上放着几只已烧得发黑的铜吊在烧水，煮开的水从铜吊里溢了出来，"嗤、嗤"直响。水老板看到后立即过去把开水灌进了热水瓶，接着，他又把几只热水瓶送到了各个桌子上。陆陆续续来吃茶的老人越聚越多了，他们围着方桌吃茶、走象棋、嘎讪胡，谈论着各自家里、厂里、弄堂里和国家大事。老人们聚在一起不讲亲疏，不受拘束，不管张三李四都可以搭讪，天南海北地嘎讪胡，有时也会成为弄堂小道消息的发源地和传播站，都是一些鸡毛蒜皮的琐事。大家想插嘴就插嘴，声音要多高就多高，为一点芝麻绿豆的小事争得面红耳赤也是常事，说得口渴了，就吃几口茶，吃了茶又来劲了，继续高谈阔论，茶客们的市井奇闻常让老人们发出爽朗的嬉笑声。也有的是来向同桌的老人诉说着邻里纠纷，或是与老伴“吵相骂”的烦心事，大家七嘴八舌地一番劝说，老人脸上马上“阴转多云”了。

夏日炎炎似火烧，茶馆里闷热潮湿，不少老人打起了赤膊，“吧嗒、吧嗒”摇着蒲扇。冬日里，老人们双手插在老棉袄的袖管里或是捧着一只热水袋，也有的是捂着一只冲满开水的“盐水瓶”，嗑着瓜子，剥着长生果、糖炒栗子的老人，桌前已是一摊皮壳。难得有一个暖阳的午后，几个老人会把方桌搬到室外，在慵懒的阳光里打着哈欠伸着懒腰。方桌下悠然踱步的老猫被伸腿的老人踢到，“嗖”的一下蹿出了好几步远；屋檐下不时飞出一群麻雀落地寻食；几个老人趴在桌子上打起了瞌睡，发出了轻轻的鼾声，口水把一小撮胡子润得湿漉漉的；挂在窗外的小鸟却不知疲倦地叽叽喳喳叫个不停。

父亲也爱吃茶。于是，大多数的周末，我总会跟着他来到茶馆。他经常会泡一杯茉莉花茶，一股扑鼻的清香让我陶醉，我端起茶杯急着要喝。“慢！”父亲的大手挡住了茶杯，“心急吃不了热豆腐嘛。”父亲说着打开茶杯的盖子，用嘴微微吹着杯中浮着的茉莉花。大约等了几分钟，父亲终于让我吃茶了。啊，只觉得一股清香沁人心脾，我不由叫了起来，“迪个茶哪能介香的啦！”父亲看着我却笑而不语。

老虎灶茶馆的魅力不在于茶，而在于茶馆里老人们其乐融融，享受生活的那份闲性，让平淡的生活增添了风雅的韵味。老虎灶茶馆的市井风情一直留在了我的脑海中。

家门口的煤球店

秋风萧瑟天气凉，草木摇落露为霜。转眼，冬天来到了，又是一个取暖的季节。北方人可以用煤取暖，上海人可没这个福气。那时用煤是凭计划供应的。如今，每家每户用煤气灶、微波炉、电磁灶烹饪美食时，是否会想到20世纪90年代前，弄堂人家煮饭炒菜烧水的煤球、煤球炉和煤球店。

我家对门就是一家煤球店，从我记事起到80年代中期弄堂拆迁，三十多年我与它朝夕相处，总能回忆起不少煤球店的趣事。

煤球店只有二十几平方米，靠东墙堆着半山高的煤球，西墙一角堆着一大堆煤屑。门口处搭着一间一平方米左右的营业房，记得营业员是个胖阿姨，姓邓。柜台前的箩筐里堆着长短不一、厚薄不均的柴爿，还有木炭和引火用的刨花。煤球店全部的家当是一只记煤球卡和收款用的破桌子，一只长满铁锈的磅秤，一只抄煤球的钉耙和一只抄煤球灰的铁铲。

那时，家家户户都有一本煤球卡。逢年过节，家里临时要添一只煤球炉子，煤球不够烧了，我时常要去排长队等候买煤球，因为煤球店在家对门，我就像菜场买菜一样，把两只破铅桶放到买煤球的队伍中，照样在家洗碗、拣菜，做家务。排队

的人都伸长着头颈，等候着视线中的煤球车出现。“煤球车来了，煤球车来了”，排队的人开始躁动起来，我闻声一个箭步蹿出家门，拎起两只铅桶挤进队伍中去。

踏着沉重煤球车的运煤师傅浑身黑乎乎的，无论盛夏酷暑还是寒冬腊月，他都戴着一顶破草帽，厚帆布披肩搭在了肩膀上，黑不溜秋的白毛巾围在头颈里。踏煤球车也是个苦差事，弄堂里七转八弯的，又是弹街路，装满煤球的拖车在弄堂里转弯纯靠手臂上的力量，还要躲避弄堂里老太摊晒的梅干菜、萝卜头等摊头。不懂事的我还曾趴在拖车后面用碎煤块掷他；懂事了的我又学雷锋做好事帮他推过车、轮胎打过气。

要把家里的煤球炉子烧得旺旺的，就要不断捅炉子。对捅出的煤球灰，母亲常要我拣出未燃尽的煤核，积少成多后，再去煤球店买来一些不记卡的煤

屑，在一只小陶缸中和水后做手工煤球，我像搓一只只黑洋酥汤团似地搓着煤球，大小与煤球差不多，搓好后放到一块长板上在家门口摊晒晾干。我很是乐意搓煤球，虽然双手弄得墨赤乌黑，但看着一排排搓好的煤球，心里还是喜滋滋的。

煤球店的胖阿姨不敢在店里生炉子，她带来的饭盒时常会在邻居家蒸饭热菜，每一次她都会给邻居四五只煤球或一只煤饼，母亲时常会盯着胖阿姨让她来我家，为的是那几只煤球。胖阿姨是个公事公办的人，她虽然与四周邻居很熟，但她不会卖计划外的煤球、煤饼给邻居，谁家办婚丧喜事要多用煤球、煤饼，她至多是让你把下月计划提前到本月用。

夏天时常刮台风、下暴雨，弄堂里遍地是大水，煤球车进不了弄堂，胖阿姨会和运煤师傅蹚着积水把笨重的磅秤推到弄堂口没有积水的地方，张罗着记卡、开票，从拖车上抄煤球、过磅，忙得不亦乐乎，解了弄堂人家的燃“煤”之急。

在寒风凛冽的冬日，煤球炉更是一家人围炉夜话的地方。在煤球炉边嗑瓜子、烘山芋、烤年糕，炉子上烧着一铜吊冒着热气的开水，“咕嘟”作响，那种乐趣和氛围至今回忆起来都十分温馨。可母亲惜煤，怕烧多了煤球、煤饼超出了供应计划，只是在春节前后才会给儿女们放开此等的待遇。

弄堂有家服务站

前几天，一条灯芯绒裤子膝盖处磨破了，我毫不犹豫地把裤子扔掉了。可在儿时，母亲一定会用缝衣针将其补好让我穿上的，实在补不了，她也会让我拿着裤子去弄堂服务站用缝纫机补的。那时，弄堂里很少人家有缝纫机的。

五六十年代，弄堂服务站遍布大街小巷，服务站里的人大多是家庭妇女，她们自愿组织起来，白手起家，为附近居民裁剪衣服，补衣裤、装拉链、拷边、补套鞋、收电费、做“假领头”，棉毛衫换袖口等，给弄堂人家的生活带来了很大的便利。

离我家最近的服务站在长宁路476弄口“同仁宫”南货店的隔壁，只有八九个平方，是服务站一个老阿姨自愿腾出她家临马路的一间小房子，里面有一台老掉牙的缝纫机，一台锈旧的拷边机，大木板摊上一块白布当作了裁剪台，几只吱吱嘎嘎的骨牌凳和一些补套鞋、钉掌子的旧工具，就是这样一个服务站，附近居民都叫它是弄堂里的“中央商场”。

服务站还帮居民改衣服，大改小、旧翻新，裤子短了，袖管短了可以接一段上去，颜色有差异，穿的人也无所谓。我哥的不少旧衣服，母亲都会改给我穿，母亲时常会拆开哥的衣服重新染色，而后再拿到服务站去大改小，让我继续穿。记得哥的一条旧长裤膝盖处磨破了，长改短，我又穿了很久。整个童年，我穿了哥不少整旧如新的衣服，而我穿过的衣服几乎没有可能再改给弟穿，因为我太调皮，衣服不是磨破就是钩破，时常补丁打补丁，坏得难以再传给弟弟。

那年月，弄堂孩子的衣服打补丁也是司空见惯的。春节前夕，母亲好不容易为我做了一条卡其布的裤子，仅过了四五个月，裤子的膝盖、屁股部位已磨得母亲不能手工补了，只好拿去服务站，花钱用缝纫机补，屁股地方被缝纫机针线补得像沪西体育场的跑道，一圈又一圈，足有十几圈，补得可牢啦。

儿时不少的袖套、棉手套等都是在服务站里买的。这些东西都是服务站为人裁剪后用零头布拼接而成，价格十分低廉，很受弄堂人家的欢迎。读中学后，我穿上了中山装，怕衣袖管磨损，我也是整日戴着袖套的。鞋垫更是废物利用品，用一层层的碎布在缝纫机上踏出来的，一角钱一副，弄堂里不少人都喜欢用。后来中学毕业我去了农场，每次返场前，我总要去服务站买几只“假领头”。肩布还是几种颜色的布拼缝的，反正穿在绒线衫里，也没人看见，价格便宜就好。

父亲的劳动布工作服穿了几年，手臂、肩上、膝盖处已磨出了洞，劳动布厚，母亲一针一线缝得很吃力，只好拿去服务站机补。缝纫机补的针线严密，针脚整齐，父亲很是喜欢。每逢衣裤坏了父亲要拿去服务站，都被母亲拦了下来，她检查一下，如可以用手工补就拦下来，节约家庭开支。

拷边也是服务站的一大特色服务。母亲时常会给我几分钱和一块布料，让我去服务站拷边。服务站的阿姨拷边既快又好，拷好边的衣裤料，阿姨还会帮你叠好用布条扎牢，免得来拷边的小孩丢三落四的。春节前夕，来服务站拷边

的人特别多，排起了长队，拷边阿姨忙得头也抬不起来，手里拿着布料，脚不停地踏着拷边机，嘴上时常咬着馒头。有时，拷边阿姨还让我帮她们去不远处的妇女食堂买馒头，我会拿着钱飞奔而去，待我拿着报纸包好的馒头回到服务站时，阿姨已帮我的衣料拷好了边。

母亲时常会给我几只分币，让我去服务站买扎拖把的布，我会抱着一大捆花花绿绿、零零碎碎的“边角料”布条回家。母亲还会从中拣出一些稍大的布用作补衣服、纳鞋底和做鞋帮，只是那些细条的布，母亲才会让我用老虎钳、铁丝扎拖把，我会把布条整理得整整齐齐的，才扎到木头柄上。

早已消失的服务站，留在了历史的影像中，收藏在了我的记忆里。

私房钿趣忆

男人藏私房钿是一个公开的秘密。私房钿是老婆不知道也不能让老婆知道的，而且要隐藏在不能让老婆发现的地方。

每月 10 日，母亲总会在吃晚饭的时候问父亲："工资发了吗，拿出来。"这是我家每月都会出现的一幕。"发了，"父亲从皮夹中拿出一只工资袋，递到母亲手中。母亲总会瞟一下有些不自然的父亲。看着母亲，父亲时常会擦着额头上的虚汗。

父亲每月的工资都如数向母亲"交公"的，听从"组织"安排，香烟钱、交通费、零用钱，除此外，基本没有"财政预算"了，父亲只能将平时单位发的加班费、值班费和省下来的零用钱攒起来。我知道父亲藏私房钿后，经常想着办法去寻找，家里不大，家具也简陋，没让我多费心思便找到了，我不会告诉父亲，更不会让母亲知道，而是从父亲的私房钿中抽出五角、一元的，作为自己的零用钱。每次这样，父亲有所察觉就会转移私房钿。一次，父亲在房间里东走走、西望望，似乎想藏东西，他把房门关上后，我便悄无声息地趴在门缝上朝里看，果然，父亲在藏私房钿，待父亲一走，我见沾满灰尘的一排书中有一本《水浒传》放颠倒了，我便将怀疑的目光盯住了它，一翻开，果然几张一元、五元的钞票夹在其中，我偷偷地

把书藏了起来。傍晚，父亲下班回家了，我笑嘻嘻地对他说，要借《水浒传》看一下。父亲一听，连连摆手，当父亲得知我已把书带到学校去了，逼着我去把书拿回来。看着父亲急吼吼的样子，我才悄悄跟他说，给我三角钱，我回校去拿。父亲连忙从裤袋里摸出五角钱塞到了我手中，我却从阁楼的篮子里拿出了《水浒传》，父亲一看正欲抽我，蓦见母亲端着洗衣盆进门，话到了嘴边却咽了回去，他狠狠瞪了我一眼。次日，我用父亲给我的私房铟去曹家渡战斗文具店买了一副陆战棋。

父亲藏私房铟也经常是“打一枪换一个地方”的，他还把私房铟藏在家中供着的瓷器菩萨的大肚子里。我通宵达旦刻花样遭到母亲的竭力反对，便想把刻刀藏到菩萨肚里，无意间发现了父亲的秘密。我正数着钱，母亲已闻声而至，把菩萨肚里的钱全倒了出来，统统“没收”了。父亲没有解释，只是坐在小矮凳上默默地抽烟，沉默了好久，父亲终于开口了，这些私房铟是我攒起来的，乘电车，乘一半走一半，香烟改抽劳动牌了，是想攒足六元钱给儿子买双高帮篮球鞋……母亲一听也不吱声了，而我的眼里噙着泪花，父亲为了我梦寐以求的篮球鞋居然付出这么多，想着想着眼泪止不住流了下来。没过几天，父亲果然从康美百货店买回了一双高帮篮球鞋，让我喜不胜喜。

邻居中也有不少藏私房铟的男人，还闹出了笑话。一次，他家卫生大扫除，一双既破又脏的棉鞋被其老婆扔进了垃圾箱，他家男人顾不上秘密暴露，拿着一把火钳冲出家门在垃圾箱里翻找那双破棉鞋，所幸垃圾不多，破棉鞋很快被找了出来，私房铟因此也被“没收”了。

我家隔壁的老爷叔把 30 多元的私房铟卷起来塞进了自家的一只破竹椅里，天天坐在上面颇觉安全。有一天，他吊井水回来，竹椅被打牌的邻居借了去。老爷叔急得像热锅上的蚂蚁，他想要搬回竹椅，人家正坐着，不把竹椅拎回家又怕遗失“巨款”，老爷叔索性搬了只小矮凳坐在家门口盯着他家的竹椅，生怕有什么动静。人家打牌至深夜，平时爱打瞌睡的老爷叔一刻也不敢闭眼，牌摊一散，他一个箭步上前夺回了竹椅，众人见了都有些纳闷，后来还是老爷叔自己说出了真相。

弄堂里老裁缝的妻子得了重症肝炎，在医院里奄奄一息，正在路灯下打牌的一帮男人闻讯后纷纷放下扑克牌，直奔万航渡路上的同仁医院。病床上老裁缝妻子面孔蜡蜡黄，鼻子上插着氧气管，手上吊着盐水，嘴巴抿得紧紧的。父亲等几个男人一看这情景，纷纷掏钱相助，你一元我二元，帮老裁缝凑了十几元钱，老裁缝激动得老泪纵横。后来听父亲说，凑的份子钱大家都从私房钿里“报销”了。

难忘邻里情

不知从何开始，我会经常想起当年的老邻居，那时的邻里情不时浮现在我的眼前。

儿时的弄堂，大都居住着平民百姓，生活并不富裕，居住条件差，有的多户合用一只灶披间、一只大火表，但邻里间嘘寒问暖相互照应的生活气息很浓厚，整条弄堂像一个大家庭似的，充满着人情味。

夏日，弄堂里一些老头老太常会搬只小矮凳坐在弄堂口“嘎讪胡”，手中却不空闲，有的在拣菜，有的结绒线，有的戴只红袖章当治保，一旦有陌生人进弄堂，就会盯着问：“侬寻啥人啊？”非要来人讲清门牌号头和姓名才会让侬进弄堂。邻里间彼此的家庭情况也了如指掌：张家儿子会裁剪，李家媳妇绣花绣得赞，沈家大伯会修脚踏车，王家女儿是厂里电工……谁家有困难上门求助，邻居绝对不会推卸，如果遇到老人半夜里发毛病，左邻右舍闻声都会出门帮忙，有的人去推来了黄鱼车，有的人搬来躺椅放到了黄鱼车上，让病人躺下，有的小青年自告奋勇来踏黄鱼车，朝着医院飞驰而去。

逢年过节，小小的厨房间是最忙碌的地方，你洗菜我烧饭，侬炒菜我拣菜，相互谦让着，尽量为对方腾出空间来。王

家泡饭在煤球炉上烧着烧着潽出来了，王阿姨却出去倒垃圾了，邻居蒋阿姨忙帮她家掀开锅盖，搁上只筷子，不让泡饭再潽。厨房间里相互借根葱借块姜借一调羹酱油、食盐、麻油也是常事。谁家要炒辣椒毛豆子了，都会事先打个招呼，让怕辣的人避避开。谁家要办喜事了，邻居家有圆台面的都会主动出借，甚至台子、凳子，还有锅碗瓢盆都会借给办喜事的人家，还会帮着拣菜、洗菜、洗碗、刷锅子……

上学的孩子丢了钥匙，坐在家门口等爸妈回家，也会被邻居叫进屋里吃点心、做功课，甚至吃好夜饭。有什么好吃的，邻里间也会一起分享。谁家包了馄饨，总要一碗碗端给四邻尝尝味道，谁家有人过生日，也会把排骨面一一送给邻居。

端午节家家户户裹了粽子，你家送赤豆粽，我家送白米粽，你家送蜜枣粽，我家送鲜肉粽，都会分享着各家的品种和手艺。春节前，农场和插队落户回来的儿女们带回的瓜子、花生和山芋干等也会相互送来送去。那种邻里间的走动，时刻透着浓浓的邻里情。

哥在崇明农场帮职工剃头，每次探亲回沪，他总是不忘把理发工具一同带回来，抽空为邻居剃头。特别是春节前，弄堂里不少人都会来找哥剃头、剪发，一时间，我家门庭若市。有的人还拎着热水瓶、面盆，剃好头还要哥为他洗头，哥也是毫无怨言，乐呵呵地为邻居服务。

有一次，对门丁家的一只大花猫把我家晒着的马鲛鱼叼走了一条，我追上去想猫口夺鱼，可大花猫叼着鱼已爬到了屋顶，半晌，啃完鱼的大花猫又悄悄潜到我家晒鱼的搓衣板边，早有准备的我一扫帚砸过去，大花猫惊叫着逃走了。这一幕正巧被丁家姆妈看到，她问明缘由后，没说什么就回家了。午饭的时候，丁家姆妈端了只碗来我家，内有几块干煎带鱼，说是赔偿被大花猫吃掉的马鲛鱼，见此，我脸涨得通红，不知说什么好。

弄堂虽已拆迁多年，但抚今思昔，我仍会念念不忘弄堂人的那份邻里情。

手工编结满弄堂

手工编结是弄堂女人的天性。傍晚，弄堂女人三三两两聚在自家门口的小矮凳上，一边手工编结，一边聊着家长里短的事。几团绒线放在一只小竹篮里，纤细的竹针，女人们一双灵巧的手，就那么绕来缠去，绽放着无尽的耐心与细致。

儿时过冬，身上穿的绒线衫、绒线裤，头上戴的绒线帽，头颈里的绒线领圈、绒线围巾，手上的绒线手套，脚上的纱裤、线袜几乎全是母亲一针一线编结出来的。母亲常与弄堂女人聚在一起切磋编结的针法、款式和花色。弄堂里几乎每隔一段时间就有一种新颖的编结法流行，众人也争相仿效。

儿时，我长得快。绒线衫隔年穿上就紧绷绷了，母亲会像弄堂里大多数女人一样，拆掉绒线衫洗后重新编结新的花样，她还会把新绒线结到领口和袖口上，给人感觉我又穿上新的绒线衫了。

深秋的夜晚，已是凉意袭人。我经常看到昏黄的灯光下，母亲将绒线缠绕在指间，绒线针上下翻飞，将爱意注入针线，编结着儿女们成长的足迹。日复一日，疲惫了母亲的眼睛，白了母亲的双鬓，弯了母亲的脊梁。一件重结如新的绒线衫套到我身上，不大不小正合身，这一刻，母亲心里感到一阵欣慰，她的脸上露出了淡淡的笑容。可母亲自己穿的一件绒线衫，旧得松松垮垮了，上面还有几只蛀洞，她也舍不得去买绒线帮自己结一件，但她为子女们结了一件又一件，就是没有为自己结一件像样的绒线衫。

在那个物资匮乏的年代，每人每年只有几尺少得可怜的布票，买绒线既要钱又要工业券。弄堂里有不少聪明的女人纷纷把积存的劳防用品手套，拆成纱再编结成纱衫纱裤。母亲当然也不例外。那时，父亲在工厂每月有几副纱手套作为劳防用品发的。父亲工作用的手套坏了就补补再用，而把新手套交给了母亲。母亲把一副纱手套拆了绕成团，编结成了我和弟弟身上的纱衫纱裤，这种纱衫纱裤既笨重又保暖性差，课余打篮球热得头上冒汗我也不敢脱下，怕同学们笑话，我时常宁愿挨冻也不愿穿这种“手套裤”。后来，母亲想出了一个主意，在纱衫的领口、袖口，纱裤的裤脚管结上了一段新的绒线，我才勉强穿上了，别人还以为我穿了一套新的绒线衫裤了。

我在弄堂“白相”时，经常被母亲“捉牢”，让我双手帮她绷绒线。母亲将买来大麻花似的绒线绕成一团的绒线，我的双手就成了她的绷弓。她将“大麻花”套在我的双手上，母亲一边绕，我一边要随着母亲的节奏左右摆动。我很是怕做这种事，时常一看见母亲拿出“大麻花”时，我就逃得远远的。母亲没了帮手，只得将“大麻花”绷在了四脚朝天的方凳子上，将绒线绕成团。看到母亲绒线绕得差不多了，我才从弄堂一角钻了出来，只听见母亲嚷着：“小赤佬，存心躲脱是哦?”我却装得一本正经说：“在向阳院里读毛选呢。”母亲知道我在说谎，只好摇摇头作罢。

母亲还会手把手地教姐结绒线，她让姐左手抓着一根有绒线的竹针，右手像写字似地捏着另一根绒线针，姐把绒线绕在小拇指上用于固定绒线上升的松紧。姐时常紧锁眉头，时常又舒心一笑。姐灵在心，巧在手，结绒线时姐的手指时常优雅地呈兰花状。没过几天，姐便会编结冬天戴在头颈里的领圈了。

那些年，弄堂里还有一些小姑娘聚在一起编结玻璃丝手工艺品，花花绿绿的玻璃丝在心灵手巧的小姑娘手上变成了一只精致的小挂件，大眼睛的金鱼、

翩翩起舞的蝴蝶、栩栩如生的对虾、活灵活现的小猴子……我时常站在她们的身后看她们编结，一根根五颜六色的玻璃丝，在小姑娘一绕一拉一钩之间，没过多久，就成了一件件漂亮的手工艺品了。这些小东西挂在钥匙圈上，曾经给我们的童年带来了不少的快乐。还有一种钩针编结，同样为弄堂小姑娘所青睐，小姑娘凭借一根简单细小的钩针，通过外钩、内钩、反钩等技巧变化，用白线钩出各种图案与花形，有的用作台布，有的盖在了电视机上或收音机上，用途多多的。钩针编结遍布了大小弄堂，茶余饭后，夏日纳凉，弄堂里总有一簇堆一簇堆的小姑娘围在一起切磋钩技钩艺，只见五彩缤纷的线绳在他们手指间不断地变幻出多样的工艺品。

弄堂里也常有一些喜欢刺绣的小姑娘聚在路灯下一起刺绣。姐一度也曾迷恋于刺绣。在一只绷弓上，姐从一块白布开始，上面用复写纸描着许多线条的花卉。各色艳丽的金银线，随着掂在指尖上的绣针在纯白色的绣布上穿来绕去，从最初的苍白到朦胧初现，直到完美呈现出亮丽的图案，姐时常熬红了眼睛，指尖也时常被绣针戳得点点血印，终将换来了丰硕成果。哥结婚时的一对鸳鸯枕头套、电视机套、沙发手垫都是她的杰作。

竹器的年代

竹制品曾经是弄堂人家生活中比比皆是的用品。挑水用的扁担，吃饭的筷子，刷马桶的豁筅，还有淘米箩、蒸笼、晒箕、菜罩、热水瓶壳、油布伞等都是竹制品。特别是夏日乘风凉的竹椅、竹凳、竹榻、竹躺椅、竹席等，更是清一色的竹制品。

在那个没有空调没有电风扇的晚上，人们在家门口乘风凉，悠闲地躺在竹椅竹榻上。摇着蒲扇“嘎讪胡”，待夜露暗结时，人们在睡意蒙眬中把竹制坐卧器一一拾掇回家，竹器碰撞的声音，“明早会、明早会”的招呼声，回想起来是那么的温馨。家里的一根竹扁担，是我童年挑水的专用工具，这是母

亲从菜场地摊上买来的便宜货，有点硬，挑起水来就肩痛。有一次与弟用木桶抬水时，把扁担给压断了，被母亲责骂了一通。有一段日子，只好问邻居借扁担挑水，后来哥从崇明农场带回来一根很有韧性的扁担，挑水时借力不少，肩也不痛了。

这根竹扁担用了十余年，直到弄堂里接自来水进户，扁担才搁到家中的角落里。

我家还有一把老躺椅。如今，蜷缩着身子被遗忘在阳台的一角，灰尘散布其上，遮盖了它原本暗红的颜色。每次看到躺椅，脑海里便闪过一个清晰的画面。父亲在他生命的最后几年里，这张咿呀咿呀的老躺椅成了他离不开的依靠，老躺椅可收可放，父亲困倦了便躺下，母亲会给他盖上一条薄毯。那些年头的冬日，在每一个天气晴好的午后，家门口的躺椅里似乎定格在这样一个既温暖又略有些伤感的画面，父亲无精打采地在躺椅上似睡非睡，汗水的浸润和肌肤的摩挲，使这把老躺椅变得油光锃亮。

由细竹条束成的马桶豁筅，是弄堂人家刷马桶的用具。每天早晨的阴沟洞边上，家庭主妇们一字排开，用马桶豁筅齐刷刷地刷着马桶，马桶里还有毛蚶壳，马桶豁筅一刷，“哗哗”的声响，构成了上海弄堂早晨独有的旋律，也是弄堂早晨的一景。刷好的马桶还要晾干，我经常看到弄堂墙角下，一排刷好的马桶和马桶豁筅在晾干。为了节约钞票，父亲曾买回一节长竹筒，花了整整一个下午，用柴刀硬生生劈出了一只马桶豁筅。

竹篮子也是弄堂人家过日子少不了的。早上出门买菜，无论男女，都是拎着篮子上菜场的，不少人回来的时候经过大饼摊，还会用一根竹筷子串着几根油条小心翼翼拎着回家。母亲是杭州人，每次从乡下回来总要带上一两只杭州篮回家。新篮子是买菜用的，旧篮子在家里放杂物。我喜欢拎着杭州篮去菜场排队买菜，篮子的手柄也被我拎出了“包浆”。有时，买回的鸡毛菜上还有残余的农药痕迹，我会连篮带菜浸到铅桶里，母亲看到我将新篮子浸在水中，跑上来就给我吃只“毛栗子”，让我把鸡毛菜倒在破篮子里再浸到水中。每年盛夏来临，母亲总会将隔年的竹席拿出来暴晒，怕臭虫隐藏其中。母亲还会将烧得滚烫的开水浇到竹席的每处细缝上。傍晚，才将晾干的竹席收回家，再用井水揩一遍。晚饭后，我会把家中的铺板搬到家门口搭床而睡，我时常看着天空中厚厚的白云和繁星点点，不久便睡着了。

家中还有一把油纸伞，几乎陪伴了我的学生时代。记得儿时在风雨中行走，有连人带伞被吹着走的感觉。油纸伞的伞骨是竹制的，厚厚的油纸裱糊在伞骨上，下大雨时撑着重重的油纸伞时而东晃西摇的。母亲会在伞的两头系上一根布绳，在每一个雨日到临前让我背着去上学。

竹壳热水瓶也是家家户户必有的。我家的台子上常放有四只，与之相处了几十年。偶尔，也会打碎了热水瓶，但竹壳不会有恙的。1976 年，我去农场也带走了家中一只竹壳热水瓶。很小的时候，我就会用老虎钳、铁丝等，调换瓶胆下腐烂的底板。去老虎灶泡开水把瓶塞弄丢了，我也会跑到秀水路上的小摊贩处，花两分钱买回一只瓶塞，免得又被母亲一番唠叨。

伴随着竹器在现代生活中逐渐淡出，儿时记忆中的这些老物件总能唤起我怀旧的情愫。

那些年的『差头』叫乌龟车

20世纪七八十年代，活跃在上海大街小巷的“差头”，罩了只淡绿色的铁皮壳，顶篷是厚帆布做的，因外形有点像只乌龟，弄堂里的人都叫它乌龟车，也有的孩子叫“癞蛤巴”车的。

弄堂里宋家的二儿子在出租车公司是开乌龟车的，他回家吃午饭时，车子停在自家的门口，我经常会钻进去“白相”，模仿司机开车的动作。乌龟车没有方向盘，只有脚踏三轮车的那种手把，前面只能坐驾驶员一人，后面可坐两名乘客。

乌龟车不是随手扬招的，用车要到医院、公园、车站、码头等租车点登记的，记得当时好像是一角五分起步，以后三分钱一公里。那年头，弄堂里的人都不怎么富裕，出门要么走，要么骑自行车，或者坐公交车。弄堂里只有谁家媳妇要去医院生孩子或生完孩子回家，才会舍得花钱去叫乌龟车上门来。我经常在家门口看到乌龟车开进弄堂，车内产妇纱巾披头，怀抱婴儿，旁边坐着自家姆妈，颠簸着开在弹街路上。产妇的老公却踏了一辆“老坦克”跟在乌龟车后面，“老坦克”的车把上挂着用网线袋装着的竹壳热水瓶、搪瓷杯、面盆、肥皂盒等，“哐当、哐当”地在乌龟车后面踏着。

乌龟车虽然有些简陋，坐在里面闻着汽油味重，但其小巧灵活，在狭窄的弄堂里畅行无阻，偶尔乘乘价钿也能承受。弄堂里的人有时去老北站乘火车、去十六铺登船，因其行李又多又重，也会叫乌龟车上门的。逢年过节，各地回来的知青，拎着大包小包，装着黄豆、香瓜子、山芋干、大米等，沉甸甸的，时常也会叫辆乌龟车载着行李回家。乌龟车尾有一块后盖可以翻下，是专门为载货而设计的，几只旅行袋叠起来，用绳子捆扎好，也是蛮结实的。

母亲去杭州弟弟家通常都坐 13 路电车去老北站的。一次，母亲身体不适，哥去中山公园租车点，叫了辆乌龟车要送母亲去车站，母亲一听起步就要 1 角 2 分，便死活不肯上车。车开到长宁支路口，母亲嚷着又要下车去乘 13 路电车，被哥死死地拉住，母亲才未能如愿。到了老北站，一结账，要一元多钱，母亲拉长着脸，把哥一顿数落，说他是败家子，一角的电车变成了一元的“差头”。哥很是委屈，却不敢出声，摸索着从裤子的表袋里掏出一张不知藏了多久的一元纸币，付了“差头”钱，耷拉着脑袋回到了家里。以后，母亲再也没有坐过乌龟车，哪怕她去万航渡路上的同仁医院开阑尾炎，也是蜷缩着身子坐在哥的自行车后座上去的。

乌龟车开进弄堂，玩游戏的孩子总要纷纷躲开，偶尔，一大帮孩子也会扒着帆布窗跟着车跑，开心得不得了。有时，我们也会使坏，一齐发力，使劲拉住车子，乌龟车马力不够，居然开不动了。司机跳出车子要来揍我们，我们几个早就逃进小弄堂里去了。司机骂骂咧咧刚启动了车，我们又一拥而上想去拉车，直到被邻居们喝止才松了手。有时，乌龟车载物太重抛锚了，弄堂里大大小小的孩子又会上前帮着推车，直到乌龟车重新发动起来，我们才放手，可好几个孩子被乌龟车的黑烟熏成了“野狐脸”。

乌龟车开起来蛮灵活的，转弯时车速过快，后轮会腾空，坐在里面的人有点“吓丝丝”的。一次，我在秀水路看到一辆乌龟车撞翻了路边的葱姜摊后，侧翻在一边，不少摊贩都纷纷叫了起来。此时，从乌龟车里爬出的乘客，拍打着身上的灰尘，摸着额角头上的肿包，气呼呼地对驾驶员说：“还要付车费吗？”驾驶员连连摆手，乘客一边摸着额角头，一边嚷着触霉头，朝着旁边的弄堂深处走去。此时，路边几个打着赤膊的小伙子走到车前，对着司机说，帮侬推一把吧，“一、二、三”，合力将侧翻的乌龟车扶正了。司机盯着乌龟车前后看了又看，也未见有什么损坏，发了一圈香烟后，便重新发动车子，叫着“谢谢俤，谢谢俤”，开走了。

那个时候，前后弄堂的年轻人结婚，新娘一大沓五颜六色的绸缎被子是靠黄鱼车踏到婆家的。新婚那天，有的新娘还是坐着新郎的自行车上门的，有的还会借辆永久牌自行车。有一天，我放学回家，看到弄堂里一辆乌龟车贴着双喜字开进来，从娘家到婆家，只有几百米，却坐着乌龟车出嫁，倒也增添了弄堂里的一抹亮色。“噼噼啪啪”的炮仗落下时，把乌龟车的挡风玻璃炸出了一条小裂缝，马上有邻居阿婆出来圆场：“碎碎（岁岁）平安哦，碎碎（岁岁）平安！”新郎也非常爽快，给了驾驶员一包喜烟和几包喜糖，还赔给他一元钱，驾驶员问邻居讨了几张伤筋膏药贴在了裂口上，把车开出了弄堂。

别小看这辆小小的乌龟车，却承载着许多上海人的美好回忆呢。

大扫除的日子

20世纪六七十年代，每到星期四是弄堂大扫除的日子。这一天，上午八点多，里弄干部就戴好红袖章全体出动，他们有的摇着铜铃，有的拎着铁皮大喇叭，有的手里拿着苍蝇拍，有的手上拿着小彩旗，他们边摇铃边呐喊："居民同志们，人人动手，打扫卫生。"

话音未落，整条弄堂就热闹起来了，有的人家吊来井水冲洗弹街路上的鸡粪；有的人家用鸡毛掸子掸着屋檐、门窗上的蜘蛛网和灰尘；有的整理着自家门口堆放的杂物。不少上中夜班的职工也纷纷撸起袖子帮着搞卫生。

学生时代的寒暑假，我也帮着里弄干部搞过不少卫生。那时，弄堂阴沟洞里鼻涕虫等害虫较多，滋生在洞里四周，我跟随里弄干部把弄堂里一只只阴沟洞用钩子掀开来，问邻居讨来一瓶瓶开水，浇到阴沟洞口沿和盖子上，烫死害虫。里弄干部还会用随身携带的小勺子把阴沟洞四周的脏泥挖掉。有的阴沟洞里堵塞了，污水遍地，有的里弄干部将手伸到阴沟洞里。一把又一把掏出臭烘烘的堵塞物，再用井水冲干净。

那时，弄堂人家都生煤球炉子，不少生煤球炉的柴爿、刨花、柏油纸等易燃材料堆放在自家门口，弃之不用的破篮子、

破竹椅、破饭窠也吊在自家屋檐下，脏兮兮地沾满了灰尘，有的还成了老鼠窝。我经常推着挖防空洞用的“翻斗车”，跟在里弄干部身后，将居民扔出来的杂物垃圾堆到车上。堆满了，我就把它堆到弄堂口的集中收集处。在收居民家的破烂饭窠时，时常有大老鼠逃出来，跑得无影无踪，窠内的几只小老鼠则被倒出来踩死扔进垃圾桶。

那些年，到菜场买鸡蛋是要票证的，一个月也没有几只蛋配给。于是，弄堂里不少人家养起了母鸡，各种各样的鸡笼、鸡棚搭在自家门口，喂残羹冷饭，喂菜叶，喂皮虫，一些人家养的鸡还是散养的，少的几只，多的十几只，一摊摊的鸡粪到处可见。弹街路上一不小心就踩到鸡粪，苍蝇乱飞，弄堂环境受到影响。星期四，常有退休工人组成的宣传队来到弄堂，他们摇着“城市不准养鸡鸭”的小彩旗，挨家挨户上门做动员工作，让养鸡户把鸡杀掉。一些养鸡户见宣传队开进弄堂，忙着将家门口的鸡笼鸡棚搬进自家屋里藏起来，有的人家经不住宣传队的劝说，就答应把鸡杀掉，但又不会杀鸡。此时，有里弄干部把袖子一撩，在鸡颈上毛一拨鸡头一转抓在手中，刀一抹，滴血落在放了盐的碗中，里弄干部杀鸡的动作之熟练令我惊讶。

我还帮里弄干部做过老鼠药，将大饼摊上买来的老油条剪成一段段的，浸浸有点香味的老鼠药水，放到家家户户屋里厢的角角落落。老鼠吃药死掉后，

居民还要将死老鼠交到居委会登记并集中作无害化处理。有的养鸡人家怕自家鸡吃到老鼠药，就买来铁丝、钩子自制捕鼠笼子，倒也捉到几只老鼠。居民常把捕鼠笼拎到阴沟洞旁，拿来一瓶滚滚烫的开水浇向老鼠，老鼠被烫得在笼子里乱窜，不一会儿就被烫死了。这时，往往围着一大群看热闹的孩子。

弄堂里不少人家的天井里，角角落落堆着不少瓶瓶罐罐。下雨后会积水，成了蚊子滋生地。星期四大扫除时，里弄干部就会挨家挨户把积水的瓶罐倒过来置放，不让蚊子孑孓（幼虫）在水中存活。开始我也看不清水中有些什么，一蹲下来细看，瓶罐中果然有不少孑孓，一屈一伸地蠕动着，在水中上下垂直游动。跟随的里弄卫生员背着药水喷雾机，会朝这些角落喷洒药水，消灭蚊子滋生地。

泔脚缸是弄堂卫生的死角。一些居民在倒馊饭馊菜残羹时经常撒落在泔脚缸四周，成了老鼠、苍蝇、蟑螂的觅食处，成了弄堂里的“重灾区”。大扫除日，里弄干部撸起袖子来打扫，用扫帚扫，用井水冲，用揩布揩净泔脚缸上的污秽，使泔脚缸环境面貌一新。

我还经常帮居委会出“爱国卫生专题”的黑板报，内容有我从报刊上抄录的，也有里弄干部给我的一些资料、表格，如“灭鼠灭蝇战绩表”，是各单位

各家消灭老鼠和拍死苍蝇的数字；“门口无堆物户”是居民家门口没有乱堆杂物的户主名字列出予以表扬。除了出黑板报，我还帮居委会写了大量标语贴到弄堂里，有“小小一口痰、细菌千千万”“饭前便后要洗手”“以讲卫生为光荣，不讲卫生为耻辱”“动员起来，讲究卫生，减少疾病，提高健康水平”等。

1979年，我从农场“顶替”母亲回来在街道工作，星期四也要到里弄去参加大扫除。记得第一次跟随里弄干部去弄堂，就是打开每家每户的碗橱，在四周角落缝隙中塞浸了灭蟑药水的棉花球。那时，弄堂不少人家的家具很简陋的，大都不密封，蟑螂钻进碗橱的角落生存、繁殖。有的人家一只碗橱中有七八只蟑螂的也不少见。我在塞灭蟑棉球前，先要帮人家将碗橱中的饭菜端出来，再拿着一双筷子将四处躲闪的蟑螂戳死，并将死蟑螂收集到带来的专用瓶中，再将灭蟑棉球塞到碗橱的角角落落，这样的活今天看来是非常“腻心”的，但那时，不少里弄干部都这样做的，我也不以为然了。

夜幕下巡夜的老伯

儿时的弄堂，不管刮风下雨，天天晚上夜深人静的时候，我总能看到一位老人一手摇铃，一手拿着只铁皮喇叭，手臂上还戴着“治保”的红袖章，老人用沙哑的嗓子叫道：“居民同志们，门窗要关好，炉子要封好，防火防盗，大家要注意……”

老伯姓郁，是一位退休工人，已有70多岁了，住在我家的后弄堂，他那高高的颧骨上架着一副老花眼镜，堆满皱纹的脸上总是挂着慈祥的微笑。他的背有些驼，虽然穿着一件褪了色的中山装，头上一顶工作帽却是崭新的。

说是摇铃巡夜，可郁老伯却是个“百搭”。有一次，他看到弄堂里的老虎灶在卸黄鱼车上的燃料刨花，一看是易燃品，怕堆放不妥引发火灾，郁老伯就站在旁边盯着水老板把刨花全部放到远离火星火苗的地方，水老板被他催得有些不耐烦了，让郁老伯快走，郁老伯就是不迈步，直到水老板把刨花全部装到了柏油桶中，郁老伯才放心地离开，这一幕正巧被在老虎灶上泡开水的我看得清清楚楚。

郁老伯巡夜，时常看见有的人中班回家开门后钥匙却插在了门上，郁老伯总是轻轻叩开居民家门，让人收掉钥匙。有

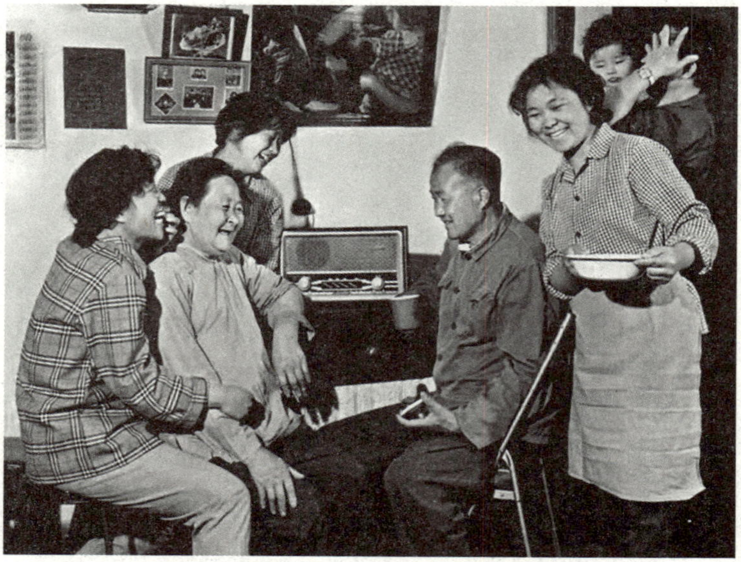

时，屋里的人都睡了，郁老伯久敲不开，他只好拔出钥匙，装进口袋。次日早，他又怕人家担心钥匙掉了，早早地上门把钥匙还给人家。有一次，有人家将封好的煤球炉子拎到门外搭建的小棚棚里，却忘了关掉炉门，煤球烧得很旺，将铝壶里的水快烧干了，炉子边又堆着不少柴爿、柏油纸等易燃品。每每遇到这种情况，郁老伯总是叫道："不好了，不好了，要着火啦！"他一边用根棍棒之类的东西将铝壶从煤球炉子挑下来，一边敲开人家的房门，又大声提醒周边人家"封好炉子，莫忘关掉炉门"。一起又一起的火警苗子就是在郁老伯的巡夜中被扑灭了。

春节前夕，弄堂人家时常会腌制一些咸鸡、咸鸭、咸猪头、鱼干等腌制品，天天早晒出晚收回，时常有人家到了深夜，腌制品还遗忘在自家屋檐下。有时，郁老伯敲了半天还未见有人开门，一问邻居才知道该户人家走亲戚去了，无奈，郁老伯只好问邻居借把丫杈头和一只篮子，将腌制品杈下来放到篮子里拎到居委会暂存。时常有居民从郁老伯手中拎回"失而复得"的腌制品，开心地笑道："嗬哟，要是这点东西没有了，哪能过年啦？"

我家对门的煤球店经常是排门板上好了，却忘了上锁，郁老伯就会敲开我

家的门，让母亲去叫前弄堂的煤球店营业员邓阿姨来锁门，我经常会自告奋勇奔出家门去叫人，直到胖胖的邓阿姨锁上了门锁，郁老伯才摇着铃，扯开着喉咙：“邻居们，夜饭吃好，门窗关好，火烛小心……”铃声响彻弄堂的夜空。

郁老伯看到又暗又龌龊的角角落落都要用手电筒照一照。有一次，郁老伯发现两个小孩躲在自家门口的灶披间里烧刨花取乐，旁边的行灶里还塞着不少碎纸，惊得郁老伯大声叫起来：“小鬼，快出来！”说着，走上前几脚就踩灭了点燃的刨花。

占用公用地方是弄堂邻居“吵相骂”常见的导火索。郁老伯在巡夜中每次看到弄堂里有人吵架，他就会停下脚步，充当起“和事佬”来，直到双方停止了争吵各自回家，郁老伯才会离开。

落雨天，郁老伯也不会放弃摇铃巡夜。他穿着一件很旧的自行车雨披，一手摇铃，一手拿着铁皮喇叭，仍不停地提醒人们关紧门窗、防火防盗。弄堂里也有人经常为雨中的郁老伯打伞，送去温暖。一次，雨下得很大，郁老伯还在雨中呐喊，母亲拿出一把崭新的油布伞，让我去帮在雨中巡夜的郁老伯撑伞。

我跟着他兜完了弄堂里十几条大大小小的弄堂，回家时，不少邻居家的灯已熄灭，我觉得已是很晚了，可郁老伯天天如此，他真是为弄堂人家操碎了心。我负责弄堂里几块黑板报的采编写工作，几年间，里弄干部不下十余次让我写郁老伯巡夜的好人好事，刊登在黑板报上。

从我记事起到 1976 年我去了农场，几乎夜夜听到郁老伯他那熟悉的声音。至今，我仍然很是怀念夜幕下巡夜的郁老伯。

家门口的『赤脚医生』

近日，在长宁支路上碰到了曾在我家弄堂担任过卫生员的崔医生，多年不见，崔医生已是白发苍苍的老奶奶了。70年代我认识她时，她还是扎着两根辫子的小姑娘呢，我们弄堂人都亲切地叫她“赤脚医生”。

“赤脚医生”是20世纪六七十年代出现的新生事物，她们是农闲时行医，农忙时务农的农村兼职医务人员。在上海的弄堂里也活跃着一支里弄卫生员队伍，她们是从生产组被抽调或是出身医学世家的人，在地段医院培训后，为弄堂的居民诊断些简单的常见病，也为弄堂的孩子预防接种，帮助擦伤皮肤的居民擦红药水、紫药水，等等。

里弄卫生站的条件非常简陋，红十字卫生箱里有一副听筒，一个血压计，煤球炉上的钢精锅子煮着消毒的针筒针头，木架上叠放着几只晒箕，里面是卫生员从郊区田野自采、自制、自用的草药。那时，弄堂里有不少老人没有“劳保”，小毛小病就去找崔医生。

崔医生的父亲是一名老中医，她从小耳濡目染，熟悉了不少草药，为了帮助这些居民节省开支，星期天，崔医生常与几名卫生员戴着草帽，头颈里围着一条毛巾，肩上挎着水壶，去

市郊农村采集草药。夏日，骄阳似火，汗水不停地往下淌，衣衫早已湿透，她们仍活跃于田野沟渠边。冬日，崔医生和卫生员手指生满了冻疮，不顾寒风凛冽，她们仍去郊野采摘草药，夕阳西下，她们拎着满满的草药篮子，还舍不得坐公交车，步行回里弄卫生站。此时，弄堂已是万家灯火了。

弄堂里有老弱病残或腿脚不便的人需要打针、换药和输液，家人只要到里弄卫生站叫一声，卫生员就会拎着卫生箱随你上门。一个隆冬的凌晨，崔医生家的门板被人拍得“乓乓响”。原来，弄堂里有一位老人吃了不洁食物，上吐下泻，家人来叫崔医生上门，崔医生披上棉袄就跟着人家出门了，她为老人清理出喉咙里的呕吐物，为老人打针又观察了一番，见老人病情稳定后才离开，这时，东方已露出了鱼肚白，她索性在路边摊上买了一副大饼油条，吃完就去里弄卫生站了。

80 年代，我父亲中风瘫痪在床，崔医生天天上门来帮父亲输液、打针，看到父亲的屁股上有几摊红红的印痕，就说这是要生褥疮的征兆了，说着，她手把手地教我们几个兄妹如何帮老人在床上翻身、透气，涂上滑石粉，我们按照崔医生的叮嘱做。果然，父亲瘫痪在床的几年间没有发生褥疮。

吃“宝塔糖”承载着不少人的童年回忆。弄堂里许多孩子看到崔医生都叫她崔阿姨，时常围着她讨糖吃。原来，那时不少小孩吃了不干净的食物，肚子里生了蛔虫，崔医生便给孩子们吃一种彩色又有甜味的宝塔糖，这种可爱的外观和甜甜的味道很受孩子们的青睐，都把这种驱虫药当糖果吃的。崔医生哄小孩打针自有一套办法，她的口袋里总放有几粒什锦糖，她先哄孩子吃糖，趁孩子注意力分散时，她一针打上去，还未等孩子“哇”的一声哭叫，针头已经拔出来了。

有一次，崔医生美尼尔综合征复发，躺在家里天旋地转地眩晕，恰巧弄堂里有一位久病卧床的老人高烧不退，家属来到崔家见崔医生也在生病，拔腿就走。崔医生叫住了来人，问明了缘由，强忍着起床，背起药箱，扶着墙壁一步一步挪到了病人的家里，为老人测体温、量血压、打退烧针，一番忙碌，病人舒服多了，而崔医生却晕倒在地上，邻居们把她扶到竹椅上，几个人抬着把她送回了家。

除了帮弄堂居民看病打针外，大搞里弄爱国卫生运动也是卫生员的分内事。每周四是弄堂的大扫除日，我时常看到卫生员和里弄干部挨家挨户上门动员居民参加大扫除，清理弄堂卫生死角。这天卫生员们拿着扫帚，穿上套鞋，手拎铅桶在弄堂的角角落落打扫，她们还要动员弄堂里的养鸡鸭户杀鸡杀鸭。记得我在农场时，母亲养了两只鸡，一心想等我国庆回沪后杀鸡给我吃，可经不住崔医生天天上门来宣传，只好同意杀了鸡腌成了咸鸡，我国庆回沪后吃的是一大盆咸鸡，母亲还有点嗔怪崔医生：“就是她天天来上门，只好杀了。”我说咸鸡有咸鸡的味道，还带了一大瓶咸鸡肉回到了农场。

里弄有个暖心处：工疗站

去里弄参加一个活动，碰到了久未谋面的当年街道工疗站的小仇，又聊起了工疗站的那些往事。叫她小仇，也已是近 70 岁的老人了，只是延续了七八十年代对她的称呼。

小仇在街道工疗站里当“家长”有 20 多个年头，工疗站在一条弄堂的深处，开始只有几十平方米，后来扩展到了 200 多

平方米，管理着街道里 40 多名智障残障人士，年龄从十几岁到四十几岁的都有。工疗站为他们提供康复训练和做一些力所能及的手工劳动，有串别针、敲揿钮、拆纱头、贴信封和糊纸袋纸盒等，工疗员每天能获得四至六角不等的收入，也算是贴补一些家用了。

这些工疗员中不少人缺乏基本的生活能力，来工疗站后要让他们逐渐学会独立的生活，教他们一些常用的礼貌常识，还要给他们上文化课，教他们识字，学会简单的加减乘除的算术，每天还要针对不同的对象叮嘱他们按时服药，避免他们病情复发。

我时常看到小仇教他们戴好蓝袖套和白饭单，手把手、头贴头地教他们串别针、贴信封等，看似简单的"生活"，但对这些心智不健全的孩子来说并非那么容易。有个小姑娘串别针时戳到了手，出了点血，便把一箩筐的别针掀翻在地，逃回了家。小仇拿着橡皮膏和糖果追到她家里，先是帮她包扎了伤口，又给她剥了糖吃，一番好言相劝，小姑娘乖乖地跟着小仇回到了工疗站。

每天早上八点不到，工疗员们纷纷从弄堂的各个角落来到工疗站，他们的腋下或布包里都会有一只铝饭盒，那是他们自带的午饭，来到工疗站后，他们都会将饭盒放到一只大铝桶里，由小仇负责帮他们在煤球炉上蒸热。有的工疗员的饭盒里只有几片酱菜。午饭时，小仇经常会把自己饭盒中的菜夹给他们吃。有的小伙子来上班时蓬头垢面的，小仇把毛巾丢给他们，让他们自己把面孔揩清爽；有的人头发长得遮住了眼睛，小仇还要帮他们理发、剪发；有的工疗员衣服脏得泛油光了，小仇会借来工作服让他们换上，脱下的脏衣服小仇会拿到给水站帮他们洗掉。

小仇是工疗站的站长，也是这个群体的“家长”，她对他们有着特殊的情感和认知。有一个女青年旧病复发又不肯吃药，却喜欢吃花生牛轧糖，小仇就去曹家渡食品店买来了牛轧糖，把药嵌进了牛轧糖里，几个月里天天早上把她拉到一边哄她吃花生牛轧糖。这样的事也不能明做，怕其他工疗员看到也要讨糖吃。冬日，不少工疗员手上生起了冻疮，小仇去地段医院配来冻疮膏涂到他们的手上，有的人冻疮手溃烂了，小仇还用纱布帮他们包扎好，为不让他们接触冷水，小仇就帮他们洗掉一只又一只的饭盒，为他们冲热水袋、“盐水瓶”焐手，尽管她自己的双手也长满了冻疮，肿得像两只馒头。有时小仇还会被发病的工疗员吐唾沫、拉头发，脚被踢，手被咬，小仇也不会与他们计较什么，总是好言相劝，她也不会打电话把他们家长叫来，否则有的工疗员轻则被家长一顿骂，重则会被“吃生活”。

小仇与他们朝夕相处，练就了一双火眼金睛，工疗员们一个细微的动作，她都能判断出是否有异常，她从不用言语去刺激他们，一句表扬的话是能让工疗员们足够开心一天的。

为了消除工疗员们乏味的手工劳动，小仇就在工余时间组织他们拔河、跳绳、踢毽子、打三毛球等比赛，看到他们脸上流淌着的汗水，小仇会掏出手绢为他们一一擦去。唱歌是工疗员们最开心的时刻，小仇就让他们贴着墙壁立好，自己充当指挥，让他们唱革命歌曲，唱了一首又一首，不少人脸上露出了平时难得的笑容，唱得不管有多走调，开心就好，有的人唱着唱着还摇头晃脑打起了节拍。此时，工疗站的窗子上趴满了看热闹的人，都露出惊喜的眼神。

还记得那年的甲肝风暴

一场令人猝不及防的奥密克戎病毒来袭，使得上海全城封控，人们宅家不是做抗原自测就是核酸检测，这让我不由想起34年前的那个初春，甲肝风暴席卷上海，人们也是诚惶诚恐的，城市笼罩在一片甲肝的阴影之下，奋战二月有余，终于走过了那段艰难岁月。

上海人爱吃毛蚶，是因为毛蚶肉质鲜嫩，味道鲜美，在小龙虾得宠之前，上海人最喜欢吃毛蚶了。1988年元旦过后没几天，岳父在弄堂的小摊上买了约10斤毛蚶，足有一篮子，洗净后岳父将一锅的开水倒入面盆，等到毛蚶烫得微微张口了就立即取出，带着血丝蘸着姜丝、醋、葱、酱油拌成的调料，津津有味地吃了起来。岳父不时还喝上一小杯的黄酒，说是杀杀菌，我不会喝酒，就顾着用硬币撬开了一只又一只的毛蚶。就是吃了这顿毛蚶，将我也拉入了上海30万甲肝病人中。

没隔三天，我就开始腹泻、呕吐、发热、厌食，面色也蜡黄蜡黄的，我猜想着自己也中招了，强忍着不适，戴好口罩又用围巾包着脖子，骑车到曹家渡的华阳地段医院去看病。医院里无论是挂号、化验，就诊还是配药，到处都是熙熙攘攘的人，我做了肝功能化验就匆匆回家了。次日早，我去看化验报

告，医院挤得已进不去了，肝功能异常者的名单只好贴在了门外的围墙上，一直延伸到旁边的电线杆上，我的名字就是在电线杆上找到的。此时，所有医院的病床已爆满，只好回家，又得知左邻右舍不少人也吃过启东不洁毛蚶感染了甲肝，平时亲如一家的邻居相互见了却赶紧避开，上下楼连护栏也不敢摸了。报纸上也登出了“毛蚶可能携带甲肝病毒”的消息。菜场里的大蒜、蒜苗、洋葱，油酱店的米醋，药店里的板蓝根卖到脱销。谁家有几包板蓝根是很吃香的，一包板蓝根居然可换两包万宝路香烟。

随着感染人数的越来越多，病人的收治已经成为当时的突出问题。那时，上海旧区改造还未大规模地开展，不少人居住环境还较差，人口密集，三代同堂甚至四代同堂的都有。病人居家不隔离势必造成更大的传染。市政府便要求“谁家的孩子谁家抱”，于是，不少工厂、学校、招待所、文化馆甚至防空洞里开设的旅馆等都因陋就简开设了隔离病房，可以说是今天“方舱医院”的雏形。有的工厂连浴室、仓库，里弄连自行车棚也利用起来搭建成了隔离病房。一些甲肝病人怕病传染给家人，一听说有隔离病房，不收费还管三顿饭，就肩扛折叠床，手拎被褥、面盆，有的还带了痰盂罐直奔隔离病房而去。

华阳路街道在秀水中学的一个大礼堂里开设了隔离病房，收进了 300 多个甲肝病人，300 多张床都是病人自带的，五花八门的，自带的被子也是五颜六色的。进来的病人面孔却是蜡黄蜡黄的，那时的街道还很穷，开办费、运作费都是附近的织布一厂、新宇电源厂捐助的，连病床间的纤维隔离板也是织布十厂来施工的，病人吃的大米是粮管所送来的，蔬菜、豆制品是菜场送来的。那年头，这些东西还要凭票供应的呢。地段医院也来了两名医生、两名护士，其余的工作人员全部是街道居委的，冲到第一线的仍是医护人员和街道居委干部。时任办事处副主任崔秉南担任了总指挥，她又从里弄卫生站抽调了几名精干的卫生员充实到病房中。尽管开设了不少隔离点，但还是人满为患，有的病人带着床、被子，天不亮就排队等着进病房了，里面的病人则天天嚷着要化验肝功能指标，盼着黄疸指标快快降下来。那时，我已是办事处副主任了，不好意思去抢占床位，只好居家自我隔离，穿着白大褂的里弄卫生员隔三岔五来我家喷雾消毒，同事为我送来了强化麦乳精、雀巢奶粉和青春宝，我吃得很少，可他们送来的“肌肝”我却一天吮三罐。

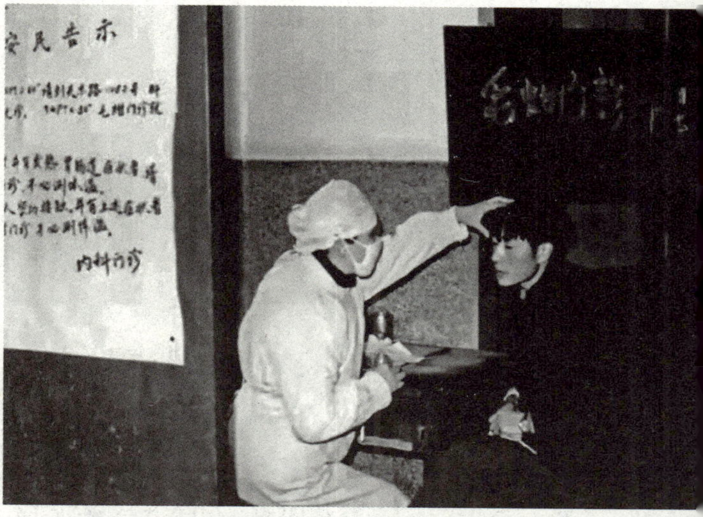

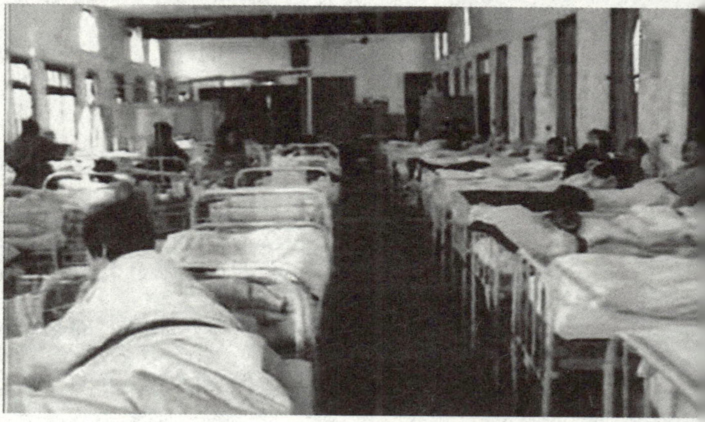

路灯下的里弄黑板报也换上了新的内容：甲肝是什么？有哪些症状？如何防止感染甲肝？饭前便后要洗手，怎样进行甲肝病人的家庭消毒？发现甲肝要速报居委会，等等，让不少居民对预防甲肝有了大致的了解。

直到三月中旬，上海的甲肝流行得到了控制，我的GPT复查三次也正常了，匆匆去上班了。到三月底甲肝基本清零。市政府颁布了公告“严禁售卖毛蚶”，直到今天上海人都禁食毛蚶，从那一天起，我就再也没吃过一只毛蚶。

恶作剧

常言道“远亲不如近邻”，儿时的弄堂谁家包了馄饨总要往四周邻居送上一碗的，谁家有人过生日吃排骨面左邻右舍也是有份的。当然，邻里间偶尔有点摩擦，闹点矛盾也在所难免。

邻居储家把门口本已略高的弹街路面挖开，填进了煤渣，他家一填，雨后的水都淌到我家门口成积水塘了，母亲一看面露愠色。次日早，就故意将刷好的马桶放到紧挨储家门口的墙壁处，这个从未有过的动作储家姆妈看在了眼里却未作声。隔日早，储家姆妈刷好的马桶紧紧贴着我家的马桶放着，母亲当然知道储家马桶跟过来的意思，两只马桶卫兵似的分守在各家的一边，这样的日子相持了半个多月。

有一天，储家女儿刷马桶，不明就里的她将马桶放到了我家摆马桶的地方，母亲终于寻到“吼势”了，一脚把储家的马桶踢出了自家的地盘。储家姆妈看到她家的马桶滚到了煤球店门口，怒不可遏，操起一把丫杈头打翻了我家的鸡棚，棚里的鸡惊得四处乱飞。于是，双方开始翻老账，旧事重提，馋唾水雨点般地乱喷，手指头都快戳到对方的眼乌珠了。幸好被弄堂的“老娘舅”拉开了。看到我家的鸡棚散了架，她家门口的地

势又比我家垫得高，我感觉阿拉屋里向吃亏了，暗自想着帮母亲出口气，看到储家姆妈一直经过我家门口去淘米，倒垃圾，拷酱油，“恶从心头起，怒从胆边生”。

我便拿出从干爹家里讨来的针筒，吸足了蓝墨水，躲在自家屋里向，利用墙壁的缝隙，把针筒对准门外，见储家姆妈淘米回来路过我家门口时，便一推针筒，“嗖”的一声，一行省略号式的墨水印在了储家姆妈那条直筒白裙上。储家姆妈一惊，正纳闷时，我又飙出了第二筒蓝墨水，心太慌了，没飙中，蓝墨水点点滴滴从弹街路延续到我家的墙缝上。这下储家姆妈恍然大悟，冲着我家便“骂山门”：“侬只小鬼，有种出来！”

我吓得赶快插上门销，躲到自家阁楼上一点也不敢发出声来，生怕她用丫杈头来戳我，直到母亲下班，早已坐在家门口等着的储家姆妈拿着已换下的白裙子，向母亲倾诉着。母亲一把拎起我的耳朵拖到门外，当着储家姆妈的面，拿起一根压煤饼用的竹竿，让我吃了一顿煞根的“竹笋烤肉”。最后，还是储家姆妈夺下了母亲手中的竹竿。

我被母亲吃了“生活”，心有不甘，总想找个机会报复一下储家人。我家对门是煤球店，一天早上，储家儿子阿宝蹲在煤球店旁捧着饭碗吃泡饭，我从煤球桶里拿了一只煤球爬到了自家老虎天窗上，朝着阿宝吃饭的碗掷过去，不偏不倚砸中阿宝手中的蓝边大碗。阿宝见饭碗里飞来一只煤球，起初还以为是煤球店里的人躲在煤球格子后与他寻开心，他端着饭碗走过去一看，煤球店还没开门，阿宝站在原地四处张望时，我已悄悄爬下了老虎天窗，心里还是美滋滋的。不料一脚踩空了骨牌凳，人重重地摔在了地板上，痛得我龇牙咧嘴却又不敢出声，悄悄下了楼，拎着书包上学去了。

有一段时间，中午放学回家我要烧饭炒菜后帮母亲送到单位。一次回家，我见灶披间煤球炉上铜吊里的水快要烧干了，我还以为是母亲忘了关炉门，只好马上塞进一只煤饼拼命扇炉子，烧好饭菜后是奔着去母亲单位的。

没隔几天中午回家，同样的事情再次发生。我有些纳闷，将饭菜送到母亲手中便问起封炉子的事，母亲讲走的时候清清爽爽记得封好炉子走的，炉门还留了条缝呢。我心里便怀疑起储家在我家炉门上动过手脚了，但又没有证据是人家干的，只好上学前将煤球炉子拎回家，中午再拎出来煮饭炒菜，一时倒也相安无事。

90 年代末，动迁的邻居相隔近 20 年后大家又碰头了，都纷纷回忆起儿时弄堂里的那些事，不知怎么说到了阿宝吃煤球泡饭的事，我坦然承认了，被阿宝吃了一记重重的“头塌”。

阿宝还笑着对我说：“侬也不要得意，侬灶披间的煤球炉门一直是我偷偷打开的，侬前脚去上学，我后脚帮侬开好炉门再去读书的，哪能，兄弟，这叫

一报还一报。”“侬迪只小赤佬，一点也不吃亏嘛？”话音刚落，我踢了伊一脚。不过，阿宝又说，el屋里向没有人的辰光，衣裳晒在外头，快要落雨了，阿拉姆妈还是帮el收衣裳的，挂到了屋檐下。是的，我说，我也听阿拉姆妈讲过的。伊不好意思当面谢谢，心里是记得的。但是，阿宝，el乡下拍来的电报，摩托车停了el门口交关辰光，叫了半天也没有人出来，摩托车快要开走的时候，阿拉姆妈叫我拿了阿拉爷的牛角图章帮el敲章收下来的，电报还是我帮el塞进门缝里。“噢，这倒不太清爽了。”阿宝搭着我的肩说：“谢谢el一家门！”“侬，侬再讲一遍”，我做出要拨伊吃拳头的样子，阿宝只好对我抱拳作揖。

吵相骂

弄堂人家为了一点鸡毛蒜皮的琐事“吵相骂”也是司空见惯的。大家都生活在蜗居里，有时一句话说了不对就扯开了喉咙哇啦哇啦的，弄得前后弄堂都听得清清爽爽。我家后弄堂有一个生产组的大龄男青年讨了一个老婆，也是生产组的知青回城女青年，婆婆起初不同意儿子也寻一个生产组的女青年，怕二人都是低收入以后的“日脚”哪能过，后拗不过儿子的纠缠，只好勉强同意了，可婆婆打从心底里不喜欢媳妇，便经常在媳妇面前“刮三刮四”的，不是说媳妇炒菜放油太多，就是说煤球没烧透就捅炉子加煤球了，婆媳间大吵三六九，小吵天天有。我家后房间时常能听到婆媳俩的吵骂声。我还听到婆婆责怪媳妇钞票捏得太紧了，儿子连包3角8分的大前门香烟也抽不起，只好每天买一包2角2分的劳动牌香烟。婆媳吵得“结棍”时，时常是侬掼饭碗，我摔锅子，你摔面盆，我踢铅桶，“乒乒乓乓”响个不停。那媳妇也不是一盏省油的灯，婆婆对她横挑鼻子竖挑眼，她看见婆婆眼睛也是朝上翻的，平时进出家门从来不跟婆婆啰唆一句的。

一次，媳妇看到婆婆喂孙子吃奶糕，喂的每一调羹都要放到自己嘴里嘬一下，试试温度，媳妇见了一把从婆婆怀中夺过

儿子："腻心煞了"，媳妇还愤愤不平地说着，婆婆也不甘示弱："自家儿子、女儿过去哪个不是这样带过来哦？啊哟喂，算侬讲卫生？""过去是过去，现在是现在……"儿子见婆媳又"开战"了，急忙出来打圆场，一会去姆妈这里劝劝，一会去老婆那里讲讲。不知怎么的，婆媳都埋怨起他来，相骂吵得更加厉害了，惊动了弄堂里的"老娘舅"，匆匆赶来劝架。他听了婆媳的"申诉"，便对男人讲，作为母亲的儿子、妻子的老公，要端平一碗水，婆媳吵相骂要学会"两头骗"，不能"两头传"，最终让自己成为一张"三夹板"。"老娘舅"又对婆与媳讲了许多中听的话，二人的火气才渐渐小了下来，婆媳大战才偃旗息鼓。

灶披间也是一个吵相骂的是非之地。弄堂人家一只门牌有多少户人家，侬只要在灶披间里数一数水龙头或水、电表就晓得了。灶披间里有人在水斗里冲只拖把"哗哗哗"地开着水龙头，隔壁阿婆看了心疼啊，毕竟水费是大家平摊的，阿婆上去好心地劝说了几句。"烦煞啦，阿拉也出钞票的好哦？"阿婆被邻居阿姨冲了一鼻子的灰，气呼呼地回家去了。

原来，阿姨在烧饭炒菜时，阿婆的儿子经常会在水斗里汰痰盂罐，弄得阿

姨心里很不是滋味，又说不出口，毕竟人家在自家水斗里汰东西，阿姨晓得阿婆是一个非常节省的人，就故意开水龙头让阿婆难过难过。后来阿婆晓得阿姨"寻吼势"的原因后，不再让儿子在水斗里汰痰盂罐了，邻居阿姨用水也不再"大手大脚"了。

灶披间里引发邻里矛盾的一个重要原因就是大家抢占公用部位。灶披间本来就狭小，又是几家人家合用，放煤球煤饼的、放餐具的、放柴爿刨花的，不大的空间塞得满满的。又有不拘小节的人家会把一只弃之不用的竹榻放进了灶披间，邻居一看不乐意了，也把一辆沾满灰尘的童车塞进了灶披间一角。接着一家又一家把本该扔掉的破台子、破炉子等都塞到了灶披间的角角落落，原本逼仄的灶披间愈加拥挤了，稍不留意就会碰到人。又有的"长舌妇"喜欢戳邻居的"壁脚"，时常把邻居家的隐私当笑话讲，一传十，十传百，传来传去，闲话走样了，灶披间里吵相骂也在所难免了。有时一边手里煮饭炒菜，一边嘴里不干不净地"骂山门"，侬一句，我一句，直到做菜烧好端进屋里向，吵相骂也告一段落。有时吵归吵，隔壁煤球炉上的泡饭潽出来了，对方又出去接电话。邻居也会帮伊掀开锅盖，搁根筷子，不让泡饭再潽出来的。接完电话的人回到灶披间，知道是邻居帮的忙，吵相骂的话到了嘴边又咽了回去。

弄堂里夫妻吵相骂也时有所见，有的是男人藏了私房钿，有的是女人把不少当家的钱贴到娘家去了，有的是女人责骂男人只晓得打牌，输的耳朵上夹满了衣夹，家务碰也不碰，连只碗都不洗，也有的是男人怪女人是好吃懒做的"懒料货"。夫妻时常吵得左邻右舍来看"白戏"，当然也有不少邻居来劝架的，有的人看热闹有"门槛"了，专门在人家门口一侧看"闹猛"，生怕夫妻一吵掼家什，掼炸药包（热水瓶），放炮仗（扔饭碗），掷手榴弹（扔玻璃杯），而专门在人家门口一侧，怕掼出来的家什砸到自己。夫妻吵到后来"打相打"的也有不少，男人打女人，女人坐在自家门口哇哇大哭，几个孩子也围着妈妈大呼小叫的，时常也有邻居来劝架，指责男人打老婆"算啥厄男人"。男人见引起众邻居公愤了，就蹲在地上猛抽香烟，一言不发。有邻居还绞一把毛巾，扶起女人和孩子，帮伊揩揩面，安抚几个啼哭的孩子。在"老娘舅"的劝说下，最终男人向女人道歉了，一场相骂也到此结束。没过一歇歇，男人拿着一只钢精锅子去曹家渡长宁支路的那家饮食店买鸡鸭血汤了。

调房轶事

调房子，这样的事现在几乎闻所未闻，可在70年代，却是上海人改善居住条件的唯一选择。

那时，马路上时常会看到手拎糨糊桶的人，在电线杆上张贴调房启事。这些启事大都写明自家房屋的情况，希望对方房子的要求并留下联系方式。

我家前弄堂的邻居老汪，在秀水路一家木器厂上班。家里孩子大了，要将居住的大房子换成二处小房子，叫“一调二”。他知道我在弄堂里出黑板报，字写得端正，便去曹家渡战斗文具店买来几张蓝印誊写纸，让我帮忙写调房启事。我也不清楚怎么写，就去马路上看了许多调房启事，回来便着手帮老汪写调房启事了。我先是打了草稿，问清了他家房子的面积、朝向、房屋性质和对人家的要求、联系地址等，再写正稿，然后用蓝印纸誊写，我用仿宋体一笔一画地写，底下垫着三张蓝印誊写纸，第一第二张还算清晰，第三张就有点模糊了。誊写的速度又太慢了。我便从单位里借来了钢板、铁笔和蜡纸，帮老汪刻调房启事，一下子刻了100多份。

我把启事送到老汪家，他高兴极了，还请我在华阳路口的华五饮食店吃了一碗阳春面。老汪又让我帮他去电线杆上贴启

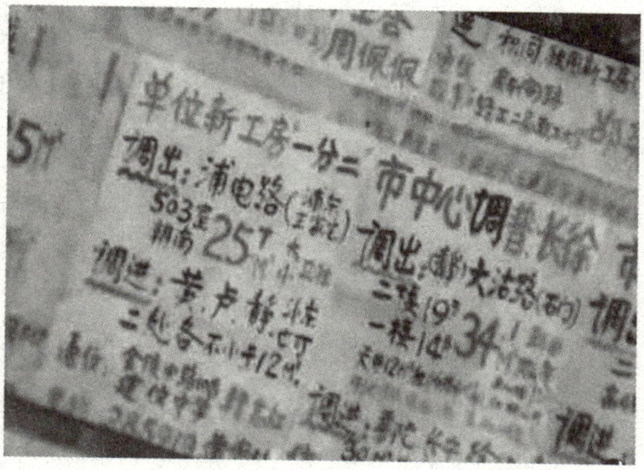

事，他推出那辆“老坦克”，让我拎着盛满糨糊的铁皮罐，坐在他自行车后座上。每条马路的每一根电线杆都要贴上启事，看到人家调房启事上有符合老汪心意的房源，他也会让我摘抄下来。那时的电线杆上调房启事也蛮多的，都是“一调一”“一调二”或“二调一”的信息。

约莫半个多月，有人约老汪面谈了，老汪喜出望外，不抽烟的他也买了一包“万宝路”香烟塞在上衣口袋。我坐在他的自行车后座上，直驶长寿路上的燎原电影院门口。老汪见了来人马上递上外烟，急切地问起人家房子的面积、地段、楼层、朝向、煤卫等情况，还将自家房子的草图给人家看，来人看了他的草图兴趣不大，没过几分钟就借口走了，老汪很是失望，悻悻而归。

没过几天，我又陪他去了一家公园的调房会。这里人头攒动，场面壮观，不少人将调房信息写在纸上，放在地上，人们在这里可以寻找合适的调房对象，有的人是一对一的交流，有的人围坐在一起七嘴八舌地讨论。老汪就把自己的调房启事粘贴在硬纸板上，双手举过头顶。我放眼望去，人群里不少人都这样举牌的。调房的理由也是各种各样的。家住中山公园附近的要调到杨树浦去上班，住在大柏树的却要调到曹家渡来上班。那些年的公交车又挤又慢，有的人花费在上下班的时间就要两三个小时，无奈，只能跑到调房会上来碰“额角头”，也有的把房子调到离父母近一点的地方，让父母帮着带小囡。调房中也有与邻居多年失和的，房子调开眼不见为净。我与老汪在公园调房会站了几乎大半天，也有人来谈来聊来摘抄启事上的内容，就是没有人约看房子。

回家的路上，老汪坐在后座上让我骑车，他感慨地说：“哎呀，调到一间自己满意点的房子比娶一个漂亮的老婆还难。”于是，我又帮老汪刻蜡纸，印启事，夜晚又是一根根电线杆贴上去。“功夫不负有心人”，终于不断有人打公用电话给老汪了，纷纷告诉老汪自家房子的情况，想约好时间去老汪家看

房。老汪不让对方在阴雨天上门看房，怕光线阴暗，影响调房，他往往选择阳光灿烂的日子让看房人来上门。事先，他还与左邻右舍打了招呼，不要在看房人面前“触壁脚”。这样，经过几十次的折腾，老汪终于与武宁路上一个调房户“对上眼”了，调到了双方都较满意的房子。我依稀记得还陪老汪去房管所取回了一张表格，登记后算是办完了手续。搬家那天，我也去帮忙了，在“新家”，老汪一家人喜不自胜。他先是烧了一壶滚滚开的开水，说是要财源滚滚；后又将水龙头开成一条直线，说是细水长流；还买了“高升”炮仗，在弄堂里“乒乒乓乓”放着。不少与老汪熟悉的调房人也赶来道喜，老汪拍着我的肩膀：“这个小伙子帮我大忙了。”

弄堂口的皮匠摊

儿时的弄堂口都有一只皮匠摊，或靠路边，或占一角，位置固定也不挡道。弄堂里许多人不知道修鞋人姓啥叫啥，对年纪大一点的就叫他老皮匠，年纪轻一点的叫他小皮匠；在我们弄堂口的，大家都叫他老皮匠。

皮匠摊的全部“家当”是一根扁担，两只矮木箱。其中一只箱子里放的是修鞋工具，有铁榔头、木榔头、鞋楦、鞋撑、弯刀、胶水等，另一只箱子里塞满了淘汰的自行车旧轮胎。因长年累月的室外生活，老皮匠的皮肤被太阳晒得黝黑黝黑的，夏日烈日高照，老皮匠不知从哪儿弄来一块白布遮阳，冬日凛冽的寒风吹得老皮匠十指生满了冻疮。

老皮匠干活时戴着一副老花眼镜，嘴上叼着一根香烟，他一直坐在一只小矮凳上，背也有些驼了。他时常一边将鞋撑敲得“咚咚”响，一边操着一口苏北话与人“嘎讪胡”，还不时与进出弄堂的熟人打招呼。看得出，老皮匠与左邻右舍的关系蛮好的，他时常拿着一只搪瓷杯到邻居家要水喝，去趟厕所，他还会叫邻居帮他看一下摊头。谁家煮馄饨，包粽子，烧排骨面，总不忘端一碗送到皮匠摊上。

那些年，弄堂人家都是修修补补过日子的，不少人家做好的新鞋子都会拿到皮匠摊上去钉“掌子”、楦鞋子的。

一个冬日，母亲让我将父亲的一双老棉鞋送给老皮匠去钉“掌子”。我就坐在皮匠摊的小矮凳上，只见老皮匠把棉鞋放在一块自行车的外胎皮上，用红笔画上一圈，选择了前掌和后跟两块要用的车胎皮，又用弯刀在车胎皮上划上了几刀，再放到鞋撑上用铁榔头猛敲了十余下，弄平了车胎皮；老皮匠将棉鞋扣在鞋撑上，用一枚枚鞋钉沿着胎皮将鞋底牢牢地钉住，棉鞋四周多余的胎皮，老皮匠还会用一柄弯刀削去；最后，老皮匠将手伸进棉鞋内，发现鞋内钉子扎手，老皮匠又将鞋子套回鞋撑，再沿着一排钉子猛敲几下，直到把钉子敲平不扎手了才把棉鞋给我。

我的一双“元宝”套鞋（雨靴）穿得久了，经常会有裂缝。我就会拎着套鞋去找老皮匠。只见老皮匠用贴在方木上的锉皮把要补的地方锉了几下，又剪了一块自行车的内胎皮，同样又是锉上几下，特别是内胎皮的四周，老皮匠锉得又轻又细心，吹掉碎屑后，老皮匠打开一只小铁皮盒，用小刷子蘸上些许刺鼻的胶水涂到锉好的胎皮上，又放到一边，约莫过了二三分钟，老皮匠拿起胎皮贴到了要补的地方，用木榔头轻轻地敲上几下算是补好了。他还特地关照我，“半小时内不要穿哦”。老皮匠见我是一个学生，补一处仅收三分钱。这个活看上去不算难，后来，我在南京路中央商场买了一块铁皮锉和一小瓶胶水，从此，家里人的坏套鞋都由我来补了。

夏日，弄堂里不少孩子都穿着海绵拖鞋在弄堂里嬉戏。有一次，我的拖鞋搭襻断了，就用一根细铁丝将搭襻串在了鞋底上，并缠上一块布条，可走起路来仍磨脚。我一跷一跷的样子让老皮匠看到了，他硬是把我叫到摊头上，让我脱下拖鞋，说是帮我修一下。我说：“我没钞票呃。”老皮匠说：“谁要你钱啦。”说罢，他就将一把缠着布条的宽锯条插进煤球炉里，用烧红的锯条将拖鞋的搭襻与鞋底烫牢。老皮匠还用力拉了拉搭襻，对我说：“好了，穿上去玩吧”。傍晚，母亲下班回家，我讨了五分钱去给老皮匠，他死活不肯收，还说：“小把戏，把钱还给你妈妈去。”

春节前，老皮匠生意火爆，都是弄堂人家为老人小孩做的新棉鞋，有的要纳鞋，有的要钉掌子，有的要楦鞋……老皮匠起草摸黑忙个不停，他不用记什么，都会准确无误地将一双双新鞋送上门，收取的费用也与平时一样。当弄堂里不少人年初一早上都穿上新鞋的那一刻，老皮匠才卷着铺盖踏上回老家的路。

90 年代初，弄堂里旧区改造开始了，老皮匠不断地从这个弄堂口搬到另外一个弄堂口。有一天，整个里弄都拆平了，老皮匠也不见了踪影。打我记事起，老皮匠就在我家的弄堂口了，直到我走上了工作岗位，他仍然在弄堂口。

皮匠摊曾经是弄堂里的一道风景线，也是上海这个城市记忆的一个部分，在我的脑海里是挥之不去的。

第三篇　漫忆

在历史和现实中漫步，现实中的某个人、某个场景，甚至一首歌……悄无声息地将我拉回过往的瞬间，带给我无尽的温暖和感动——为老人写过的家信、海鸥120照相机、一只小小的油墩子、糖纸头收藏品、和蔚兰信箱结缘……我感受着岁月的沉淀和洗礼，在漫忆中找到了自己，也发现了生活的美好。

等退票

在六七十年代底，我最向往的地方是电影院。那些年，家里没有收音机，更没有电视机，看电影是业余生活中最开心的一件事情，每次学校组织看电影，我都要扼着指头盼着。那时候没有美国“大片”，外国电影只有少数几个社会主义国家的电影。苏联的《列宁在十月》《列宁在1918》，朝鲜的《鲜花盛开的村庄》《看不见的战线》《摘苹果的时候》，越南的《森林之火》，阿尔巴尼亚的《宁死不屈》《战斗的早晨》，罗马尼亚的《多瑙河之波》等。有人概括了几句顺口溜，至今还记得：朝鲜电影——哭哭笑笑；越南电影——飞机大炮；罗马尼亚电影——搂搂抱抱；阿尔巴尼亚电影——莫名其妙（指片子剪了太多，情节不连贯，看不懂）；中国电影——新闻简报（放正片前先要放“新闻简报”，多是毛主席和中央领导会见外宾或是记录重要会议的召开）。当时的电影票也非常便宜，学生票五分或一角，成人票两角或两角五分；彩色宽银幕片三角，票却非常难买。特别是在夏天，电影院是当时唯一有冷气的地方，不少人进电影院就是去孵冷气的。

每场电影开映前，电影院门口等退票的人头攒动，熙熙攘攘挤成一团。一些人手里拿着钞票，在人群中穿来穿去，嘴里

还不停地问着，“有退票吗？有退票吗？”一听到有人要退票，“轰”的一声，等退票的人蜂拥而上，不知道有多少只手伸向退票人。只见一拨人拥着退票人一会推向东，一会挤到西，最后，退票人手上的票子也不知被谁拿了去，钱也没拿到，悻悻而去。有时，退票人的一张票子被几个人捏着，各不相让，“嘶啦”一声，票子碎成数片，谁也别想看了；也有的人不但票子没拿到，手上的钞票也不知被谁抽去了。

我等退票等久了，等多了，慢慢也悟出一些道道来。等退票的位置要合适，不必在电影院门口来回乱窜，就站在离电影院几十米开外，手里拿着钞票，也不用大声叫嚷，有退票的人见我一个中学生伫立街头，会悄悄把我拉到一边，把票子退给我，这着实让人喜出望外。我便到马路对面的愚园食品店买包鱼皮花生，把一粒粒花生抛向空中，用嘴去接着，碰到有人问我有退票吗时，我会大声说没有，可心里一阵得意呢。

有时候，我也会去瞄准几个“谈朋友”的人。那些年，娱乐活动少，公园早早关门，也没有咖啡店与“好乐迪”，看电影是谈恋爱的一大去处。电影院门口，男青年焦急地左顾右盼，我捉摸着是等女朋友的，便站在离他不远的地方。电影院响起了第三遍铃声，女的还没到来，那男青年只好退票，我一个箭步跨上，等到了退票。

有一年，电影院上映《列宁在1918》，票子紧俏得不得了，一些人甚至半夜里在影院门口排队购票，看过一遍的人更是想看第二遍、第三遍，前两排位置的票子更是抢手货。一打听，竟是电影里面有一段芭蕾“天鹅舞”的表演，大家都想瞪大眼睛看看那些穿得又少、长得又漂亮、有着雪白的大腿迷煞人的外国美女。看过电影的同学在班上津津有味地谈论着“天鹅舞”的情节、细节和动作，我心里痒痒的，暗自思忖着：一定要看到“天鹅舞”。

我排了三个多小时，还没买到票，只好手持钞票又在愚园路新华书店门口等退票，与电影院保持着四五十米的距离，不像有的人三五个一伙，看到退票人一哄而上，从人家手中抠票子。我静静地站在书店门口，不多时，一个阿姨

走到我身边，让我跟她走，我随她走到了对面的愚园食品店门口，阿姨撕给我一张电影票，我真是又惊又喜，一个劲地谢着她，那种激动和感恩之情至今都难以忘怀。

我进入了长宁电影院，如释重负地坐到了位置上，终于可以看到四只小天鹅了。谁知电影没放多久，场内的灯就亮了，银幕上出现了“跑片未到、暂停播放，请耐心等待”的字样。那时，几家电影院共用一个拷贝，第一家电影院放了几本拷贝后，跑片员把拷贝放到自行车上的帆布袋里，骑着自行车送到第二家电影院，第二家放完了拷贝再送到第三家电影院。有时会发生如跑片员的自行车链条断了等意外，跑片未能及时送到电影院，此时场内的灯就会亮起来，银幕上便会放出告知语。没等几分钟，跑片一到，场内就又熄灯继续放电影了；若时间再长一些跑片依旧未到，就会有人在场内喧哗。

我从懂事起，就看《地道战》《地雷战》《平原游击队》《南征北战》《小兵张嘎》《英雄儿女》和八只样板戏的电影。由于无数遍地观看，电影里面许多情节和台词我都能背得出来。大部分国产电影从开始到结束，谁是好人，谁是坏人，观众基本都能猜个八九不离十。为了看那二三分钟的芭蕾舞镜头，我盯着银幕眼不闭、气不喘、身不动，嘴还不断叫着："灵额，好看！"旁边的阿姨拉拉我，我才注意到自己有点失态了，心里想着看多少遍也不会厌倦。可哪有那么多的退票啊?！我只好去看"早早场"的学生电影，票价是正常票价的一半，但七点左右就开映了，我常常是怀揣着大饼油条进电影院的，为的就是再一次看"天鹅舞"。

我也不是死守在长宁电影院门口等退票的。若长宁电影院开场了，我会去长宁区工人俱乐部；还没等到退票的话，就再去曹家渡的沪西电影院；若再没退票，就去忻康里的华光剧场。我在一个个电影院之间往返着，在一场又一场的电影场次中等待着。夏天，渴了，就跑到底楼房子自来水龙头上喝上几口自来水解解渴；冬天，就在雪地里蹦跳几下，嘴巴哈气搓手。有时终于等到了退票，可由于跑得实在太累了，进了电影院看了没多久竟然就睡着了。

电影院门口除了等退票的，还有些人手中是有余票的，可他们不退票。他们是换票一族，换影院、换场次、换电影，也有两张加座换一张正座的，也有三张长宁电影院的票子换一张大光明电影院的……无论怎么换，都是看背后票价，多退少补，没有加价的。一张拇指般大小的电影票，上面有电影院名、电影名、排号、时间等信息，一目了然。

陪伴我们成长的红色电影给我们留下了不可磨灭的印象。如今，昔日的长宁电影院、长宁区工人俱乐部都已拆除了，但我怀念那些年电影院给过我的快乐童年。

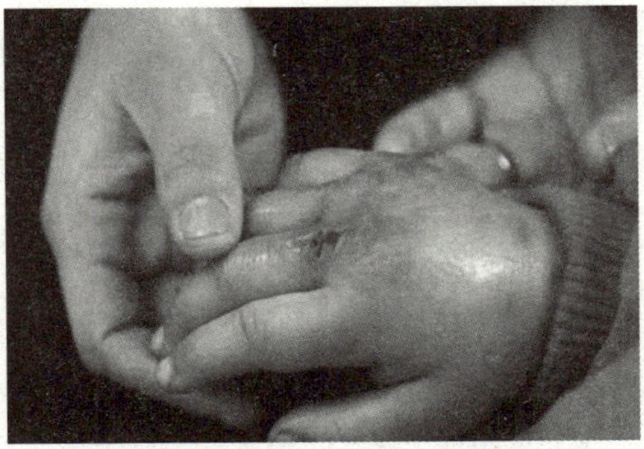

儿时冻疮苦

上海的冬天湿冷，弄堂不少孩子，特别是女孩，大都有过生冻疮的经历。那又痛又痒的冻疮，伴随着我们的童年。

那时，弄堂人家既没有空调，也没有取暖器，连只热水袋也不是家中孩子人人有的。班级里时常有女生捧了一只冲着开水的盐水瓶焐手。那时，我们也没有滑雪衫、羽绒服，有件新棉袄已是稀罕的了，家里常常很冷，还要冷水洗碗、洗菜、洗衣服、做家务，唯一的“取暖器”就是一只煤饼炉子，手脚冻得麻木了，就去煤球炉子上“烘手”。此时，冻疮悄悄袭来了。

起初，是某根手指上隆起了一个硬硬的小红包。然而，没过几天，根根手指都红肿起来了，手掌也是红彤彤的，冻疮的手被凛冽的寒风一吹，一道道的口子裂开了，渗出了血，一双手看上去惨不忍睹，只好用纱布、橡皮膏布包一包，更恼人的是我脚趾、脚后跟、脚边沿也长出了冻疮，像一个个红豆似的分布在脚背上，连耳朵上也未能逃脱，冻疮肿得香菇似的。有的女孩脸上也生了冻疮，上学时只好戴只纱布口罩。父亲把他骑自行车的棉手套给我戴，那是一副厚厚的棉手套，一根棉纱绳连着两只手套，可以套在头颈里戴的。我冬天手脚汗特别多，从棉手套内伸出的手居然会冒着热气，戴了没几天，手套

内就湿答答了，早上手伸进去特别冷，天天要将手套翻过来在煤球炉上烘一烘，我嫌烦，弃之不戴了。母亲见状，便把她的工作纱手套给我戴上了。

弄堂里不少女孩都会用绒线编结一种露出半截手指的手套。这样，戴着手套也能灵活做事。姐也为我编结了一副，我看到班级里只有女生戴这种手套，仅戴了一天便把露指手套还给了姐。

脚上的冻疮肿了起来，平日里的鞋子穿不进去了，母亲熬夜几日为我赶制了一双蚌壳棉鞋，暖和的棉鞋让冻疮痒得难受而忍不住。上课时，我先是弯下腰去用手指抠脚，仍不解痒，我干脆脱下鞋子挠起痒来。老师见我在课堂上脱鞋抠脚，用手拍着讲台，“啥人把教室当屋里向啦”？我一听便知老师提醒的是我，涨红着脸，硬是把脚伸进了棉鞋里，却痛得龇牙咧嘴的。

为了防止冻疮的伤口溃烂、化脓，我天天在手脚上涂上一层厚厚的蛤蜊油。这是一种用蛤蜊壳装的润滑油，算是防冻疮的润肤品了，弄堂人家都叫它蛤蜊油，冬天家家都有它。

晚上睡觉时，长满冻疮的双手双脚在被窝里暖和起来。冻疮又热又痒，实在忍不住了，就抓痒一会。可越抓越痒，越痒越想抓，只得爬出被窝，将双手双脚浸在冷水里，这才让冻疮痒好多了。

我的冻疮十指肿得胡萝卜似的，手背像两只馒头。写字做家务也不方便了。每一次写字，右手的食指握不住笔，在家里，洗手洗脸也成了一大难事，洗脸绞毛巾，稍一用力，便是一阵撕心裂肺的痛，愈合的伤口又出血了。那种疼，是难以形容的，连穿、脱衣服犹如电影慢动作，小心翼翼地，生怕衣服扯到冻疮的伤口。

母亲起初是用生姜片帮我擦拭治疗冻疮，见疗效不大，她又用生姜片、红辣椒熬水给我泡手脚治冻疮，我的手脚龟裂处渗进生姜辣椒水，又辣又痛，眼泪也在眼眶里打滚。一番折腾，母亲见我手脚上的冻疮仍未痊愈，便又四处打听治冻疮的“偏方”，当她听人说用仙人掌能治愈冻疮时，毫不犹豫地将屋顶上那盆种植的仙人掌（家中唯一的一盆“花”）的几只仙人掌的刺全部剪掉，把仙人掌放在碗中捣碎，敷在我的手脚冻疮处，又用纱布包好。果然，三四天后，红肿的冻疮居然消肿了不少，可冻疮仍然没有痊愈。

一场大雪后，弄堂里一片白茫茫的，我与弄堂一帮小孩早已把冻疮抛到九霄云外。我们在雪地里打雪仗、滚雪球，玩得热火朝天。可没多久，双手就冻僵了，疼痛不已。我连忙奔回家去，把双手浸在了热水中，一冷一热，不多久，冻疮的裂口处出现了溃烂，流出了脓水，母亲下班回家见我的双手冻成这样，心疼不已，她用红药水涂在伤口上，又用纱布将我的手包了起来，这一包倒好，我洗碗洗菜等家务事也被哥、姐全包了。

等到三四月份开春的时候，更是难熬之时，天气渐暖，冻疮的伤口渐渐愈合了，伴随着还有奇痒无比的痛苦，像有一万只蚂蚁在啃噬，可还不能抓痒，脚边沿一排冻疮痒得半夜睡不着觉，只好把脚伸到被子外，宁愿受冷挨冻也比在被窝里痒好，但就是那又痛又痒的冻疮，让我在整个冬天备受煎熬，伴随着我的童年和少年。

又吃到了油墩子

油墩子，恐怕是过去上海冬天街头最常见的小吃了。谁没在冬日的马路上吃过几口呢？下午放学后，我总能在校门口的围墙下见到那个熟悉的摊头。

还没出校门，就闻到一阵飘香，那多半是摊头里金黄焦香的油墩子散发出来的，它好像有一种不可抗拒的魔力，引诱着我疾步奔向摊头，围着摊主，一副急吼吼的样子，任凭凛冽的寒风刮在脸上生生发痛。

油墩子摊头的全部“家当”是一只煤球炉、一只铁锅和两只面盆。一只面盆盛着的是已刨得很细很细的白萝卜丝，上面撒有星星点点的葱花、细盐和胡椒粉；另外一只面盆盛着满满的面糊，那是面粉和水经过充分搅拌，经发酵后形成的面糊。

要氽油墩子了，只见摊主将长柄勺子放入油锅浸一下，用缚了筷子的调羹舀了两调羹面糊，摊均勺子的底部，夹上几筷子萝卜丝，再浇上一层面糊，“嗤”的一声，长柄勺子放进了油锅中，勺子上有只小钩子会勾住锅沿，不使勺子滑入油锅。油墩子在锅里氽煎时，摊主又腾出手来做第二只、第三只油墩子，不一会儿，油锅边挂上了四五只勺子，滚烫的油锅冒出无数的气泡，好似油锅里放起了烟花，油墩子在锅里很快结皮、

变色，自行脱模，像潜水艇一样浮起来，有的油墩子脱不了模，摊主会把勺子在锅边轻轻一敲，勺子里成型的油墩子便滑入油锅中，在热油中翻滚。不多时，黄灿灿、香喷喷的油墩子就氽好了，油墩子的边缘呈现褶皱状的花边。等待美味出锅的这两三分钟是难熬的，油氽的香味令我垂涎三尺，等待摊主撩起勺子的那一刻，我迫不及待地将三枚硬币“哐当”一声丢进了摊主的罐子里。

油墩子终于出锅了，锅旁搁着沥油的架子，已经出锅的油墩子整齐地排在一起，把沥油架塞得满满的。油墩子的面皮上残留着的油还在滋滋作响。阳光下的油墩子金灿灿的，摊主给你两张日历纸或是一张巴掌大的报纸，让你包着油墩子吃，太烫了，我拿着还在滴油的油墩子不停地左右换手，顾不上烫嘴，“阿呜”一口咬了起来，软糯香甜，酥脆过瘾，却烫得我龇牙咧嘴的，只得对着手中另半只热气腾腾的油墩子吹冷气。一只滚烫的油墩子下肚，浑身都是暖洋洋的。

有时，油墩子吃到一半，发现面糊还没有凝结，油墩子是夹生的，摊主一边招呼着“对不起”，一边要回你手中的半只油墩子，重新入锅氽好，再还到你的手中。偶尔，我也会买到一只软塌塌半冷不热的油墩子，我会让摊主再氽一遍。

冬天的教室很冷，课间的十分钟，同学们纷纷玩起了游戏，“斗鸡”“扳手腕”和“跳山羊”，输者往往要请赢者吃只油墩子，这三项都是我的强项。我时常在口袋里没有钱的时候，与同学“扳手腕”或“斗鸡”，从而赢只油墩子。偶尔，我也有失手的时候，只好问同学借钞票，请人吃油墩子了。

很多时候，我会站在摊主的油锅旁，看摊主拌面糊，刨萝卜丝，看着锅里的油墩子“卟啰卟啰”地冒着泡泡，我就开始忍不住淌口水。摊主见我长

时间驻足，知我囊中羞涩，就叫我帮他刨一面盆萝卜丝，给我吃只油墩子，这对做惯家务的我来说简直是小菜一碟。我二话不说就蹲在地上，将摊主已洗净的白萝卜在一块小小的刨板上“唰、唰、唰”地刨了起来，不一会儿，面盆里的白萝卜丝渐渐堆起，我的额头上竟微微出汗了。摊主见我如此卖力，未等我把萝卜刨完，就将一只油墩子硬往我手里塞，叫我吃完再干活。我饿极了，狼吞虎咽起来，油墩子烫热的酥香瞬间灌满了嘴，一股汁水从嘴中溢出，我用手一抹了事。

摊主在氽油墩子的间隙，在我刨好的萝卜丝上撒上葱花、细盐、胡椒粉。那天，他还将一碗猪油渣拌进了萝卜丝中，又把锅中煎透的碎屑捞进萝卜丝的面盆里。这样的“劳”有所获，在那个冬天，我竟做了七八次之多。

我一直好奇油墩子模子的出处，直到在一次母亲让我去长宁路476弄口的那家铅皮匠店换铜吊底时，才知道竟出自此。老师傅正低头将一只麦乳精罐头拆成一块铅皮，又剪又敲，做成了油墩子的模子。模子呈椭圆形，像只小脚盆，上口稍大，底部略小，便于油墩子氽时脱模。

一只小小的油墩子，是许多老上海人一段金黄色的童年回忆，曾点亮了多少人放学后饥肠辘辘的回家路。

收集糖纸头

日前，在大木桥路云州古玩城的地摊上，淘到一本童年的语文课本，书中竟夹着不少昔日的糖纸头，真是让我喜出望外。薄薄的糖纸头留有余香，承载着童年的旧时光，埋藏着我心底的一段甜蜜回忆。

那年头，我们没有什么玩具，集糖纸头原是女生的最爱，不知怎么的在班上男生中也渐渐流行了，我亦是其中之一。为了得到更多的糖纸头，我下课直奔长宁电影院，去翻拣清扫员的畚箕，从瓜子壳、橄榄核、棒冰纸中拣出自己喜欢的糖纸头，也会跑到对面的愚园食品店去瞧瞧废纸篓中有什么漂亮的糖纸头。有时也去安西路口的长宁区工人俱乐部，等剧场一散场，乘人不备，蹿进去往一排排的座位底下“扫”过去，寻找观众扔下的糖纸头。我还会跑去曹家渡的沪西电影院或华光剧场去碰碰运气。偶尔也会去凯旋路上的上海西站候车室，这里是捡到外地糖纸头的好地方。

回到家，我把那些皱巴巴的糖纸头摊平，用沾水的揩布一张张揩干净，有的糖纸头上有蜡，就在面盆中轻轻漂洗，拈起后贴在玻璃窗上，用手指小心地熨平整，不留一点点气泡，晾干后从翘起的一角慢慢揭下，夹到书本里合上，再压一压，手

掌下鼓鼓的，心里的满足感油然而生。

下课的时间，我们时常头顶着头凑在一起，打开一本本夹着糖纸头的书，互相炫耀着各式各样的藏品。我惊叹着、羡慕着，花花绿绿的糖纸头，让我眼花缭乱。我们开始了糖纸头的交换，上海的糖纸头只换上海的糖纸头，还要看看是否有编号。外地的糖纸头要两张换一张上海的糖纸头，三张旧的糖纸头换一张新的。“大白兔奶糖”和“米老鼠奶糖”的更是吃香，一张可以换一叠其他的。说到糖纸头的来历时，大家都有些小激动，那份简单快乐的满足远远超过了吃糖。特别是小伙伴手中的玻璃纸糖纸头，把手掌伸直，玻璃纸放到手心上，糖纸头就会立即卷起来，我啧啧称奇，一种莫名的冲动让我一定也要有玻璃纸糖纸头。

听说淮海路的哈尔滨食品店的不少糖果是玻璃纸包的，我在星期天就与左邻右舍的几个女孩，一路走到了哈尔滨食品店，结果在店门口碰到了好几个早已守着的小伙伴，也是来捡糖纸头的，我们一起挤在门口盯着每一个买糖的人。一到有人吃糖，他的衣角同时会被四五个小伙伴拉着，都是一副央求的口气，结果时常是被嘴巴最甜、“阿姨、爷叔”叫个不停的某女孩讨了去。见她讨到了数张，我便寻思着要从她手中弄一张来，便答应帮她做三次值日生，扫地、擦黑板、揩桌椅等，才从她手中得到了一张玻璃纸糖纸头。后来，收集的彩色玻璃纸多了，就别出心裁地想做副太阳眼镜，我把玻璃纸剪成圆状，用硬纸板将彩色玻璃纸夹住，用胶水粘好，一副简易的太阳镜做成了，我对着太阳看，能折射出七彩斑斓的光，如万花筒一般。后来，一个小伙伴用十张玻璃纸糖纸头换走了它。

我对糖纸头的收集一度达到了痴迷的程度，哪里有糖纸头就奔向哪里。弄堂里有人家办喜酒，我更乐意去守着。那时，结婚是发一小包塑料袋喜糖的，内有八粒各式软硬糖，有的还会装进亮丽糖纸头包着的“白脱太妃”“巧克力奶

糖”“果酱夹心糖”，以及玻璃纸包着的水果糖。我站在酒席桌旁，眼观各只台子，发喜糖时有人剥糖吃，我就一个箭步冲上去索要，此时讨到的糖纸头是没有捏皱过的，品相好，虽然馋得“哈喇子”直流，可还是很开心，一场喜酒下来，总能讨到一二十张花花绿绿的糖纸头。后来，也有邻家孩子来讨糖纸头，我们只好分台子，互不相扰，酒宴结束，我们时常还互换糖纸头哩。

我们还在弄堂的墙头上玩飘糖纸头的游戏，一个个地将糖纸头按在墙上，将手松开，看谁的糖纸头飘得更远，最远者可取走地上所有的糖纸头。每次比赛时，我都会挑出既薄又挺括的糖纸头去，收获总是满满的。

收集糖纸头的那些日子，是一段难以忘怀的时光。在那苦涩生活的日子里，是抹不去的童年回忆。

『生产组』的日子

说起里弄生产组，如今的年轻人没有什么概念，可它是不少知青返沪的落脚点。我对生产组充满了感激之情，它是我农场回来，在上海的第一个工作岗位。

1979 年 10 月，母亲为了让我早点从农场回来，就提前退休，让我顶替她进了街道生产组，我带着身心的疲惫和本不属于那个年龄的沧桑，回到了既熟悉又有点陌生的城市。

生产组叫华阳胶木组，一排低矮的平房，没有厂名，更没有门卫，那是我太熟悉的一个地方了。童年的我经常为母亲送饭、雨天送伞。胶木组是专门包装塑料零部件的，我进组不久就升格为“华阳五金厂”了，我被分配到一个专门敲揿钮的小组里。昏黄的灯光下，车间里一条长桌，两边坐满了人。大家手不停地把一只只揿钮装入软纸板的小孔后，木榔头一阵“乒乒乓乓”的敲打，使整版的揿钮两面合上，周而复始，从上班敲到下班，时常敲得眼冒金星，手臂酸痛得抬不起来，有时还要被大组长叫去踏黄鱼车送货。

七角、八角一天的收入，做一天算一天，没有病假工资，也没有劳保，劳防用品只有一副袖套，但比起农场还是好多了，起码叫上下班了，不像农场叫出工、收工，想想心里还是

甜滋滋的。“七角、八角，胸怀世界各国。”这是我们团员组织生活经常挂在嘴边的俏皮话。

我们几个从农村农场回来的小青年混在一帮老阿姨中敲揿钮也蛮别扭的。那年，我已 21 岁，身高已是一米七八了，看到我卖相蛮好，邻座的老阿姨敲一会揿钮就停下来，问我在农场谈过朋友吗？漂亮哦？我被她问得难为情了，脸涨得通红，支支吾吾混过去了。过不久，同组的另一个老阿姨又要帮我介绍女朋友，说小姑娘笑起来有酒窝，年龄与我相仿。我仍摇头不答，老阿姨无趣地走了。可没隔几天，隔壁组里的一个老阿姨对我说，女儿是 20 路电车卖票的，阿拉屋里有房子，结婚侬住过来好了，我一听在“招女婿”嘛，连连摆手，老阿姨只好怏怏地离开。午饭时，几个老阿姨吃着从自家带来的饭菜，窃窃私语着“迪只小赤佬这个看不中，那个又不要，不晓得伊要啥个小姑娘”，吓得我赶快溜出门，去曹家渡饮食店吃阳春面去了。

敲揿钮时，老阿姨们叽里咕噜又在为谁介绍朋友了，我当作没听见，故意把揿钮板敲得“乒乓响”。这样的日子仅过了半月余，某日，厂长方来英来找我，从没与厂长说过话的我立马站了起来，略微紧张。方厂长见我有点拘束，便把我拉到一旁，悄悄对我说：“帮侬介绍一个航空小姐。”见我木讷的样子，方厂长又说，就是飞机上的服务员，老稀奇哦。我哑然一笑，“配不上人家的”。方厂长手一挥，不让我再说什么，碍于厂长的面子，我只好答应下来。

在中山公园假山的亭子里，我与“航空小姐”见了面。小姑娘梳着两只小辫子，一副羞涩的样子，低头不语摆弄着手中的绢头，不时用眼角瞟我一眼。看得出，她对我有点意思。尽管方厂长向她介绍过我人品好、会干活、有出息，但“航空小姐”一听我是街道生产组的，脸色马上阴沉了下来，支吾了几句便从条椅上站了起来，借口有事要先走。我一脸尴尬地站在假山上，望着她的背影一直出了公园大门。

次早，见到方厂长我便自嘲道“癞蛤蟆吃不到天鹅肉”。方厂长一怔，转而又安慰我，说是再帮我找，我把头摇得拨浪鼓似的。

华阳集体事业组工会要开办青工文化补习班了，我闻讯立刻报了名，上课的地点竟是我曾经读过的小学——华阳路第一小学。熟悉的校园，熟悉的老师，“我来回炉啦，”碰到认识的老师我就这么说。为我们上课的老师也是从江西返沪的知青潘秀琴，帮我们补初中数学、语文。我白天敲揿钮累得一塌糊涂，下班还要来读书，几次上课坐下不久便打起了瞌睡。潘老师经常用一根竹制的教鞭敲醒我，时常还被她叫去黑板上做习题，我挠头抓腮地不知道写些什么，幸好底下有人让我“听写”，我才写出答案，满脸羞愧地逃下台来。那一年，我居然拿到了文化补习证书，过不多久，我便被调去华阳集体组担任团总支副书记了，算是“脱产干部”了，母亲知道后大喜，逢人便说。

生产组虽小不起眼，但在特殊的历史年代里起到了特殊的历史作用，是我们这个群体的集体记忆。我对生产组的记忆永远不会消失。

粮店买米

记忆中，长宁路476弄堂口有一家粮店，从记事起直到90年代，我家都是在这个粮店买米的。

那时，国家物资匮乏，什么东西都要凭证购买，粮食当然更要凭证凭票购买，每家每户都有一本购粮证，买粮是划片定点供应的。

购粮证是被母亲当宝贝一样珍藏着的，在物资匮乏的年代，它是一家人的命根子，母亲把它锁在梳妆台的抽屉里，里面还有户口簿、粮票、油票、糖票、布票……

我还没长高的时候就同哥一起去粮店买米，哥在前面掮着米袋子，我在他后面抱着一袋面粉跟着跑，后来，我长大成为一个少年，就自己单独去粮店买米了。

我会拿着母亲给的购粮证、粮票、钞票和米袋子去粮店买米了。一走进店堂，“发展经济、保障供给”的红字标语赫然醒目，不大的店堂装着两只很大的铁皮漏斗，漏斗上还装有铁皮罩子。出米处的底下放了一只木托盘，米袋子没兜紧漏出的米可在托盘中再装起来。墙角堆到天花板的麻袋包装着的是粳米和籼米，还有白布袋装的富强面粉和精白面粉，营业员都穿着白色工作服和戴着白色帽子。柜台上还有两只小木盒，放着

当日出售的粳米和籼米的样品，我根本看不懂，只是母亲让我买什么米我就买什么米。

我递上购粮证、钞票和粮票，告诉营业员买什么米或是什么面粉，营业员会把购粮证熟练地翻到某一页，用圆珠笔快速地在购粮证上记录购买的品种和斤数，再拿起算盘，一阵“噼里啪啦”地计算，便收钱收粮票，营业员会根据我购买的品种和数量，在铁皮漏斗上启动按钮，米便落入漏斗中过秤，漏斗漏下的米有时并不是十分精准，营业员会用一只铝皮小勺或添或减分量，直到称准量足。这时，营业员还会大叫一声：“袋装好了吗？”“好了。”我应答时早已撑开袋口把米袋子套到了漏斗的出米处。霎时，漏斗中的米倾泻而出，怕米漏掉，我双手紧紧攥住米袋子。米放完了，营业员还会用他的大手在铁皮漏斗上猛拍几下，偶尔也会掉下一小撮米。粮店还提供扎米袋口的麻线，母亲嫌粮店的麻线太短怕扎不住口，每次总往我的裤袋里塞上一根长长的布绳，让我把米袋子扎得紧紧的。那时，家里没有自行车，买好的米，只得肩掮，四五十斤的一袋米，我托起来有点难度。营业员看到后会跑出柜台，帮我将米提到肩上。粮店离家约有七八百米，我一路“吭哧”“吭哧”喘着粗气掮回家，途中不敢

休息，怕沉重的米袋子落地后再也提不到肩上了，有时右手抓着米袋口，左手还要拎几斤卷子面。雨天掮米更是苦，一手撑着重重的油布伞，一手攥着肩上的米袋子，走在湿滑的弹街路上更是战战兢兢的。回到家里，母亲赶紧接过米袋子。

我经常买的米有两种：一种叫粳米，也叫大米，每百斤十六元四角，好一些的要十七元一角，吃起来口感糯软润滑；另一种叫籼米，也叫“洋籼米”，每百斤十四元三角，烧饭涨性足却口感粗糙。母亲常把粳米掺在籼米中烧饭，吃起来不硬不软，弄堂里不少人家都是这样烧饭的。

一次买米，我把购粮证和夹在其中的钞票、粮票全弄丢了，我急得团团转，来来去去在弄堂走了几回也未见遗失的票证，拎着空米袋回家，只好如实相告。母亲气得大发雷霆，一顿臭骂之后还不让我吃晚饭。那年头遗失购粮证是件很麻烦的事，每人每月五斤的粳米计划没了，全家要吃一个月的籼米，七元几角的钞票不算，粮票更是金贵，因为每人每月的粮食是计划供应的，母亲

"充公"了我的零用钱作为对我的处罚，我也心甘情愿，毕竟犯了一个令全家人愤怒的错。这一个月，全家人只得吃籼米了。每当吃饭的时候，我尽量不夹荤菜吃，不管是轮到谁洗碗，我都老老实实地抢着洗碗。

冬日，粮店来了几卡车的山芋，我与弟拎着铅桶去买山芋。山芋也是要凭购粮证定量供应的，只是不要粮票。粮店的门口，山芋堆得小山般高，磅秤也推到了店门口。弄堂里的人都像我家一样，挑木桶的，拎铅桶的，带网线袋的，一派热气腾腾的景象，孩子们更是开心不已，因为可以在煤球炉上烤山芋了。这是弄堂孩子冬日午后的一道美餐。

粮店来了新大米售卖的那一刻，弄堂里的人更是奔走相告，争相前去买新大米。母亲只要在家，她都会让我跑步先去粮店排队，她拿好票证和米袋子匆匆赶来，我一路狂奔至粮店时，店门口已排起了一字长蛇阵，挤满了街坊邻居，人人脸上绽开了笑容。当我掮回了一大袋新米，走在回家的路上时，犹如凯旋的士兵。

粮管所的人每季度会到弄堂里来发一季度的粮票，由里弄小组长隔夜通知，领粮票时要带好户口簿和户主图章，在弄堂口的一张小桌上发粮票。说是发粮票，但几乎概括了生活中必需的票证。那一天都会发到手，除粮票外，还有油票、糖票、布票、肥皂票和火柴票等，哪家没人，把图章、户口簿留给邻居，也是可以代领的。

如今，国营粮店几乎都关门了，可它保留着我们这一代人排队买米的童年记忆。

失物招领箱

前不久，在一家商场见到一个失物招领箱，引起了我浓厚的兴趣。该失物招领箱设在商场门口右侧，安装了一只有二十余个格子的物品柜，钢化玻璃的材质既透明又安全，旁边还张贴着失物招领的流程和失物送交的程序，令我感触良多，也让它走进了我的记忆深处。

20 世纪 80 年代前，不少公共场所，诸如影院、剧场、医院、商场、车站、码头、学校的门口都设有失物招领箱。记得中山公园出口处就有一个失物招领箱，一只橱窗似的箱子，招领的失物有钥匙、手套、手帕、帽子、红领巾、玩具、公园月票卡等，时常可以看到有人捡到东西来交公，也有人领到了失物，眼睛里掩饰不住失而复得的喜悦。

我与弄堂小伙伴在中山公园大草坪上玩翻跟头时，捡到了一副半新不旧、十指露头的绒线手套，我觉得拿回去可以给母亲戴，便悄悄塞进了裤袋带回了家。下班回家的母亲正在淘米，见我拿出一副手套给她，戴上了也蛮合适，母亲有点欣喜，便不经意地问我是谁送的，我说在中山公园捡到的。话音刚落，母亲已褪下了手套，脸色也阴沉了下来，她把手套往我手里一塞，厉声让我去公园交给门口的失物招领处。我说捡来

的又不是偷来的，“啪”的一声，母亲给了我一记响亮的“头塌”，“去，马上交掉。”我在家不敢久留，怕招来第二记“头塌”，拿着手套，一路小跑来到公园的失物招领处，把绒线手套交给了门口的纠察。母亲的一记“头塌”让我长了不少记性。

又有一次，我在学校图书馆借书时，捡到了一只票夹。打开一看，里面有五个伟人的肖像卡片，还有年历片，剧照歌片和两张崭新的一角钞票和一些零碎的粮票。我二话不说，直奔校门口的失物招领处，把票夹交给了值日老师，没想到他居然把我捡票夹上交的事告诉了我的班主任，还记到了班上的好人好事簿里。从此，我捡到的像章、红领巾、连环画等都交到了失物招领处，失物箱里的东西也是丰富多彩的，没有个人信息的物件上都写上了捡拾的时间，圆规、三角尺、量角器、铅笔盒、热水袋、乒乓板、三毛球、毽子等，失物箱挂在校门口，几乎每一个同学都要经过的地方，人人都可看见，谁发现遗失的东西都可以去认领。

一个学期结束，班主任会在学生手册中的“思想道德评语”中，对学生所做的好人好事情况写上一笔，家长们看到这样的评语，脸上会露出赞许的目光。

父亲天天乘 13 路电车上下班，他买了一张月票卡，上车将月票卡向售票员一挥就了事了。某日，父亲回家后发现月票卡不见了，急得他额头上直冒冷汗，他叫我沿着他回家的路去找一找，我便沿着秀水路、长宁支路一直寻到曹家渡 13 路电车的终点站。我在车站的上街沿低着头来来回回找着，正当我失望之际，售票员问我找什么，我说：“爸爸的月票卡。”他顺手一指，让我去失物箱中看看，啊，透过玻璃，那张熟悉的照片跃入我的眼帘，父亲的月票卡被人用图钉钉在了失物箱中的木板上了，我立刻惊喜起来，连忙奔回家把喜讯告诉了父亲，父亲二话不说，拿着工作证直奔 13 路电车终点站去了。

失物招领箱，一个微小的窗口，却为失主与拾物者提供了便捷的渠道。每一个丢失物品的背后都有一个着急寻找的身影："赠人玫瑰，手留余香。"遗憾的是现在失物招领箱渐渐淡出了公共场所。拾金不昧见证着一个城市的良心，但愿更多的失物招领箱回归公众的视野，让更多的失物找到回家的路。

公交月票

近日，整理家中的老物件，竟然发现一张50余年前父亲的公交月票，令我又惊又喜。

这张月票是1969年7月的“上海市公共交通月票”，印有毛主席语录：“领导我们事业的核心力量是中国共产党。指导我们思想的理论基础是马克思列宁主义。”票价：六元，月票花是嘉兴南湖的红船和“烟雨楼”，下还有一行上海公共交通公司月票缴款证，以及钢印、骑缝章。喜欢收藏的我，如获至宝地把父亲的月票夹进了收藏册。

“上车请买票，月票请出示”，这是在20世纪90年代中期之前，公交车里售票员挂在嘴边的一句话。每到一站，车辆启动时，售票员都要提醒乘客。那时的售票员头颈里挂只帆布袋，手里拿只夹满四分、七分、一角、一角三分等面值的车票。卖票时用只剪刀似的轧票机，在票面某个数字上打个洞，就表示该乘客从哪个站点上车，便于查票。车辆“叽叽嘎嘎”转弯时，售票员会打开车窗，拿出有面“慢”字的小红旗，示意后面的车辆或旁边的自行车慢行。

一张月票在手，几乎上海所有的公交车辆都可以乘坐。无论想坐到哪里，坐多长时间。上了车也很是潇洒，从口袋里掏

出月票，朝售票员一挥，叫一声“月票”，便笃悠悠乘车了。不像买票的人，车挤时，买票的人把钱一个传一个，经过五六只手才传到售票员手中。买好的车票和找零又是原路传回乘客手中。这样的“摆渡”，在公交车上是司空见惯的。我乘车经常站在售票员旁边，很是乐意帮人传钱传票，有时竟乘过了站，还得走回来。

印象中父亲的月票故事还真不少。一次，母亲帮父亲洗中山装时，未检查口袋，竟把父亲的月票给一起洗了。待父亲看到屋顶上飘着的中山装时才知道坏事了，忙不迭用丫杈头将中山装叉下来，经过搓衣板搓过的月票已成渣渣了，依稀还可辨识的是父亲的那张一寸照片。父亲捶胸顿足，一屁股坐在了矮凳上一言不发。次日，父亲拿着摊平的月票去乘车。售票员见状苦笑着，这也叫月票啊。父亲被奚落了一回，却被照顾乘了一趟车。晚上，父亲不敢再拿出月票乘车，竟从宝山路走回了家。那个月，父亲没有补买月票，而是乘几站走几站，他还自嘲是“练好铁脚板，打击帝修反”。又有一次。父亲乘电车忘带了月票，被人查到要罚三倍的车票价。他在共和新路站头打公用电话到家，让

我从他的工装裤里拿好月票乘车赶到了站头，才免遭了罚款。我乘13路电车来回也花了两角钱，算下来还是合算的，比罚款省了一角钱。

父亲的月票是物尽其用的。星期日，他时常让我拎着篮子跟他外出买菜。那时，我还未到买票的高度，乘车不用买票。我们从江苏路上车，乘44路去绿杨桥买农民自留地上的鸡毛菜、黄瓜、番茄等，还乘54路去北新泾哈密路苏州河边买土豆、冬瓜、茭白等。父亲告诉我，这些地方的蔬菜既新鲜又便宜，还可讨价还价。所以父亲很是乐意来这些地方买菜，我还能从找零中拿到几分钱的零用。跟父亲去郊区买菜，是星期日我最开心的一件事。

月票每个月都要换张月票花，是月票持有人按月缴费的凭证。父亲时常把缴款的任务派给我。月底，曹家渡13路电车旁的小房子前排着长长的队伍，我总是带着一本书去边看边排队。有一次，排到付款柜台时，口袋里的六元钱不翼而飞了，急得我满头大汗，四处寻找也不见踪影。怕回家遭到父母的责骂，我只好偷偷跑到一个住在长宁支路的同学家，好说歹说借到了一元五角钱，又接连跑到秀水路、江苏路几个同学家拼拼凑凑才凑足了六元钱。那时六

元钱是个巨款，都是同学从储蓄罐里抠出来的。有个女同学还为我敲碎了储蓄罐，把所有的零用钱都借给了我。这张月票钱我一下子还不出来，只好给他们一一写了欠条，足足三个多月才还清了“债务”，不少还是母亲让我去菜场买菜揩油所得。

那个年代的不少售票员练就了一双辨假的火眼金睛，只要冒用月票者叫一声“月票”或挥一挥已过期的月票，售票员就会在沙丁鱼罐头似的车厢里挤过来，让你重新出示月票，冒用者被逮个正着，罚三倍的乘车钱。好几次我都把自己的照片贴到了父亲的月票上，想乘车出去兜风，但一想到售票员那犀利的眼神和戴着紫色袖章的查票员上车，我便会乖乖地取下照片。

直到70年代末参加工作时，我才买了一张属于自己的月票。靠着这张月票，我去了许多从未去过的地方。

夏日灭虫记

儿时的弄堂住宅是较为简陋的棚户简屋，不少居民拥挤在狭小的空间里，过着蜗居生活。天气炎热的夏日，更是害虫扰民猖獗的时候，让弄堂人家苦不堪言。

在家门口躺在铺板上乘风凉的我，蒙眬入睡时，“嗡嗡嗡……”讨厌的蚊子又在我耳边唱起了奏鸣曲，我一个巴掌打在自己的脸上，手上沾了一摊鲜血，又有一只花脚蚊子叮在我手背的血管上，肚子鼓鼓囊囊的，一看就知道吸了不少血，我立刻捏紧拳头屏住气，蚊子针状的嘴拔不出来了，被我活捉，我用手把它的脚一只只拔掉再拍死它，才解了心头之恨。

那时，没有电蚊香、灭蚊拍，也没有止痒水，我被蚊子咬出一只只“小不点”后，就用固本肥皂沾点水涂在上面止痒。弄堂乘风凉的人们几乎人手一把芭蕉扇，既驱蚊又扇凉。

一个夏季，总有四五次是弄堂灭蚊日。里弄小组长会拎着一大瓶“敌敌畏”药水，挨家挨户上门让居民拿出一张旧报纸或几张草纸，小组长用毛笔蘸上“敌敌畏”在纸上涂上几笔，收费一二分。到了晚上七点左右，小组长在弄堂里“叫鞭”一吹，家家户户便开始熏蚊子了，母亲通常会在这之前把家中的冷饭剩菜全部端到家门口的小台子上，用纱罩罩住，关紧门

窗，把涂过“敌敌畏”的纸放在畚箕中，添上稍许刨花，拿条湿毛巾捂住鼻子后便点燃了熏纸，迅速逃出屋里，一股呛人的刺鼻浓烟升起，从窗户、门缝中涌出，让我时常咳嗽连连。此时，整个弄堂里的老老少少全坐在了自家门口，是邻居间“嘎讪胡”的时刻。大约半小时，大家再纷纷打开自家的门窗，用芭蕉扇把未散尽的烟雾扇出家门。电灯一开，地上常有不少被熏死的蚊子、蟑螂、苍蝇和一些飞蛾小虫。熏蚊的当晚，家里虽然还有“敌敌畏”的余味，可睡觉却安稳多了。

还有一种叫臭虫的吸血虫，喜欢藏在草席的夹缝处、床铺板的裂缝处。夏日也时常咬得我们身上一只只小红疙瘩，皮肤红肿，痒痒得挠个不停，用手捏死它，一摊摊血迹外还有一股股小小的臭味，很是“腻心”。

傍晚，我常能看到弄堂里的家庭主妇们抱出一张张草席卷成圆筒状，用藤拍在草席的上上下下猛力拍打，一只只臭虫滚落地上，旁边的自家孩子会上前一只只摁死它们。我怕臭虫脏了手，就把火钳烧红，一只只烫死臭虫。有的人家的铺板、床架和桌椅中也躲藏着不少臭虫，主妇们会用缝衣针去把臭虫抠出来掴死，也有的会烧上几铜吊的水，对准铺板、桌椅的缝隙中用开水烧烫。困棕棚床的人家更是烦恼，为灭掉小小的臭虫，全家齐上阵，搬出沉重的棕棚床在家门口，对准棕棚床大大小小的缝隙，先是开水浇，后是药水涂，一番大进攻，弄得全家人汗淌淌滴。我常见母亲把“敌敌畏”加水调匀后，装到一只喷雾罐中，对着床架、铺板、竹椅来个全喷杀，效果奇好。

蟑螂也是弄堂人家的常客，它常常躲在碗橱的角落、橱柜的背面和阴暗潮湿的地方，它像蜻蜓一样会飞，像蜘蛛一样会爬。夏日晚饭后，母亲时常把吃剩的菜肴放在台子上用纱罩罩住，可蟑螂还是无孔不入，稍有缝隙就钻进去偷吃食物。我时常在乘风凉的时候，手里拿着一只拖鞋，蹑手蹑脚潜回屋里，“啪嗒”一声打开电灯，蟑螂在台子上四处逃窜，说时迟、那时快，拖鞋一下子拍了上去，几只蟑螂的五脏六腑也被打扁了。母亲也会买回一包包略有香味的蟑螂药，放到碗橱里、台子上、筷子筒边，蟑螂闻香而来吃得腹胀而寸步难行，被我用苍蝇拍一一拍死。

还有一种几乎爬过家家户户的鼻涕虫，身上沾着不少黏液，喜欢躲在水缸附近潮湿的地方和煤饼洞里，它像蜗牛一样，爬过的地方会有一条湿湿的印迹。夏日的午夜，鼻涕虫会从阴暗角落里爬出来寻找食物，清晨，它又会爬回躲藏处。我时常会循着鼻涕虫爬过的地方找到它的老巢，买来油石灰嵌进墙洞和砖缝，来个一网打尽。夜里，我会用火钳将捉到的一条条鼻涕虫，放到阴沟洞旁，抓一把盐撒在它们身上，鼻涕虫身体马上紧缩，数分钟内就化成了黏液状的液体。鼻涕虫虽然对人体没有什么伤害，却是十分的恶心，对付它，只要一把盐，足够让它完蛋了。

我为弄堂出板报

黑板报，对弄堂人家来说并不陌生。弄堂口，拐角处几乎都有一块水泥砌的黑板报或挂着一块木制的黑板报。

里弄干部知道我在学校是宣传干部，负责学校黑板报的编写，便找上门来，让我在业余时间帮弄堂出三块黑板报，我当即应允了。

那时，弄堂里几乎没有人家订报，有收音机的人家也很少，除了里弄读报组，黑板报也是一个重要宣传阵地，里弄干部要我两周出一期，除一些宣传资料外，我还自己找了一些知识类的内容。在春节、劳动节、儿童节、建军节、国庆节、中秋节、端午节、清明节等时间刊出这些节日的由来，并配上题花。我还会配合里弄宣传一些卫生知识，比如，“不要吃馊粥馊饭”“不要生喝自来水”“如何灭鼠”“城市不准养鸡鸭”等。我还会采访弄堂里一些好人好事予以登载，诸如学生雨天帮邻居收衣服，帮年迈的阿婆倒垃圾、挑水、刷马桶，拾到粮票主动交公，踏黄鱼车送老人去医院，等等。一时间，弄堂里学生乐为邻居做好事蔚然成风。我还会在七一前夕，开辟专栏“我把党来比母亲”，让弄堂学生踊跃投稿，我选择刊出。有的学生还主动来帮我揩黑板，画插图。有趣的是，一次我正在抄写

后弄堂阿三的征文，去买馄饨皮子的阿三他妈，看到后开心得不得了，煮好馄饨后还端到黑板报前让我吃。为了出好黑板报，我购买了《黑板报报头》《黑板报参考资料》《怎样设计黑板报》等书刊，里面有不少可参考的黑板报美术字和设计图，只要根据手中的文字稿稍加调整就可运用。

为了出好黑板报，我买来一块小黑板，在家中勤学苦练美术字。用揩布蘸水练写空心字，再用粉笔勾勒出字体。很多时候，黑板报的通栏标题，我写的都是空心字，我看到报纸上的题头题花，适合在黑板报上用的，都会剪贴下来备用。为出好黑板报，我还去学校找美术老师请教，他让我写粉笔字时不要打格子，黑板报四周要留出空隙，粉笔颜色要有变化，但不能五颜六色，报头要新颖，字体要美观，题花不宜多，老师的一番点拨让我受益匪浅。

每到出黑板报的日子，放学回家我抓紧做完家务，搬只骨牌凳，站在上面出黑板报。有的水泥砌的黑板报水泥粒子粗，又不平整，写起来费力费时。木制的黑板报日晒雨淋，表面趋裂，黑漆脱落，我会在书写前先涂上一层黑板漆，有时没有黑板漆，我干脆刷上一层墨汁。虽然黑板亮丽多了，但书写时更谨慎了，不能写错字，否则，揩布一揩，就是一摊墨汁，老化的地方又会原形毕露。

有的黑板报上方没遮没掩。夏日，刚刚精心出好的一期黑板报，一场暴雨下来，黑板报上的内容被冲刷得荡然无存，令我十分沮丧，只好在雨过天晴时从头再来，里弄干部几次见状就请来木匠，钉好了雨棚。

站在凳子上出黑板报，好几次写得入神，一脚踩空，从凳子上摔了下来。还有一次，我专注粉笔尖，被一辆自行车撞倒了骨牌凳，摔得额头上起了一只“青皮蛋”，母亲还以为我与人打架了。

不少时间，里弄干部看我在烈日下挥汗如雨写粉笔字，会为我送杯绿豆汤或大麦茶来，帮我解渴。冬天，我手上长着冻疮，手指不灵活，里弄干部也会送给我一盒冻疮膏或一只蛤蜊油，有时也会冲一杯姜茶送给我，让我暖身。

为了出好黑板报，我还做有心人，看到学校或其他弄堂黑板报编排新颖，美术字漂亮，粉笔字工整，插图恰到好处，我会掏出小簿子将其版面临摹下来，作为以后出黑板报的参考。

为了在黑板报上画好圆圈，我时常把家里各种大小的钢精锅子盖拿来画红太阳，黑板报雨棚三角架松掉了，我也会回家拿着榔头去钉牢。

那时，各个学校组织中小学生外出捡废钢铁上缴，我让里弄干部去附近学校要来了本弄堂学生捡废钢铁的上缴数，用表格列出，一下子引得弄堂里的大人小孩来围观，有的上缴少的家庭还全家出动，拎着篮子、铅桶外出捡废钢铁，有的人家推着自行车，拉着“劳动车”，到很远的地方去捡废钢铁。我没想到黑板报一张小小的表格居然让全弄堂都行动起来，这也让我受到启发，诸如弄堂里开展的爱国卫生运动，灭鼠、灭蟑螂、做砖头等，我都用表格列出各户人家的上缴数，受到了居民的关注。

弄堂黑板报，是“小窗口、大阵地”，传递着最简单、最温暖的关怀，内容紧贴弄堂的人和事，满满的正能量，也是一个时代的印记。

乐为老人写家信

1972年，我已是一个中学生了，时常爬在凳子上帮里弄干部写黑板报、刷横幅标语。我的中山装上衣口袋里还插着两支钢笔，弄堂里不少老人觉得我是一个有文化的人，便经常找上门来让我帮他们写信给插队落户的儿女们。一时间，老人们让我读信、写信，电报撰文等都找到我，我也乐为老人写家信。

我还没放学，有的老人已等在我家门口了，手里拿着信件、信纸、信封、糨糊和邮票。放学回家的我，见此情景，连忙搬只骨牌凳到家门口，拿块垫板，便坐在小矮凳上开始为老人写信。通常我会接过老人递过来的信封，抽出信来看一遍后，再为老人读一遍，然后让老人自述要写的内容，他一边说，我一边记，有的老人语速快，我还要先快速记录下来，字有些潦草，怕老人子女难以辨认，我时常还会再誊写一遍，写好后，再为老人读一遍；老人又想起要说的话，我还要再加进去，直到老人笑眯眯地说，讲光了，讲光了，我才搁笔。

大热天，我赤膊埋头写，有的老人一边口述一边帮我扇凉风，偶尔还会倒上一杯冷饮水给我喝，或切上一块西瓜让我解

渴。寒冬天，老人会把我叫到他家去写信，帮我冲上一只热水袋焐手，泡一杯我心仪的麦乳精，看我手上长满了冻疮，老人还会拿出“蛤蜊油”，帮我轻轻地涂在冻疮上。下雨天，我被老人喊到过街楼下写信，老人一边说着对儿女的思念，一边手不停地编织着儿子的绒线帽。也会有人凑近看我写信：“哪能字写得像狗爬一样的？”我专注写信也不去理会他，一旁的老人不乐意了，抓起旁边的一把扫帚打过去，那人只好灰溜溜地走了。

帮老人写信时，有的老人是做着家务的。一次为邻居老人写信，她边炒菜边与我说话，油倒进了锅里，却想着跟女儿说些什么，全然忘了炉子上的油锅，不一会儿，油烧了起来，老人却不知所措，我急忙从台子上抓起一块揩布扔进了锅里，油火熄灭了。老人连连说：“哎呀，油浪费了。”说着，一屁股坐到了椅子上，好久，才缓过神来继续口述给女儿的信。

我也时常会碰到一些老人拿着从黑龙江、云南、江西等农场子女们寄回来的照片，他们有的身穿军装，紧握钢枪，有的在马车上扬鞭催马，有的是在芭蕉树下与战友们的合影，有的开着庞大的“康拜因”拖拉机……此时，看得出来老人们心中又有些自豪。弄堂里有几个小青年分到了北大荒的一个连队，他们的家长看到有老人在让我写信，都纷纷凑过来，也让我帮她们写上几句，塞在同一只信封里，我会在叠好的信纸上写好某某同志收。最多时，一封信里有四个家长给儿女们的信，为的是省下八分钱的邮票钱。可为了让儿女们多写回信，有的老人让我在一只空信封上写好自己的地址，贴好邮票，夹在信里寄给儿女。

我时常帮一位老人给云南农场的大儿子写信，又要给她回在崇明农场的三女儿的信。有的老人不知从哪里听来，只要贴上“航空”二字的小方标签，信就由飞机送了，子女们能特别快收到信件，弄堂里不少老人都跑到曹家渡邮局去拿回了“航空”标签，不管寄到哪里，都要我贴上“航空”标签，我也会满足她们的要求。有的老人腿脚不便，我还跑到长宁路上帮其寄信。有的老人要在信里夹上几元钱给儿女们当零用钱，我会尽量劝阻，为的是一旦信件丢失，老人又要伤心好多日子。

有一个冬日的晚上，一位邻居老人叫我写信，只见她在昏黄的灯光下一针一线为江西农村的儿子编织着棒针衫，自己却冷得双手不断地哈气搓手。看我写信冷，她就把一只煤球炉拎到我身边。老人的神情有些沮丧，嘴里不断地唠叨："侬在那里饭吃得饱哦？不要做危险的生活哦。"她不断地叮嘱着儿子，我写信的笔尖停住了，真是"慈母手中线，游子身上衣"啊。棒针上下翻动着，一针一线都夹杂着一个母亲独有的慈爱和挂念。

儿女们回信中的错别字也特别多，有时帮老人读信，读到后面我却笑出声了，老人一脸疑惑："爸爸妈妈，到了农村后，我与贫下中农大狼（娘）亲如一家，共睡一只坑（炕）……"给老人解释后，她母亲趴在台子上笑出了眼泪，稍许抬头又无奈地说："小囡没有好好读过几天书啊！"我为老人读信，也时常读到儿女们向父母倾诉着许多内心的苦闷：在白雪皑皑的深山老林伐木，在寒风刺骨的江面上凿冰捕鱼，漫长而枯燥的日子，日出而作，日落而息，做着近乎原始的劳作，文化和物质生活的贫瘠，生活郁闷，特别思念上海的家，思念父母和兄妹……那些手迹、那些倾诉，我读着读着模糊了双眼。儿女们的回信除了问候父母身体情况和弟妹读书之外，不少是让父母帮他们寄些棉毛衫裤、书籍、香烟和全国粮票的，很少有向父母讨钱的。

我时常在剥毛豆、钳螺蛳、拣鸡毛菜、挑水、生煤球炉时被老人喊去写信，剩下来的家务都由老人的子女们帮我代做了。邻居有人开玩笑："脑力劳动代替了体力劳动，还是多吃点墨水好。"

看到来信上有花花绿绿的邮票，我一下子心动了，我经常在帮老人写完信后，问老人要信封上的邮票，老人们都会拿出剪刀让我剪下来，我的集邮之路便从这时候开始的，有的老人还翻出了家中不少来信，让我剪下喜欢的邮票，我邮册里不少珍贵的邮票就是那时收集来的。

我为了把信写得规范，还去学校图书馆找来应用文的书，读写结合，给弄堂老人写信尽量按照书信的格式写，特别是写信封，我更是一笔一画不敢马虎，绝不潦草，怕是寄错了地方或退了回来。

我帮弄堂老人写信给各地儿女们，也因此尝到了他们从大江南北带回来的土特产。他们返沪总不忘送给我家一些瓜子、花生、果干、茶叶等，这些东西那时还都要凭票供应的呢。为此，母亲总是千谢万谢邻居的。

阅报栏的故事

说起阅报栏，那可是和弄堂人有着很深的缘分呢！弄堂里很少有人家订阅报纸的，有点阅读能力、关心国家大事的人喜欢在街头巷尾的阅报栏看报。那时，没有电视，有收音机的人家也没几个，公共信息的传播几乎靠的是报纸。阅报栏便成了弄堂百姓了解世界的一个重要窗口。

街头和弄堂里的阅报栏有两种。一种是木架玻璃窗框的，要两份报纸张贴，一份贴一、四版，一份贴二、三版。另一种是简易阅报栏，用细铁丝编成两片报纸状的框，报纸夹在框里，看完正面翻过来看反面，《解放日报》《文汇报》基本都是对开四版的，正好夹进铁丝框里。这种简易阅报栏也有不足，大家正盯着看报时，某人看完便翻篇了，旁边还在看的人便嘀咕起来，还没看完呢。于是争执有之，“吵相骂”亦有之。木架玻璃窗框阅报栏有专人管理，报栏还上锁呢。每天居委会老伯伯手捧还散发着油墨香的报纸贴到橱窗里和夹进铁丝框里，有的人已早早等候在一旁了。

夏日，阅报栏无遮阴篷，走到阅报栏前，已觉微微发烫的玻璃散发着炽热，可还是有人手中摇着蒲扇，穿着短裤赤着膊阅报。弄堂里经常可以看到驻足看报的人排成一排，后面的人

还要踮着脚看，端着饭碗边吃边看也是常景。有的老人眼睛不好，凑得很近，还带着放大镜对着报纸一行一行地看过去；有的老人一边看报，一边读着报纸上的内容；有的人还会掏出小本本摘抄报纸上的内容呢；有的人看报脚似乎生了根一样，任凭家人唤他回家吃饭，只有“哦、哦”声，却没有离开的样子。冬日，寒风凛冽，不少人畏缩着头颈，双手插在袖管里，边看报边跺着脚。弄堂里拎着篮子买菜回来的大伯，上公园锻炼身体的老人，端着锅子去大饼摊买豆浆的人，甚至拿着痰盂去阴沟洞倒完尿的人也会凑到阅报栏前“瞄”上一会。阅报栏前没有灯光，到了夜里还有人打着手电筒看报呢！弄堂人看完报纸后总会在饭前茶后从国家大事聊到自家杂事，从天南海北讲到左邻右舍。

父亲上班前，总要早走几分钟，腋下夹着午餐的饭盒到弄堂口的阅报栏前逗留一会，才几分钟，当天报纸上国内外重大新闻尽收眼底，在 13 路公交车上碰到熟人还要闲聊一番。

哥与我在曹家渡健民浴室洗澡后，拎着换洗的衣服，总要在旁边的阅报栏前看会儿报，哥看的多是新闻，而我却看报下端角落的电影排片表，什么电影院、什么时候、放什么片子是我最关心的。有一天，不知道发生了什么大事，看报的人里三层、外三层，我好不容易挤进去了，旁边的一个大伯问我："挤啥挤呢？侬看得懂报纸吗？"我只好悻悻地退到了人群外。

那时，学校经常要我们写些学习心得之类的文章，实在写不出时，我便会在阅报栏里的报纸上寻找线索，好在那个年代这类文章报纸上还真多，也算是完成了"回家作业"。

中学时代，我常去长宁区工人俱乐部围墙上的一排阅报栏看报，这里有七八种报纸，我都会一张张看过去。我时常与电影散场的人挤在一起看报，偶尔也会去长宁路公园东路邮电所旁的阅报栏看报。去曹家渡买东西，我一定会去54路公交终点站的阅报栏。这里，看报的人更多，一边等车一边看报，看不到报纸的人时常踮着脚尖，伸长着脖子往里瞧。1974年，学校让我负责出版校门口黑板报，我早、晚都会去阅报栏看报，把新闻要点和名人名言摘录下来，看到报纸上有新颖的美术字和题花，我还会用笔依样画下来，看到报纸上刊登的先进人物、先进事迹，我也会写篇读后感，用笔名刊登在校园黑板报上。阅报栏前看报，开始了我的阅读启蒙。

80年代有段时间，《新民晚报》订阅一报难求，我家也没订到报纸，我当时经常为新民晚报的"蔷薇花下"专栏投稿，也不知道用稿否，只好天天跑到阅报栏去看《新民晚报》，终于在某一天的傍晚，看到了我第一篇被采用的稿件《卖湿报纸》，真是让我喜出望外，还在弄堂里奔走相告呢。第二天，我特

地去居委会，从贴报的老伯伯台子上要回了我的“处女作”。这份报纸，至今还保存着呢。

那些年，街头阅报栏是城市一道亮丽的风景线，让街头墨香飘飘，有着浓浓的阅读氛围，给市民带来的信息便利是难以忘记的，我喜欢阅读书籍与从小喜欢阅读报纸是有一定关联的吧。

我的第一件奢侈品

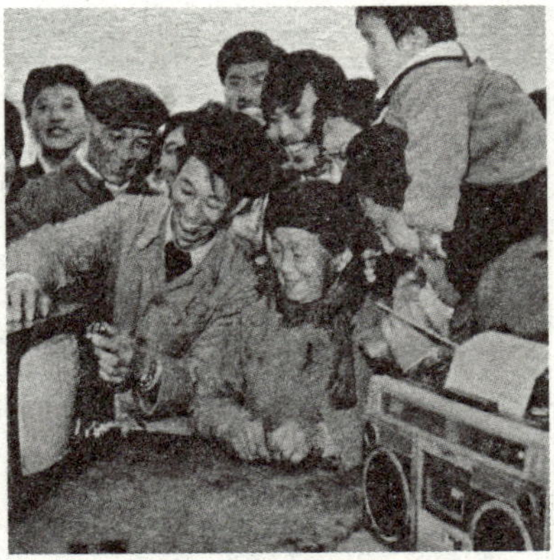

春节前夕，家里大扫除，整理物品，意外发现了我80年代初买的一只三洋牌单放机，真是让我喜出望外，我抚摸着机子，那一刻恍惚回到了我的青葱岁月。

70年代末，我在街道团委工作，一只笨重的转盘式录放机引起了我的好奇，两只磁带转盘像汤碗那么大，放出的《绒花》《妹妹找哥泪花流》《再见吧，妈妈》竟是那么委婉动听，从那时起，我对录音机产生了浓厚的兴趣。

80年代初，弄堂里有人捧着一只日本三洋牌单放机坐在家门口炫耀，别看它像块砖又似一只饭盒子，放出的音乐要比那台转盘录放机好听多了，我心里想着，哪天我也有一台这样的单放机那该有多好啊。于是，我省吃俭用，尽管我当时的月工资只有30多元，还是咬牙拿出了两百多元的全部积蓄，托了好多人才弄到一台二手的三洋牌单放机，这是我的第一件奢侈品。这台单放机没有收音功能，只能放一盒磁带，用的还是电池，就是在这个单放机上我听到了许多台湾校园歌曲，尤其是邓丽君的歌曲，百听不厌，从小听惯了激扬的进行曲，一下子听到了这样甜美的歌曲，是一种从来没有的新鲜感。就是这个其貌不扬的单放机，也引来弄堂里很多羡慕的人，来我家听

歌的同龄人络绎不绝，有人还端着饭碗站在我家门口，让我放邓丽君的《甜蜜蜜》《月亮代表我的心》《小城故事》，还有叶佳修的《乡间的小路》《外婆的澎湖湾》等歌曲，这些歌词我听唱后都会记在小本子上，有空时都会边放歌边学歌，至今，我还能完整唱出这些歌呢。

没过多久，放音机升级了，先是有收音功能的收录机上市，后来又有可以自行翻录磁带的双卡两喇叭的收录机，再后来是便携式四喇叭收录机，谁家有这样一台收录机是很“扎台型”的。马路上常有时髦青年，烫了爆炸头，留着长长的鬓角，戴副深色的“蛤蟆镜”，为了炫耀其眼镜是进口货，尽管眼镜上的商标遮住了视线也不愿撕掉它。他们上衣时常穿尖角领的翻领衫或花衬衫，下面穿条喇叭裤，脚蹬火箭头皮鞋，一手夹根万宝路海绵头香烟，一手斜拎着

四喇叭的收录机，把音量调到最大，随着邓丽君歌声的节奏，在马路上或弄堂里晃叽晃叽，时不时地还要跳出个舞步。也有的潮男，穿了件长风衣，梳着飞机头的发型，把衬衫的大领头翻出来，肩上却扛了只大大的四喇叭收录机一路走一路放着邓丽君、凤飞飞和张帝的歌曲，在马路上招摇过市。这种腔调在今天看来匪夷所思，一度却是这个城市最时尚的造型呢。

我还记得当时江苏盐城无线电厂出产一款叫“燕舞”牌的双卡收录机，它的广告占领了央视的黄金时段，大江南北、千家万户被“燕舞、燕舞，一曲歌来一片情”的广告深深吸引，就是这个国产机，也要半夜三更去排队购买。我却对当时的三洋双卡双喇叭的收录机情有独钟。

对流行歌曲的痴迷时常让我眼馋地站在商店的柜台边，对着进口收录机羡慕不已。一天，我终于下定决心要买这台收录机了，问哥问姐问同事借钞票，凑足了530元钱，又用儿时就收集的部分“文革”邮票与人换来了20余张侨汇券，终于在南京东路的上海华侨商店买回了我心仪的三洋牌四喇叭四波段便

携式收录机。银光闪闪的机身，一排随着音乐节奏不停闪烁的红色指示灯，令我赏心悦目。这台收录机曾是上海弄堂人家最流行的奢侈品之一，拎回家的那感觉，路人那羡慕的眼神让我有点“神抖抖”的。我还让姐去布店买回了红色天鹅绒做了一只大罩子罩在收录机上，倍加爱惜哦。为了快点还掉借款，我几乎天天夜里在街道代人值班，为的是七角钱的值班费，省吃俭用两年多，才还清了借款。

弄堂里也有人家买了进口双卡收录机的，一旦谁有了新歌，特别是电影歌曲，我马上会带着 TDK 磁带去转录。同事间谁买了歌手的原声带，大家也都会问他借来翻录。为了防止磁带上的歌曲被人不小心消磁，我会用笔尖将磁带底的小孔塑料片戳掉，这样就可以杜绝歌曲被抹掉了。为了保护收录机的磁头，隔三岔五我会用酒精去擦它。

斑驳的岁月，凝结了不少故事。30 年的时光也悄然远去。曾经的进口收录机早已不再是生活中的奢侈品了，那些令人向往的品牌也都销声匿迹了，可那动听的音乐，那美妙的歌声却承载着我的青春和回忆。

第一次吃肯德基

1989年冬日，在外滩的东风饭店底楼开设了上海第一家肯德基餐厅，好奇的上海人蜂拥而至，我也是当时“轧闹猛”的人之一，借了一辆“老坦克”自行车，沿着南京路骑到了外滩。

我是看了《新民晚报》的广告而去的，只见东风饭店上面一块红色招牌有“美国肯德基家乡鸡”的字样，再上面同样也是一块横幅，“热烈祝贺上海肯德基有限公司首家餐厅正式开业”，一个穿着白色西装笑容可掬的老人模型摆在了店门口，不少游人纷纷拿着照相机与他合影，尽管当时许多人不知道这个花白胡子的老头是谁。

店门口挤满了人，不少人踮着脚张望着里面的人吃点啥，经不住诱惑，我也排到了队伍之中，足足有两个多小时，才进得肯德基餐厅，店堂里弥漫着浓烈的烤鸡香味，很是诱人，餐厅里有金黄色的灯具，浅柚木色的座椅，深黄色的地砖，穿梭着年轻、漂亮的服务员，衣着新颖，环境洁净，给我不一样的体验。

记得当时我点了一份套餐，好像是两块鸡块，一份鸡汁土豆泥，卷心菜沙拉和一只圆的小餐包，约20元，几乎是我当时

五分之一的月工资。那时，我还不知道肯德基是自助餐，还傻傻地问服务员要筷子、调羹呢。

那时候，我已在街道办事处工作。回到办公室，不少同龄人知道我去吃了肯德基，都围着问我：“肯德基啥个味道啊，好吃哦?”我则眉飞色舞地跟他们说：“好吃，好吃，是美式快餐哦，全套美国设备炸的鸡。”我把晚报上看到的广告也跟他们说了，事实上，我根本没看到什么机器炸的鸡，也没尝到什么美国风味就吃完了。见他们一个个惊奇的神色，我答应带他们去开一次“洋荤”，“不过，你钞票要准备好，肯德基很贵的哦。”见有一个同龄人面露难色，我就说：“你就不要去了，到隔壁华五饮食店吃碗阳春面去吧。”

于是，在某个星期日的下午，我们几个年龄相仿的小青年就去“赶时髦”了。我们一拨人为了节约钞票，约好不乘 20 路电车，都向单位同事借了自行车，踏了将近一个小时来到了东风饭店的肯德基餐厅。又是排了两个多小时的队才进的餐厅，我们几个在店堂里分别观察着，看到人家盘子里没有什么食物了，就包围式地围住人家，直到人家起身离座。落座后，我的一个同事开口就对服务员说：“给我们点一只肯德基。”服务员笑而不答，只指指柜台上方的标牌。

我来过一次，知道肯德基怎么买，忙解围道：“服务员，你先忙，我们商量一下再去点。”服务员离开后，我把怎么买肯德基给几个同事说了一遍，有人还说：“美国人怎能这样一块一块买鸡的。”说管说，我们几个各自还是点了原味炸鸡、土豆泥、小面包和百事可乐，我们那时的工资只有近百元，都不敢多点。有同事看见有肯德基 logo 的餐巾纸，舍不得用，偷偷地藏了起来，回到办公室还压在玻璃台板下，让大家看看“我吃过肯德基了”。还有人把餐盘垫纸小心翼翼地折叠好作为纪念品带回家。那时，吃过肯德基算是一件很时髦的事呢，也算是领略过“西方生活方式”了。吃一顿肯德基，远不如今日那么随心所欲。办公室另一个同事那天正好有事没有随我们而去，没过几天，他便让我陪他去吃肯德基，还说是请我吃，我非常乐意地陪他去。他为了给父母弟妹也尝尝西式快餐的好滋味，就在自行车后座上绑了一只钢精锅子，要带点肯德基回家。我俩吃好后，他买了两份套餐装到钢精锅子里，这大概也算得上是第一代“外带全家桶”了。

美国风味的快餐够吸引人的了，机关里的小青年都想去尝试一下，没有吃过肯德基的人只要想去，我都愿意陪他们去，有的人还借了照相机，在肯德基餐厅门口与那个白胡子老头照相。

后来，肯德基店里买套餐的又可获赠有肯德基老人头像的铅笔盒、小玩具之类的礼品，带小孩来吃肯德基的人一下多了起来。

现在不少人说肯德基是垃圾食品。可在当时，肯德基的确带给我们不一样的舌尖上的味道。

我有了120照相机

日前，整理旧物，翻到了一台年轻时十分喜爱的120海鸥照相机，我重新打开它，轻轻拂净蓝莹莹镜头上的灰尘，试着揿下快门，只听见一声轻快的“咔嚓”声，仿佛让我又回到了那些属于“120相机”的记忆。

说起海鸥120照相机，如今很多人可能没听说过，但上了年纪的人一定会知道，在七八十年代，弄堂人家谁有一台这样的照相机，算是一件大大的奢侈品了。

在中山公园，我看到同龄人胸前挂着一台120照相机，既神气又威风，打从心底里羡慕，心里想着什么时候自己也有一台照相机该有多好啊。那时，我的月工资只有几十元，根本买不起，只好隔三岔五去照相器材店饱饱眼福，越看越喜欢，我就问哥姐及同事借钞票，凑足了一百多元，终于在南京东路上的冠龙照相店买到了自己称心如意的120海鸥照相机。

我拿着120照相机去同学家，让他教我使用照相机，同学很是热心，教会了我在什么季节、天气、时间，如何对拍摄对象使用什么光圈、速度。他还用拇指、食指比作取景框教我取景，关照我拍全身、半身、头部照片应分别对准胸部、鼻尖和眼睛，拍风景照要选好陪衬景物等，让我受益匪浅。

我时常被弄堂里的老人叫去拍照，我让他们搬张椅子坐在自家门口，透过那块方形的取景器，我看到的是一张张饱经沧桑的笑脸，在每一次“咔嚓”声中将老人的快乐留住。有时拍到一半，胶卷卡住了。我会奔回家，摊开棉被罩住照相机，摸索着排障。有时，因为漏光，印出的照片也会一边黑一边白，是张次品照片，可老人也开心得不得了。当然，我会为他们重拍的。

我又用锯子、刨子做了一只小木箱，装了一只红灯泡，买回了显影液、定影液、照相纸、切纸刀等放照片的工具，时常在夜里，用钉子将毯子钉在窗框上，形成厚厚的窗帘。我在红灯下忙碌着，看着泡在液体中的相纸隐隐约约显出的照片，我层层惊喜，成就感油然而生。

有一年的六一儿童节，街道在华阳路一小开设便民服务专场。领导得知我有一台照相机，便让我担任摄影员，在校园一角的假山旁设立拍照处，前来拍照的小孩居然排

着长队，上来一人拍一张，动作几乎都是一样的。我边低头看着取镜框拍照，边叫着“笑一笑，笑一笑”，话音刚落，“咔嚓”一声按下了快门，一张张笑脸被定格在照相机里。整整一天，拍了两百多张儿童照片，累得我腰酸背痛，可心里还是蛮乐意的。连续半个月的晚上，我天天泡在暗室中为孩子们放大照片，再按照地址为他们送上门。

我自恃是拍照能手了，自告奋勇担当起姐结婚喜宴的“摄影师”，为此，我去新华书店买了本摄影书，看看怎样拍喜宴照，才知道婚宴要拍出喜感，拍出宴会上的亲情，拍好新郎新娘的神态。姐在达华宾馆办了几桌酒席，结婚那天，我拿着120照相机忙前忙后，跳上跳下，忙得不亦乐乎，为姐与姐夫、各位亲朋好友拍下了一张张留影，胶卷拍了一卷又一卷。

次日早，我把胶卷送去长影照相馆冲扩，傍晚我去拿冲扩的照片，结果营业员从纸袋里拿出三条空白带，告诉我拍照时胶卷没卷紧，全是空拍，令我目瞪口呆。我在马路上徘徊着，不敢回家告诉父母与姐，直到很晚才畏畏缩缩回

家。母亲一听，立刻来了气："喜酒照片一张也没有啦？"冲着我骂了半天，反而倒是姐打了圆场："算了算了，没有关系的。"此时，我恨不得地上有条缝马上钻进去。哎，这真是我拍照时的一次惨痛的"滑铁卢"，以后拍照装胶卷时，我是小心又小心，再也没有发生过类似的情况。

海鸥 120 照相机如今退出了历史舞台，却在那个年代给自己的青春往事留下美好的瞬间，这台老旧的 120 照相机成为我怀旧的纪念物。

我和蔚兰信箱结缘

20世纪80年代的某日早晨，我打开台子上一台红灯牌收音机，电台里传出一声声亲切的话语，犹如邻家的大姐，读着一封封听众的来信。听众反映的问题多是老百姓身边的急难愁的事情，诸如粪便满溢、房屋漏雨、菜场脏乱差、电线老化等。原来这档节目叫“听众信箱”，后来采用节目主持人蔚兰的名字改为“蔚兰信箱”。蔚兰还会将听众来信后有关部门解决问题的反馈情况在节目中播出。

蔚兰采用的是直播，时间约为一小时。蔚兰的播音平等、亲切，注意语言表达的技巧，她关注各阶层人群的日常生活，表达了群众的喜怒哀乐，使节目非常贴近寻常百姓，架起了电台主持人与听众之间的情感桥梁，来信如雪片般地飞去，据说当时蔚兰信箱每天有几麻袋的来信，忠实听众也有500万之多。当时，我在街道工作，天天与居民群众打交道，我既是蔚兰信箱的“超级听友”，又是它孜孜不倦的撰稿者。数年间，我为蔚兰信箱反映群众的急难愁的问题信件有近百封，大部分都被节目主持人蔚兰采用播报。

记得我投给蔚兰信箱的第一封信，是反映万航渡路上一处窨井盖被汽车碾得高低不平，老人时常被绊倒，有的还跌掉了

门牙，有的摔成了骨折。信写出去后，接下来的几天，我天天准时守候在收音机旁，到了第五天，我的去信居然被蔚兰采用了。某区领导听到了蔚兰播报的来信，当日上午就来到街道找我，让我陪他到现场察看后，下午就让有关部门换了窨井盖。从此，我为蔚兰信箱写信一发不可收拾。

蔚兰是当时上海家喻户晓的广播明星，影响力巨大。我家弄堂口，经常有一些老人聚在一起，中间放着一只半导体收音机，边喝茶边听蔚兰信箱。他们跟我说："我们爱听蔚兰信箱，因为它替我们群众说话。"

我在弄堂里听到的一些问题反映，会用小本子详细地记录下来。给蔚兰信箱写信时，我会根据她播报每一封信的时长，算好自己写信的篇幅；为了弄清事实，有的我还去现场核对；写的信也是用文稿纸，字迹端正，没有涂改，叙述清楚。所以，我的去信采用率极高，几乎是每封信都会被蔚兰信箱采用。

万四里弄屠伯伯配合街道"三整顿"办公室上门拆除某居民家门口乱搭建的灶披间，其儿子认为是屠伯伯"举报"的，不分青红皂白对着进门的屠伯伯就是猛击一拳，把屠伯伯的鼻梁也打骨折了，最后灶披间拆了，人也进了拘留所，我把此经过写成了听众来信，寄给了蔚兰。蔚兰在播报我的来信时说，无规矩不成方圆，法律是规范公民的行为准则，青年人要约束自己的鲁莽，也该为自己的行为买单。

我在弄堂里看到一些贪小便宜的人，在卖废报纸前往报纸上洒水，再将报纸捆得紧紧的，个别的人还在其中夹带薄铁板，以增加报纸的分量，我将此情况写成了一封去信。没几天，蔚兰就

采用了我的稿件，蔚兰对此做了一番解读，末了，她还说“此风不可长”。

那时，不少农村妇女身背手拎着廉价的塑料物品和铝制品，走街串巷叫喊着粮票换日用品，弄堂里的一些居民用多余的粮票与农村妇女换日用品也是司空见惯的。弄堂里几乎天天能看到这种情况且呈蔓延趋势。据此，我也写了一封信，蔚兰在节目中并未对这种现象大加批评，而是循循善诱，讲出了不少道理，令人信服。

80 年代是“五讲四美三热爱”的年代，社会倡导新风。蔚兰时常会读出一封封好人好事的信件，给了我不少启发。我也留意身边人和身边事，写了不少这方面的稿件。我看到长宁路 212 弄内有 12 个青年人志愿组织起来成立“青年突击队”，为弄堂清垃圾、出板报、帮孤老，将弄堂的积水潭改建成了四只花坛，他们还自掏腰包买树苗，没多久弄堂便一片绿油油的。蔚兰把我的信在节目里读了一遍，大加赞赏。蔚兰还说，陈建兴这个老同志写的稿件切中时弊，或弘扬新风……其实，那时候，我只有二十八岁，真的称不上老同志呢。

蔚兰信箱作为电台重要的服务性节目，它贴近百姓生活实际，反映群众疾苦，深受群众欢迎，成为上海电台的一个特色品牌，甚至是一面旗帜，对弘扬正气、鞭挞不正之风、联系听众起到了巨大的作用。

三五牌台钟

岳母去了敬老院，家里一只老式的三五牌台钟好久未给它上发条了，也不知停了多久了，我用干布将台钟里里外外擦拭干净，虽然漆面已经褪去了原有的光泽，木壳也有几处开裂，不少铜的配件也有了锈点，但我拧足发条后，“当，当，当……”熟悉的钟声又响起，我侧耳细听，恍惚又回到了自己的孩提时代。

三五牌台钟陪伴我已有50多年了。父母去世后，我把它带到了岳母家。记得70年代三五牌台钟是非常紧俏的，弄堂里谁家有人结婚，五斗橱上必有一只三五牌台钟。邻居有一个青年要结婚了，就是弄不到买台钟的票子，眼看婚期来临，他只好从邻居家临时借了台钟摆摆样子。结婚后没几天，他就将台钟还给了邻居。父亲单位用“摸彩”的办法向职工发放台钟票、自行车票、电视机票和缝纫机票。经过一轮又一轮的“摸彩”，终于在第四个年头，父亲在几百号人中摸到了一张三五牌台钟票。记得父亲摸到台钟票的那天下班，他在熟食店买了一包猪头肉和一瓶七宝大曲，开开心心喝了一顿老酒。

在70年代，买一只三五牌台钟要四十多元，是父亲一个多月的工资，我家省吃俭用买了一只台钟，也算得上是添置了一

只“大件”。父亲在曹家渡一家钟表店买回三五牌台钟后，放到了家中一个五斗橱上最显著的位置。姐买来了两只花瓶和几束当时较为流行的塑料花放到台钟的两旁，还特意钩了一块镂空的蕾丝花边布盖在上面。三五牌台钟形状有点像一座房子，黄色的本质外壳，白色的钟面，黑色的数字和指针，钟面上还有一块凸出的玻璃罩，用一把长着两只“耳朵”的钥匙，插入钟面上似只眼睛的小孔向右反复拧，可给台钟上足发条。因为上足一次发条可以走 15 天，所以台钟取名三五牌，它的 logo 是三个“5”。听父亲说过，三五牌台钟是“钟能歪斜走，针可倒顺拨”。为了证实父亲这句话的真实性，有一次，我特意把钟垫高斜着放，手指在表盘上顺拨倒拨，玩起来了。正当我拨弄得起劲的时候，母亲一记“毛栗子”敲到我的头上，麻辣辣地痛，我的手只好缩了回来。

三五牌台钟一到整点就会响起“当，当，当”清脆的钟声，除了整点报时外，每到半点，也能发出“当”的一下钟声。寂静的时候，钟声在弄堂里传得很远。

母亲把台钟当作宝贝的。当然，这只台钟是我家唯一值钱的东西呢，母亲从不让我触碰它。我对台钟后面的小门特别好奇，尤其是弄不懂那音锤是怎么按时间点敲出那悦耳钟声的。每当我伸出小手想要去摸摸“宝贝”时，母亲的身影总会出现在我的眼前。那一天终于等到机会了，父母都去上班了，学校早放学，家里无人，我搬了只凳子踩在上面，打开了台钟背面，看到了一些齿轮和挂着铁片的摆钟，我东摸摸、西捏捏，还把摆钟拿下来玩了一会……这以后，家里似乎安静多了。晚上父亲发现了其中的蹊跷，台钟停摆了。父亲横弄竖弄，台钟依然不走，看着父亲焦急的样子，我心中有些内疚，而母亲一双眼睛却狠狠地瞪着我。次日，父亲板着脸将钟用布包好送到钟表店去修了，花了两元多钱，母亲很是舍不得修钟钱，对着我和弟说：“谁再弄钟，我打断他的手！”我有点“吓丝丝”的，从此，再也没去碰过台钟。

三五牌台钟在弄堂人家的生活中起到了非常重要的作用。每天早上，听见钟声刚过六下，母亲就会起床去买菜，顺便也把我叫醒，让我去生煤球炉，烧泡饭。敲了七下，父亲出门上班了。台钟敲响八点的时候，我就知道该去上学了。晚上台钟敲过六下，就是家人温馨的晚饭时间。敲响九下的那一刻，我知道该要上床睡觉了。冬日，有时母亲不让我们睡懒觉，她悄悄地把时针拨快十到二十分钟，时间长了，我知道母亲的“小动作”后，又偷偷地把指针拨回到正常的时间。只有在学校组织春游的时候，征得母亲的同意，我也会把时间拨早半小时，免得耽误春游。因为，那时这只台钟是我家唯一的时间表。

三五牌台钟伴随着我的成长脚步，每日走时的滴滴答答声，整点报时的“当，当，当”声，这声音是我们全家人生活的协奏曲，也是镌刻在我的记忆深处不能忘却的最悦耳的声音。

亭子间往事

前不久，参观了“上海石库门屋里厢博物馆”。这是一幢上海特色的三层建筑，以一个石库门家庭的故事，重现了当年上海人的生活空间和生活方式。徜徉其中，让我一下子又回到了昔日的弄堂。

中学时代，家里住房紧张，就住到了万航渡路同学的石库门家里，他家的亭子间便是我俩的住处，我挤了进去与同学朝夕相处。

亭子间是石库门房子里最蹩脚的一个房间，面积只有八九平方米，脚下是烟熏火燎的灶披间，终日漂浮着油烟味，晒台却又是亭子间的“顶头上司”。夏天上烤下蒸，房间又是朝北的，冬天寒风凛冽，却是我与同学的一间温馨小屋。

记得亭子间墙上挂了几张他爸在工厂里获得的奖状，台板玻璃下压着他的“全家福”照片，窗帘是一块旧花布，一张不大的木板床靠在墙边，我与同学整整共眠了三年之久。清晨，我俩还在睡梦中，弄堂里就响起了粪车吱嘎吱嘎的声音，“马桶拎出来”的吆喝声划破了弄堂的宁静。他家姆妈时常夜里忘记把马桶拎到家门口，一听到倒桶人的叫声，连忙叫儿子把马桶拎下去。同学睡熟了，我只好对着他的耳朵学电影《半夜鸡

叫》里周扒皮的鸡叫声。不少时候，同学拎着马桶在前，我端着我俩使用的加盖痰盂罐，一前一后朝着倒桶车走去。

冬日，我俩挤在一条棉被里，焐着一只“盐水瓶”。天快亮了，水已经凉了，不知是谁把“盐水瓶”一脚踢出了被窝，“盐水瓶”滚到地板上碎了，水淌到了楼下灶披间。正在烧泡饭的他妈用火钳捅着楼板：“啥人打翻水啦！”我俩赶紧从被窝里钻出，不料我一脚踩到了碎玻璃上，“哎哟喂！”我叫了起来，碎玻璃戳破了我的脚板。他妈听到我的叫声后赶紧敲开了亭子间的门，见我的脚板血流不止，赶紧用红药水帮我涂脚，又用纱布帮我包扎好，我才一跷一跷地去上学。晚上回家吃饭，母亲看到我“跷脚”了，我谎说学校里跳沙坑，里面有碎玻璃划伤了脚，我不敢对母亲说实情，生怕母亲把我喊回家住。

亭子间墙壁斑驳，窗框锈蚀，地板裂缝多，踩在上面“吱吱”作响，同学父亲便让我帮着一起修理亭子间，我用砂皮砂门框，用小铁铲刮“起皮”的墙壁，量好尺寸到玻璃店配玻璃，换下有裂痕的窗玻璃。将门、窗、地板都刷上了深褐色的油漆，用油石灰嵌好了地板上的每一条裂缝。小小亭子间展现了不俗的光彩。

住在亭子间的日子里，我俩会爬到人家的晒台上，将晒着的被子拢在一起，站在方凳上放起了风筝，还会将楼下好婆晒着的萝卜干当零食吃。有一次，瞒着家长将家里的大米拿去爆炒米花，吃饱后把它藏在亭子间的隐秘角落，用杂物挡住。结果放学回家，爆米花被老鼠咬破了袋子，地板上撒落了不少，幸亏他家父母还未下班，我俩赶紧打扫，将爆米花放到了楼道里一只弃之不用的破饭窠里，用一叠旧书重重地压住，才算是未被发现。

同学的母亲是个慈母，照顾着年迈的婆婆。夜晚，她总是在昏黄的灯光下做针线活。偶尔，她也会大声地叫着我俩的名字，让我们上去帮她穿针线、绞绒线……邻家老人生病了，他妈也会帮邻居熬中药。这个门幢住着四户人家，谁家老人生病了，邻居都会来相帮照顾老人；夫妻吵架了，大家都会出来劝架，当“老娘舅”；自家小囡没人带，邻居阿姨会领进家里照应一下。哪家有点什么急事情，楼上楼下的人都会来帮衬。

逢年过节邻居们相互送糕送饼；端午节，一条弄堂的女人都坐在自家门口，围着浴盆一起包粽子；除夕夜的灶披间，响彻着锅碗瓢盆交响曲，香味一阵一阵地飘进亭子间，忍不住下楼来讨一口吃的。我也会与同学一起帮着他家摊蛋饺、斩肉糜或去菜场买小菜。冬日，他家外婆喜欢孵太阳，我与同学时常搬起他家那只破藤椅，把老人抬到弄堂口的暖阳里，与老人们一起“嘎讪胡”。

小小亭子间，承载着我浓浓的乡愁和人文情怀，唤起了我过往的记忆。

巧遇故人

这是多年前某个周末傍晚，我开车从愚园路1136弄驶出，刚左转出弄堂，迎面碰到了一个跌跌冲冲的瘦高个老头。我刹车不及，碰倒了老人，我惊慌失措地钻出车子，见老人躺在地上，头上渗出了血，昏迷过去了。我急忙拨通了120救护车，这时，警察也赶到了，让我出示了驾驶证、行驶证。他拍好现场照片，示意我一起将老人抬到路边，又让我将车开走，道路一下子畅通了，但看热闹的人还不少。

此时，正下班开车出弄堂的良沪被我拦了下来，我让他把车开回单位，来帮我一起处理事故。时间一分一秒地过去了，救护车还没来，我心急如焚，此时伤者的老伴气喘吁吁地赶到了现场，对着刚醒过来的老公一顿责怪："叫侬不要外面瞎走，侬就是不听，现在好嘞，被撞了吧。"老人见老伴数落他，干脆闭起了眼睛。他老伴一侧身，我感觉她似乎有点面熟陌生，却一时又想不起来在哪见过。而她却自我介绍起来："我是隔壁医院的护士，姓王，认得侬的。"我未置可否地尴尬一笑，却有点惊讶，她怎么会认识我的，心里却又想着，认识的人，事体就好办了。恰巧此时，救护车来了。王阿姨说，要去华山医院，又指着我与良沪，你俩跟车吧，我慢点乘车子过来。我

与良沪便迅速上了救护车。在一片“唔哩唔哩”的急救铃声中直驶华山医院。

途中，老人两次呕吐，都是我与良沪用塑料袋接住的，虽然气味难闻，但还是做了该做的事体。到了华山医院急诊室，医生检查后说，没什么，碰破点皮。王阿姨急着问，要缝针吗？医生说，不用的，放心。这时，我一颗始终悬着的心终于落了下来。考虑到老人有呕吐现象，医生还是建议留观一夜。我把头点得像鸡啄米似的。此时，又一个矮矮胖胖的女人奔进了急诊室，我一看，咦，这不是良沪单位食堂烧饭的阿姨吗？她来干嘛？我思忖着。殊不知她对着躺在床上的老人叫了几声哥后，转身对良沪说：“朱局，我哥是你撞的吗？”良沪搓着手有些尴尬地望着我，我连忙对她说：“我撞的，我撞的。”烧饭阿姨估计认得我，因为我经常去良沪单位食堂蹭饭，知道我与良沪的关系，她倒有点不好意思起来，也没有责怪我一句。

见老人无大碍，王阿姨一家人顿时轻松了许多，我们坐在急诊室外的长椅上聊起了题外话。王阿姨说：“我认得侬呃，侬在街道做的，以前侬街道出来一直走过阿拉门口的。”我问：“侬住在哪里的？”王阿姨说：“长宁路烟糖公司后面弄堂里的。”我说：“啊，是的，是的。”王阿姨又说，“侬肯定认识华二里弄江阿姨的吧，我就住在她家对门。”我忙答道：“认识江阿姨的。”王阿姨话匣子打开了：“80年代初，江阿姨要帮我介绍男朋友，讲街道有个小青年蛮好的，农场回来的，要介绍拨我。有一次侬走过阿拉家门口，江阿姨指拨我看过的。我说好的，可后来江阿姨又没有了音讯，我又不好意思问，大概是侬看不中我哦？”王阿姨盯着我问。我一脸惊讶，说：“江阿姨从来没有给我介绍过女朋友呀。”王阿姨看我一脸懵懂，便摆摆手：“开玩笑，开玩笑，呒没事体，解解厌气。”我心想，世上哪有这么巧的事啊。

时间不早了，已是午夜时分，总得有人留下来陪王伯伯喽。不管怎么样，人是我撞的，我得负责。我对王阿姨说：“还是侬留下来陪老公好，陪护费我出。”说着我给王阿姨500块钱，王阿姨说：“好的，我留下吧。”我惶惶不安地离开了医院。

次日早上五点多，我就赶到了华山医院急诊室，正好碰到王阿姨去倒“夜壶”，我忙问王伯伯身体怎么样了。王阿姨说：“好多了。”王伯伯一看到我来就坐了起来，“侬来啦”。我见王伯伯醒了，连忙一番道歉，王伯伯摆摆手：“勿要了，勿要了，讲拨侬听，我与㑚阿哥还是同事呢。”我又是一个吃惊，问道：“侬是公交四场的？”“对咯，”王伯伯说，“我退休前一直是公交四场的事故处理员，㑚阿哥老早开54路的。”我点点头。王伯伯又开起了玩笑：“老早㑚阿哥在周家桥国棉21厂附近开车，老是撞翻人家放在路边的马桶，一直是我去处理的，不相信侬回去问㑚阿哥好嘞。”我应允着，又问起了王伯伯的头还痛吗？王伯伯笑着说：“好了，好了，擦破点皮，流了一点血，呒啥关系的，一会医生来看一下，我就回去了。”王伯伯的坦然让我很是感动。医生确认王伯伯无大碍后，我开车将王伯伯送回了家，并且将营养费塞给王阿姨，两位老人死活不要，我还是把营养费和营养品留下了。我回到家，与哥一说，哥

说："是的，我认得伊呃，是他帮我处理了不少事故，好多年不见了。"哥还说："侬是'吃素碰到月大'，侬还真撞到了处理事故的人。"又嘱咐我要善待王伯伯。

中秋节，我带着月饼和茶叶去愚园路上一条弄堂找到了王阿姨家。王伯伯仍躺在床上休息，我连忙又给王伯伯打招呼。夫妇俩说："这件事就这么过去啦。"我点点头说："有事可以到隔壁1136弄找我。"这时，我才问起了王阿姨的家庭情况，她有些支吾，我对王阿姨说："有什么难事说出来，我能帮一定帮。"王阿姨面露难色地说："媳妇卫校毕业了，一直找不到工作，侬能帮帮忙最好。不过，帮不上忙也呒没关系的。"看着两位老人急切的样子，我一口答应了下来。没过多久，我就托朋友帮王阿姨了却了这桩心事。夫妇俩还到我单位来送礼，被我婉拒了。我还特意关照他俩，走路小心……

哎，生活有时候就是很奇怪，那些巧合，巧合到你不敢相信。

第四篇　小暖

无论是过去还是现在，贫寒还是富足，相聚还是分离，健康还是疾病……父亲默默无闻的付出，母亲温暖细致的流露，兄弟姐妹之间的情谊，亲戚邻舍之间的互助，风雨不蚀，刻骨铭心，滋润着心田，照亮着前行之路……

『光荣退休』真热闹

“咚咚锵、咚咚锵，咚锵咚锵咚咚锵”，在20世纪70年代末、80年代初，马路上、弄堂里随处可见的一幕，那是卡车上敲锣打鼓送职工退休的热闹场面。

为了让我从农场顶替其工作岗位，母亲早早退休了。虽然是个街道生产组，职工退休的仪式却充满了人情味。

退休那日，母亲早早起身，把家里打扫得干干净净的，穿上了平时不太穿的新衣，与我一起早早来到了单位。没多久，同事们陆陆续续来上班了。生产组没有像样的会场，方厂长把大家围拢在车间的中央，开起了欢送会。母亲坐在中间，四周围着曾经的同事，大家你一言我一语说着母亲许多的好，流露出惜惜相别的心情，说得母亲涨红着脸，难为情地低下了头。方厂长又说了一番话，更是令母亲激动得流出了眼泪。从没受此礼遇的母亲，几句感谢的话也说得“牛头不对马嘴”，双手还不停地搓着。我坐在后面，感受着这温馨的场面。

生产组没有卡车，只有一辆拉货的黄鱼车欢送母亲。车头上扎着红布捏成的大红花，两旁拉着两条横幅，我记得一条是“欢送职工退休”，另一条是“抓革命、促生产”。车上坐着四个敲锣打鼓的老阿姨。母亲走在黄鱼车的后面，胸前佩戴

着绉纸做的大红花，双手捧着一只镜框，里面是一张像奖状一样的植绒纸，上书“光荣退休”四个大字，还写着母亲的名字、母亲单位的落款和年月。母亲是在同事的簇拥下走回家的。好在生产组离家不远，欢送的队伍从万航渡路、长宁支路一路敲锣打鼓把母亲送回家。走进弄堂，不时碰到邻居。“陈家姆妈，介早退休啦？”有人问着母亲，母亲笑着点点头。我跟在欢送队伍的后面，帮母亲拎着一网线袋的袖套、饭单、手套、帽子之类的东西。

敲锣打鼓的欢送队伍快到我家时，碰到了另外一支也是欢送某厂职工退休的队伍。霎时，狭小的弄堂锣鼓喧天，热闹非凡。“建兴啦娘，侬也退休啦？”邻居退休工人问着母亲。“是呀，是呀，为了儿子农场回来。”母亲的话音刚落，“哎呀，我也是为了让云南插队的女儿顶替，”邻居说着与母亲聊了起来。两支锣鼓队更是打擂台似的把锣鼓敲得震天响。急得有人跑出屋大叫“有人做夜班，轻点敲，轻点敲”，这才使双方的锣鼓队息鼓。冷不防，从角落里蹿出几个男孩，在锣鼓上一阵猛拍又溜之大吉了。一帮里弄干部也来凑热闹：“恭喜、恭喜哦，下趟多多参加里弄大扫除哦！”母亲微笑着，冲着他们点点头。

欢送的队伍到家门口时，锣鼓队一阵猛敲才歇下来，母亲忙着让大家进屋休息，父亲倒茶、送烟忙个不停。屋子太小了，一些同事只得站在我家门口，好心的邻居纷纷搬来了大大小小的椅子、凳子，这才让欢送的人坐了下来。母亲把“光荣退休”的镜框恭恭敬敬地挂到早已敲好钉子的墙上。大家在屋里屋外喝茶、抽烟、嗑瓜子，聊着昔日的往事，气氛一派和谐。而母亲，则是他们中间最开心的人了。

欢送的同事要走了，母亲依依不舍，眼睛里满是泪花。同事们已消失在弄堂的尽头了，母亲还在家门口挥动着手臂。

我顶替进了街道集体事业组搞团的工作，坐在我办公桌对面的是工会的叶大姐，经常张罗着欢送退休工人，没人敲锣鼓，我就自告奋勇地去。有时，一个下午要去送三四个退休工人，锣鼓敲得手酸得抬不起来，只好换人敲鼓，我打鼓或拎锣鼓，可鼓重绳细，手时常被勒出道道红印，只好用手帕垫着。

一次，把退休工人送到了兆丰别墅的家，我敲得满头大汗，汗衫全湿了。这位退休工人看到我这样卖力，忙不迭招手让我停下来，倒茶、递毛巾，还给我吃了块吉利食品厂的大蛋糕，我三下五除二地吞了下去。他又拿出一支圆珠笔给我，说是日本进口的。我再三推却，他硬是把圆珠笔插进了我的中山装上衣口袋。临走时，我把锣鼓敲得更响了。

时光如梭，当年厂里敲锣打鼓欢送退休工人回家的情景，至今还清晰定格在我的脑海里，久久难以忘怀。

弄堂喜酒好闹猛

清明节，我们兄妹四人去祭扫父母的墓，路上堵车，便回忆起了老大荣兴80年代初在家自办喜酒的那些往事。

那时，弄堂喜酒是很流行的。大家工资低，想着法子节约。虽是几桌酒水，花费亦不少。自办喜酒比去饭店便宜多了，但是难在无法弄到办喜酒所需要的鸡鸭鱼肉，那年代什么都要凭票，限量供应的，于是，只好靠邻里间、亲朋好友帮忙。

哥要在1981年元旦结婚。母亲也请好了上门烧喜酒的大师傅。那些天，哥忙得团团转，他与我踏着车去大师傅家取来了柏油桶大炉子、大砧板、刀具、大碟子等。在自家与对门人家的屋檐下拉了一块帆布雨篷，叫来了单位的电工装上了一只一千瓦的“小太阳”，又去女方家踏回了蝴蝶牌缝纫机、脚盆、马桶、热水瓶、痰盂罐等生活用品。缝纫机上堆满了一条又一条五彩缤纷的被子，我坐在黄鱼车上护着厚厚的被子，弹街路的颠簸使几条被子滑到了我的头顶上，我手里捧着一对糖缸，不敢动弹，差点让被子闷晕了。

晚上，全家人围在方桌旁一起包喜糖。喜糖是哥凭着结婚证买来的几斤糖果，母亲与姐将不同的品种分开，有大白兔奶

糖、奶油咸味糖、花生牛轧糖、椰子糖和水果糖等。喜糖共8粒，装入喜糖袋，一种印有喜字的小塑料袋，用订书机钉牢。

元旦上午，左邻右舍的阿姨爷叔都来帮忙了，我家各种可装食物的容器都被用了起来。面盆里盛着海蜇皮，脚桶里浸着肉皮，浴盆里泡着笋干。邻居们帮着杀鸡、剖鱼、汰菜、洗碗、涮锅和扇炉子，忙得不亦乐乎。

那时的喜酒没有海鲜，全靠鸡鸭鱼肉。母亲去乡下娘舅家弄来了几只鸡和一只羊腿，邻居们东拼西凑送来不少肉票鱼票蛋票和豆制品票。那些天，父亲天不亮就起身，拎着篮子乘54路头班车，去北新泾苏州河边从农民手中“淘菜”。

中午，烧喜酒的大师傅来到我家，开始按菜单分档、刀切和细加工。菜单是母亲、哥与大师傅共同确定的。大师傅头戴白帽，身穿白式工作服，吆喝着旁人端碗拿盆。邻居家好几只煤球炉也借给了我家，炉子上蒸着、炖着香喷喷的食物。

弄堂仅有的三只圆台面都借来了，爷叔们推着滚到了我家门口，不少人家的方凳、碗筷都借来了，好在弄堂人家的碗底都有自家姓名，相互借来借去不会搞错的。尽管新娘子与我家仅200米，哥还是花了5元钱，叫了辆“强生”轿车，载着新娘子从曹家渡兜到中山公园，才驶进了弄堂，车一直开到弄堂最窄处进不了才停了下来。

霎时，数只炮仗升空，伴随着震耳欲聋的鞭炮硝烟升腾。

哥穿着崭新的涤卡中山装，腕上戴着一只120元还要凭票的上海牌全钢防震手表。吃喜酒的亲朋好友纷纷迎上去往哥的手里塞礼金，有八元、十元的，偶有二十元的，用红纸包着的，也有邻居送枕巾、被单和热水瓶等生活用品的。

喜酒共办了三桌，对门文宝家、邻居友康家和自家各放一桌。我在街道团委工作，办公室有一台笨重的老式录放机被我借回了家，两只大磁盘转动着，传出的歌声是当时流行歌手邓丽君的《甜蜜蜜》，悠扬的歌声传遍了弄堂。哥用赞许的目光瞟了我一眼，便大叫一声："开饭喽……"话音未落，人们纷纷动起了筷子。桌上还放有牡丹牌和光荣牌香烟、七宝大曲和"五加皮"酒，还有几瓶园林牌汽水。端上来的冷盆有白斩鸡、酱鸭、白切肉、四喜烤麸、糖醋小排等，未等热菜上桌，冷盆就全部见底了。

我没有上桌，戴着饭单帮着端菜。几乎都是全鸡全鸭和整只的走油蹄髈、满碗的熏鱼等荤菜。亲朋好友与邻居们边吃边聊，说着哥儿时的那些调皮事。哥嫂席间忙着为来宾递烟、点火和敬酒，不时被"恶作剧"的人连连吹灭已划燃的火柴。一阵阵起哄新郎新娘的闹声此起彼伏。

够呛的是烧菜的大师傅，他守着一只大炉子和几只煤球炉，翻炒着各种热菜。寒冬腊月里，却热得满头大汗，上身脱得只剩一件棉毛衫。在大炉子和菜锅中蹿出的火苗辉映下，面孔通红，他炒菜动作蛮"花"的，吸引了弄堂不少人的眼球。

喜酒结束了，台子上的菜肴被一扫而光，母亲准备好"打包"的几只钢精锅子一只也没派上用场。自家办喜酒节约了不少开支，却把全家人搞得筋疲力尽的，可大家的脸上始终洋溢着笑容。

父爱无言

一年一度的父亲节又要来到了，一个感恩父亲的节日，我又想起了老实巴交的父亲来。

父亲是一个平凡的工人。在我的童年，沐浴着浓浓的父爱。某日傍晚，父亲早早回家了，手里拎着草绳系着的一大块猪肉。我看到猪肉，眼睛立刻放出了异彩。母亲却把我拉到一旁："你爸今天去献血了，这肉是用献血的钱买的。"我瞪大眼睛看着母亲，沉默了。那年代，吃趟猪肉也非易事，既要钞票，又要配给供应的肉票。吃惯了青菜萝卜的我见了猪肉自然兴奋不已，可今天，我却怎么也开心不起来。父亲听说厂里报名献血可领营养费，不假思索地捋袖献了二百五十毫升的鲜血，拿到了四十元营养费和三张"一人献血、全家光荣"的书签。父亲拿着营养费，下了13路电车，直奔长宁支路菜场的肉摊头。

我端着饭碗吃着香喷喷的红烧肉，看到父亲手臂上凸起的血管，想到父亲暗红色的鲜血汩汩地流进晃动的塑料袋，止不住的眼泪往下流。我放下了碗筷，躲到后房间去擦眼泪，回到桌上，我再也没有去夹红烧肉吃。父亲却乐呵呵地拍着我的脑袋："吃吧，吃吧，想那么多干吗？"

童年的我家境比较拮据。小学时我的学费几乎是全免的。到了中学时代，父亲见我已是校学生干部，继续免缴学费怕我自尊心受到伤害，便想着法子节约开支来帮我缴学费。父亲烟瘾很大，几乎每日一包烟，买的是二角二分一包的劳动牌香烟，为了让我缴学费，他便抽起了一角三分一包的勇士牌香烟，将每天省下的九分钱让我塞进储蓄罐攒起来。我时常会懂事地帮他买劳动牌香烟装进勇士牌香烟壳子里，父亲知道后大发雷霆，斥责我不懂事。从此，我再也不敢帮他买劳动牌香烟了。父亲一般不递烟给人家，怕人家不抽他的勇士牌香烟；他也不抽人家扔过来的烟，怕人家讲他“门槛精”。有一段时间，父亲还向邻居借来卷烟器，买来烟丝和白纸，自制起香烟来，我也时常帮他卷烟，还觉得蛮好“白相”的。

逢年过节，我征得父亲的同意，用自己的零用钱去烟纸店帮父亲买上几支“大前门”香烟，那时的烟纸店香烟是可以拆零卖的。父亲抽着“大前门”，向空中吐出一只只的烟圈，看上去，他还是很开心的。

整个中学时代，我没有再免缴学费，全靠父亲抽低端香烟省下的钱。闲暇时，他从床上的席子底下翻出我在学校获得的一叠奖状，用手指蘸着口水数着一张张奖状，看得出，他对我在校的表现还是满意的，而父亲献血而得的三张书签我至今都珍藏着。

那些年的夏天，吃只西瓜也要凭小菜卡限量供应的。一个夏季，能吃到两次西瓜算是好的了。父亲便想着办法让自家孩子吃到西瓜。他见长寿路上有一家果品店每天供应“剥皮”西瓜，便上班时就拎着两只钢精锅子去挤电车，下

班后就去排队买。说是“剥皮”西瓜，其实就是只卖瓤不卖皮的开封大西瓜，这种西瓜皮厚，据说留下的西瓜皮要加工制成罐头食品出口，买不到西瓜的老百姓也热衷于买“剥皮”西瓜。买好后，父亲在两只钢精锅子的拎攀上系上一根厚厚的布带，他脱下汗衫搭在了肩上，赤着膊，拎着两只沉甸甸的锅子，汗涔涔地从曹家渡电车站拎回家。我津津有味地一匙一匙吃着西瓜瓤，父亲却满头大汗地坐在一边喘着粗气。

父亲还是个热心人。弄堂里抄火表、分摊电费是每家每户轮着来做的。邻居有求他时，他总是爽快地答应帮人家抄火表。时常见他戴着老花眼镜，打着算盘，将每家每户要付的电费算好，再将大火表上多出的用电数摊匀到每户。他把自家的日历纸一张张撕下，直撕得日历此月变彼月，他在每张日历纸上写着门牌号、户主、本月用电数、摊电费用数、总收费、最后缴费日，算得仔仔细细，再一户户去送收费单。尔后，又收费、缴款，将单据粘贴到硬面抄后页，再交给下一户居民。至今，都让我记忆犹新。

父亲驾鹤西去已二十多载了，每当记忆的海浪翻出这些事情时，我总感到父爱无言。父爱是一种默默无闻，是一种寓于无形之中的感情，让我的童年充满阳光。

第一次订牛奶

现在超市里有各种各样的罐装牛奶、酸奶、乳酪、奶制品等，风味各异、琳琅满目，而在我的童年，几乎看不到牛奶供应。牛奶是温饱之外的奢侈品，每瓶一角六分的订费对普通人家的开销不算小数。只有婴儿和大病患者作为特殊营养品，凭医院证明才能订到为期三至六个月的一瓶牛奶。

60年代中期，母亲得了一场大病，住院开了大刀，父亲拿着医院证明去牛奶公司提出申请，经过审批在弄堂口的牛奶站订到了三个月的牛奶。回到家，父亲用柴爿“乒乒乓乓”敲打了一只牛奶箱，还让我用毛笔写上了“41号牛奶箱”，挂到自家门口的墙上。那个年头，谁家门口有只牛奶箱也算是让人刮目相看了。

说是牛奶站，却是露天的。没摊没棚，只有一排排用铁链锁着的堆高的牛奶格子。那时，一条马路上相隔数百米就有一个牛奶站，上了年纪的送奶工便用小推车将一格格的牛奶推到弄堂的拐角处或公用电话亭旁的牛奶点上，将一瓶瓶的牛奶分送到订户家里，或是订户凭卡到牛奶点上排队取奶。

记得我家第一瓶牛奶是我从牛奶箱里取出的，只见乳白色的液体装在厚厚的玻璃瓶里，瓶口有一张贴着商标的蜡纸封

口，并用细细的蜡线扎紧。我拉开线头，撕开纸封口，瓶内有一张圆圆的厚纸板，反面有一层厚厚的奶油，我用舌头舔了又舔，直把纸板舔出了些许碎屑，这个动作相信那个年代过来的人都有的吧。

第一次看到父亲在煤球炉上煮牛奶，我有些好奇。钢精锅里的牛奶冒着许多小泡泡，那独特、香醇的味道渐渐渗入我的鼻子，未等牛奶烧开，我就用调羹去舀了一口，正当我又想吃上第二口的时候，被父亲一双有力的大手挡住了。父亲将煮沸的牛奶端离了煤球炉，微微沸腾的牛奶晾凉后表面凝结着一层厚厚的奶皮，上面还有一点点的金黄色的油脂，父亲看我一副馋痨的样子，就叫我舔掉已倒入碗中的奶皮，我不小心把奶皮粘到了嘴上，又将嘴伸进了碗里舔了两下，竟成了一个大花脸，引得全家人大笑，我却咂着嘴，一副满足的样子。看到空瓶还有几滴牛奶，我忙不迭倒进了半瓶温开水，将洗瓶水也一同喝掉了，留下一只锃亮锃亮的牛奶瓶。

80 年代，订牛奶放开了，家家户户可以订牛奶了。弄堂的送奶工更辛苦了。凌晨，人们还在熟睡中，送奶工就推着小车夹杂着牛奶瓶磕磕碰碰的声音，穿梭在弯弯曲曲的弄堂里挨家挨户送牛奶。那时，弄堂人家的墙上或门上挂起了大大小小的各式牛奶箱。每天晚上入睡前，订户只要把空瓶放到牛奶箱里，次日晨送奶工便会按时将盛满鲜奶的牛奶瓶放进箱里并取走空瓶子。那时的牛奶瓶是回收的，经过清洗和消毒之后循环使用的。也有的人家会把空奶瓶放到自家的窗台上，送奶工也会收走空奶瓶放上一瓶鲜牛奶。送完牛奶，送奶工还要回到牛奶点，发放自取牛奶的。只见她戴好袖套、饭单，拿着一支竹竿圆珠笔，在人家牛奶卡的日期上划去一格，长长的取奶队伍时常令送奶工手忙脚乱，打碎了牛奶瓶，她还要自掏腰包赔偿。

冬日下雪积冰，路滑难走，送奶工更是早早出门了，头上戴着遮耳的棉帽和口罩，只露出眼睛和鼻子，身上穿着厚厚的棉袄、棉裤，手上戴着棉手套，脚上蹬着破棉鞋，踏着厚厚的积雪，与往常一样按时把鲜牛奶送到订户的牛奶箱里。落雨天，送奶工套着一件破旧的自行车塑料雨披，穿梭在雨中。至今，我还记得这一幕：一个雪天的早晨，我正在家门口生煤球炉子，看到年迈的送奶工不慎滑倒，小推车上十几瓶牛奶翻落在地，打碎了好几瓶，送奶工坐在地上号啕大哭起来，弄堂里的人纷纷走出家门前去安慰她，没有拿到牛奶的订户没有一户人家责怪她或要她赔偿。原来，送奶工的脚后跟生了冻疮已溃烂、渗血，痛得摔倒在地。母亲从家里拿出了“汤婆子”让老人焐手，也有人送来了热毛巾，让送奶工激动得热泪盈眶。

人对味道的记忆是有感情的。那些苦涩的回忆，留下了不少难忘的瞬间，现在回忆起来，倒也时常会乐得开怀大笑。

小年夜大扫除

新的一年春节就要来到了，每当这个时候，弄堂人家都会在小年夜这天全家总动员大扫除，将家里角角落落打扫一遍，过一个干净和喜庆的节日。

小年夜大清早，弄堂人家就“噤噤咣咣”开始大扫除了，大人们吩咐着小孩去吊井水、倒垃圾、卖废品、擦锅子、擦玻璃窗……

一年了，家里的边边角角积了不少灰尘。父亲穿上了劳动布工作服，头戴军帽和口罩，用一只鸡毛掸子四处掸灰，够不着的地方他就把鸡毛掸子绑在丫杈头上。掸老虎窗等高处的灰尘时，他身上沾满了灰尘和蜘蛛网。他还站在骨牌凳上，用揩布揩掉了碗橱顶上厚厚的一层灰尘。橱的背后也结了不少蜘蛛网，父亲与哥用力搬开了一条狭缝，让我钻进去揩碗橱后面。我不断地帮父亲搓揩布，倒去一桶又一桶墨赤乌黑的脏水，又去吊来一桶又一桶干净的井水。

母亲与姐大清早把全家几床的被褥拆开泡在了肥皂水中，两个人分头在两只脚盆中用手在搓衣板上搓洗。寒冷的天气，不时看到姐歇一口气，冻得通红的双手用嘴中哈出的热气取暖，母亲却催着姐快点洗，趁太阳好的时候晒出去。没过多久，她俩就端着一只大脚盆去给水站漂洗被褥了，我也时常被母亲在弄堂的一头大声唤去绞床单，与姐二人在被单的两端用力地反向绞紧，绞出水来，这是弄堂人家洗被单、床单一个常见的动作。

哥从曹家渡建材店买来了生石灰、租回了排笔，将生石灰泡在一只陶缸里。生石灰遇水在陶缸里冒泡沸腾着，一股热气冲了上来，趁石灰水凉却之时，哥将买来的猪血老粉拌好，将家里的一扇门的许多裂缝嵌好，粗砂皮一打，又用朱红油漆刷了一通，破旧的老门似一扇新门，哥用剩余的油漆将家中的畚箕和煤球炉又漆了一通。

哥在石灰水里放上了一只煤球，据说会使刷出的墙壁亮白，果然，哥用排笔将家里的每堵墙刷得白里透蓝，只是家里多了一层石灰的味道。

哥在刷墙的时候，父亲又将大大小小的钢精锅子丢给我，叫我用谷壳加煤灰把黑漆漆的锅子反复擦，直擦得锃亮锃亮的，可我的一双小手却是墨赤乌黑的。

父亲看我闲着，老是派任务给我，擦完了锅子我又去擦玻璃窗了。我用湿揩布在一块块玻璃窗上一抹了事，玻璃上留下了一道道水渍。父亲皱着眉头让我重擦，叫我用干揩布揩一遍，将玻璃窗上的水渍揩干，再用废报纸从上到下、从左到右依次揩。果不其然，这样揩后，玻璃窗像一面镜子透彻明亮。

大扫除扔出来的瓶瓶罐罐、旧书、报纸、牙膏皮等是我的最爱，我收集起来马不停蹄地卖到了长宁路的废品站去。排着长队的居然都是弄堂里熟悉的孩子，大家见面都有些兴奋，因为卖了废品的钱，家长是不会向孩子要的，我们可以去买盐津枣、弹子糖、小炮仗……

寒冷的冬天，挡不住弄堂人的热情，放眼望去，弄堂里全是里里外外忙碌的人。平时寂静的弄堂充满了过年的气氛。中午时分，弄堂上空所晾晒的衣被，无论数量还是色彩都足以和万国博物会上的国旗相媲美，各种衣物应有尽有，不少还是打着补丁的，从大衣到中山装，从假领头到破袜子、外套、内衣、尿布，好一派壮观的景象。有的人家还在自家门口东拉一根、西拉一根绳子，晾晒着袖套、饭单、手绢、枕头套等，本来狭窄的弄堂空间，这时显得更加拥挤不堪了，来往的行人不时躲着从竹竿上淌下来的水滴，左右避让着竹椅、凳子晾晒的东西，以及竹节架上挂着的鳗鱼干、腊肉、板鸭、咸鸡、猪头等。这时的弄堂是那个特殊的年代特有的一道亮丽的风景线。

有一种怀旧叫挂历

春节待在家里闲着无事，便整理起收藏的电影海报，在书柜上不经意间触动了几捆纸筒。随着纸筒滚落，书房里弥漫起一阵灰尘，这才让我想起几卷七八十年代的挂历，我把这些挂历打开时，竟对往日的岁月升腾起一种莫名的向往。曾几何时，岁末年初，亲戚、朋友、同事互送挂历蔚然成风，挂历成了弄堂人家必不可少的室内饰品。

70 年代初，过年的时候谁家有挂历的，那是相当令人羡慕的。父亲单位发了一本挂历，让全家人高兴不已，至今我还记得挂历上的内容，有纺织女工、少年儿童、技术革新、炼油厂

夜景等。一个月一张的挂历常让我在日期上做记号，用红笔将全年的节日、暑假、寒假等全圈上了，盼着这些日子早些到来，还要圈出父母发工资的日子，那是可以讨到零用钱的时刻，我也会记下父母的生日，这天会早早去粮店排队买卷子面。

有的挂历旁边还有一块小小的记事栏，于是我们兄妹中的借贷内容也登上挂历，你借我五分，我借你一角，借钱记上，还钱勾去，记事栏变成了借贷栏。有一次，弟问我借一角，过了几天，我在“一”下添了一笔，变成了“二”，粗心的弟弟竟然没有发现，在父亲发零用钱的时候，照着挂历上的二角还给了我，让我大喜过望，跑去烟纸店买了盐津枣、陈皮条、弹子糖，花掉了这一角钱。次日，弟想起来了，硬逼着我还钱，我只好乖乖地从储蓄罐中拿出了十只一分的硬币还了他。

每到年底，新挂历上墙后，母亲就会把旧挂历卷起来搁到大橱顶上，她舍不得这么漂亮厚实的挂历扔掉，待我们新学期开学后，她又撕下来让我与弟包书。煤球炉的上方也贴着一张样板戏的挂历，被炒菜的油溅得油腻不堪。母亲还会用挂历纸做鞋样。

80年代，不少有办法的人弄到

了电影明星的挂历，陈冲、刘晓庆、龚雪、张瑜、唐国强、杨在葆等的剧照挂历是最热门的，穿泳装的女明星挂历更是一册难求。陈冲凭借电影《小花》迅速成为人见人爱的挂历明星，弄堂不少人家的墙上几乎都能看到，那年头是没有修图软件的年代，明星们的靓照倒流露出具有时代特征的自然美。

我帮人家值了几次夜班才好不容易得到一本刘晓庆的挂历，我喜欢得不得了，在做作业时，常常盯着刘晓庆的挂历发呆。我无论走到家里的哪个角落，她总是看着我微笑，那种感觉哦，好神秘，好开心。

女明星龚雪曾在我家附近的三官堂桥拍过电影《大桥下面》，引起轰动。弟对她喜爱有加，挂历月份过了也不翻。趁弟外出之际，我在龚雪的脸上画了一撮小胡子，弟回家见此，暴跳如雷，追着我打，踢翻了家里的铅桶，撞翻了面盆架，我逃到了门外还哈哈大笑。弟无奈，只好一报还一报，在我喜欢的刘晓庆的脸上也画了一圈大胡子，让我后悔莫及。有趣的是杭州乡下娘舅的儿子金虎每次来上海，都要到我家讨要一卷卷的旧挂历，一张张撕开，将乡下家里的墙上贴满了明星的挂历照，俨然是一个明星肖像展。

当时港台影视正风靡大陆，港台明星也成了挂历上的常客，成了许多人崇拜的偶像。电视剧《上海滩》刚播完，帅哥周润发就出现在挂历上了，马路上也到处都是周润发扮演的“许文强”，他们头戴礼帽，身披长风衣，在马路上潇洒地走来走去，很是“拉风”，博得了无数人的青睐。会剪裁的哥，照着挂历上周润发风衣的款式居然做了一件与银幕上周润发穿的一模一样的风衣，令邻家小青年都来借着穿出去兜马路。这件风衣至今还挂在哥的大橱里呢。

如今，我们已经很少见到有人家挂挂历了。挂历，已是渐渐淡去的文化符号了。老挂历就像一幅活生生的历史画卷，折射出时代发展的进程，投影出历史的沧桑，见证了我们生活的变化，值得我们珍藏和回忆。

烧行灶

五一节，去杭州乡下舅妈家，舅妈在农舍的天井里为我烧了行灶菜饭，喷喷香的菜饭让我想起了儿时在弄堂里烧行灶的那些往事。

家里请来木匠做五斗橱、碗橱，留下了许多碎木料和刨花，生煤球炉也用不完，母亲舍不得扔掉，足足装了四五只麻袋，堆在后客堂的一角。

烧碎木料和刨花需要做只行灶，哥把一只破面盆敲敲打打做成了灶坯子，又从屋顶上抽出五六片瓦，去挖防空洞的地方提来黏土，拌进一些碎头发，倒水搅拌在一起，在把泥土捏得很黏时，哥开始搪灶壁，他一绺一绺地往破面盆上涂泥，插瓦片，又一圈一圈地搪成炉形，前留灶门后留烟道，再把铁丝绕在了行灶上增加牢固度，待泥糊的行灶在屋檐下阴干，才算大功告成。

星期天早晨，我第一次烧行灶了，记得曾在舅妈家烧过灶头，把棉花秆架起来烧，还记忆犹新，便学着烧灶头的方法往行灶里塞刨花，用火柴点燃，又急急添了不少柴爿，可炉火不听话，熄灭了。我被行灶冒出的烟雾熏得透不过气来，眼泪、鼻涕一大把。哥见状，拿来一根空竹管对着炉膛轻吹了几下，

炉火竟死灰复燃了，炊烟从行灶的缝隙中袅袅升起来了。我坐在小矮凳上看着炉火，不断添加着刨花和柴爿，让炉火持续燃烧，我感觉自己的脸被炉火映照得热乎乎的。

三五天行灶烧下来，我也掌握了不少窍门。行灶里烟出，火不旺，此时我会用空竹管使劲往行灶里吹气助燃。我还会看风向，在上风头烧行灶，一边烧火一边看着行灶上的铁锅，怕煮的泡饭潽出来，当锅盖的边缘冒出许多小气泡时，发出“滋滋”的声音，白色的蒸汽升腾在空中时，我知道，泡饭烧好了。行灶里的火渐渐熄灭了，只剩下几块黑里透红的炭，时不时一闪一闪地冒出红光，我不由得想起了课堂上读过的白居易的《卖炭翁》，“伐薪烧炭南山中，满面尘灰烟火色，两鬓苍苍十指黑”。

冬日，我烧行灶时，时常会拿一两只小山芋，用火钳夹住慢慢地往炉膛里塞，用火钳添柴时也不忘翻动着山芋，我蹲在行灶前观察着山芋的皮色，怕烤焦了，双腿也有点麻木了。弟弟却等不及了，让我夹出半生不熟的山芋让他啃上几口，又回炉重烤。我趴在行灶前，任那炉灰飞脸上，额头绽出汗珠，仍用火钳夹着山芋烤，随着柴爿噼噼啪啪的炸裂声，一股香味弥漫开来，火钳也嵌进了山芋中，拿下来可烫人啦。弟弟拿着一只山芋在两只手上颠来倒去，嘴用力吹着山芋上的炉灰，“啊呜”一口，弟弟吃了起来，却烫得龇牙咧嘴的，我也夹出一只山芋，剥着皮啃了起来。隆冬季节，手捧一只热烘烘的山芋，此时的心中顿生出一丝暖意。

在行灶上烧菜饭也是弄堂人家常有的。母亲在行灶上烧菜饭是行家里手了，她时常让我看她烧柴煮菜饭，慢慢地我也学会了。

烧行灶前，我先淘好米，切碎菜和胡萝卜，把咸肉切成丁，放进铁锅里翻炒一下盛出，洗净铁锅后倒进适量的水，将大米放入，就开始烧柴煮菜饭了。我单腿跪地，将炉火烧得旺旺的，火势小添柴后，我不时用空竹管对着炉膛吹风，连眼睫毛上也沾满了灰。当菜饭快煮熟时，我将半熟的咸肉丁缓缓放进铁锅里，稍后又将碎菜、胡萝卜丁倒进锅里，并用筷子轻轻搅拌，不多时，香喷喷的菜饭煮好了，掀开锅盖一看，菜青、米白、肉红，我又用熟猪油涂在菜饭上，亮晶晶的，色彩勾人馋涎欲滴。土里土气的行灶烧出了香喷喷的菜饭，都让左邻右舍闻香而来，夸我的菜饭烧得好，我的心里别提有多高兴了。我时常嘎吱嘎吱嚼着菜饭底下的锅巴，清香的味道令人难忘。

烧行灶，保留下来的记忆，总是回味悠长，儿时的生活过得清淡，但纯真、快乐。

舌尖上的端午

又到了吃粽子的时节，儿时端午节的前夕，弄堂里家家户户忙着包粽子的热闹场景，又浮现在我的眼前。

一眼望去，弄堂人家的家门口，有的在淘糯米，有的在浸赤豆，有的在汏粽叶，有的在煮鸭蛋，也有的在包粽子。母亲坐在自家门口的小矮凳上，一只大木盆中浸满碧绿的粽叶，她用揩布擦洗着一张张粽叶，不时直起身子伸着懒腰，让我帮她敲几下背。

母亲是包粽子的好手，她会在半天的时间里包出一大盆各

式各样的粽子，有三角粽、小脚粽，还有长长方方的枕头粽。虽然那是物资匮乏的年代，糯米、赤豆、红枣、猪肉、白糖等都要凭票供应，但母亲做出的粽子馅心却是多样的，有赤豆粽、大肉粽、红枣粽、白米粽，还有母亲独创的豆瓣酥粽，将豆瓣煮熟捣碎成豆沙一样包进粽子。

煤球炉上煮粽子通常要一个晚上，阵阵的粽香令我垂涎欲滴。半夜里，我一骨碌从床上翻起，不敢开电灯，便打着手电筒去偷吃粽子，谁知剥开的粽子还是半生不熟的，这让我懊悔不已，只好用绳将粽子缠绕几圈后又丢进了锅里。次日晨，母亲打开锅盖见一只粽子松松垮垮的，就知道是我半夜里干的“好事”，母亲一个箭步冲到我床前，一个巴掌打在我头上，打得我眼冒金星又不敢声张，怕引起邻家孩子的嘲笑，只得将头缩进被窝里。

粽子的清香缓缓地从锅中溢了出来，我贪婪地嗅着这一丝丝、一缕缕的粽香，口水都要流出来了。我赶紧起床，掀开锅盖的那一刻，急忙拿起一只粽子，好烫啊，我惊叫了一声，把粽子塞回了烫锅，我在煤球炉旁用嘴对着手吹气。母亲见状说，急吼吼做啥呀。说着，她用筷子夹出一只粽子，剥去粽叶，糯米的醇香混合着粽叶的清香，我迫不及待地咬了一口。“姆妈，真好吃，”我头也不抬地对母亲说。

满满的一大盘各式粽子端到了餐桌上，大家都翻动着粽子找肉粽吃时，我看到台子上有半碗绵白糖，便灵机一动，挑出一只白米粽迅速剥开，把白米粽放在绵白糖的碗里来了个“驴打滚”，蘸满了绵白糖才津津有味地啃了起来。当我啃完白米粽时，碗里的绵白糖也快见底了，兄妹们看得气不打一处来，手中的筷子齐刷刷地朝我头上

抽过来，我左躲右闪，竟然一个人也没打到我。

母亲从粽子锅里捞出了几只咸鸭蛋，把它装进里她用钩针编织的小网线袋中，挂到了儿女们的头颈里，她再三叮嘱我们，鸭蛋不能碰碎，要挂到端午节结束才能吃。我与弟挂着鸭蛋高高兴兴地出门去了，见到整个弄堂的孩子胸前都挂着一只蛋，那是端午节弄堂孩子的标配。我们聚在一起，比谁胸前的鸭蛋大。一个挂着小鸡蛋的孩子溜回家去换蛋，当他再回到孩子们中间时，会得意洋洋地向大家展示胸前的大鹅蛋。看到自己胸前的鸭蛋不能吃，我计上心来，故意与弟摔跤，二人抱在了一起倒地，人没受伤，胸前的鸭蛋却碎了。母亲见了责怪我们兄弟俩是“叫花子不留隔夜食”，只得让我们吃掉了碎鸭蛋。

端午节那几天，我几乎顿顿要吃粽子，早上赤豆粽，中午白米粽，晚上大肉粽。母亲让我早上吃泡饭，可我吃好泡饭还是要吃粽子，母亲怕我吃多了伤胃，便把粽子全锁在里碗橱里，无奈，我只好再吃一碗泡饭。

我特别喜欢吃赤豆粽，白白的糯米晶莹剔透，镶嵌着一粒粒的红豆，蘸上绵白糖，轻轻地咬上一口，黏而爽口，赤豆粽子的香味甜味顿时充满着我的味蕾。大肉粽也是我的最爱，丝滑的肉汁在嘴里荡漾，肥而不腻，再咬上一口，只感到糯米包着的小块红肉慢慢地融化，回味无穷。

我也是吃咸鸭蛋不怕咸的人，一口气可空口吃三四只。母亲只得把咸鸭蛋对半切开，那红白分明、香气馥郁，蛋黄红得流油的鸭蛋令我胃口大开，连吃三碗泡饭，盆中的咸蛋黄也几乎给我掏净了。

放学回家，我也会用一双筷子戳着一只冷粽子，坐在家门口啃粽子，邻家小孩端着粽子碗也会过来凑在一起吃。偶尔，大家也会交换粽子吃，你咬我一口豆沙粽，我啃你一口大肉粽，当“啊呜”一口咬下去没吃到大肉时，非得再咬一口，直至吃到肉时才罢休。

母亲还会将白米粽切成片，放在铁锅里煎至金黄色，外脆内糯的白米粽片似粢饭糕，非常好吃，只是母亲为了省油，每个端午节只会煎一次。

听说端午吃黄鳝好比冬天吃人参，父亲大清早骑车去北新泾桥上买回了几条粗黄鳝。我记得黄鳝腹部黄黄的，身形由粗渐细，抓在手上滑溜溜的。杀好黄鳝，父亲炒了一盆干煸鳝鱼，黄酥酥的鳝鱼肉配上黄黄的生姜片和绿油油的葱花，香气逼人。开饭了，母亲端上了一盆盆的菜肴，黄鳝、黄瓜、黄豆芽、咸蛋黄……我好奇地问母亲，为何台子上的菜都姓黄？“清热解毒，吃了这些，侬头上就不生热疖头了。”母亲边说边往儿女们的碗里夹菜。

端午节的弄堂是一个芳香甜蜜的世界，家家户户门口挂着沾满露珠的艾叶，还有那填满香草的荷包。我们吃粽子，吊鸭蛋，采粽叶，挂香袋，额头点“王”，这一切，深深地烙在了我的心上，仿佛就在昨天。

刮痧

刮痧，是儿时弄堂里大人们常给自家孩子治疗小毛小病的土办法。

夏日的午后，我与邻居几个小孩打着赤膊爬到中山公园围墙边的树上捉知了，棒冰棍扎成的笼子里装满了捉到的知了。回家的路上，我感觉头昏脑涨的，晃来晃去要晕倒似的，回到家话也不愿多说，倒头便睡。下班回家的母亲见我像只小瘟鸡，摸摸我的额头也不烫，看看我背上发红的皮肤，知道我一个下午在烈日下捉知了，此时的我胸闷，想吐，母亲估摸着我是中暑了，说要帮我刮痧解中暑。只见母亲在一只蓝边碗里盛了半碗水，又拿了只调羹浸水后在我的后背上自上而下刮着，我开始觉得似乎没有什么痛觉，但母亲一遍又一遍重复着同样的动作，我起初是酸痛，忍耐了一会，渐渐感觉到胀痛，又咬牙坚持了稍许，便大叫起来："痛煞啦，痛煞啦。"我觉得后背上是钻心剜骨地痛，欲起身逃走，被母亲双手牢牢地按住了，她一番好言相劝，让我乖乖地继续接受刮痧。我热得满头大汗，脸上也布满了泪痕，约莫过了几分钟，母亲用手在我肩膀上一拍，"刮好啦"，我翻身起床，却见母亲气喘吁吁地，豆大的汗珠从脸上滚落下来。母亲又冲了杯红糖水让我喝，说是补

补元气。我拿着镜子照着头颈里的条条伤痕，不由皱起了眉头。“那是你身上的毒气被刮出来了，”说着，母亲绞了把热毛巾让我擦脸，关照我夜里不准洗冷水浴。说来奇怪，我感觉痧疤隐隐有些痛，但人真的惬意多了。

又有一次，我冷水喝多了，半夜里直叫肚子痛，从马桶上站起来时，整个人如虚脱一般。此时，我发现桌子上已经摆好了一碗冒气的热水，我的心又涌起了一股寒意，我极不情愿地趴到了床上。这次，母亲翻了个新花样，叫扭痧。

她对我说，在肚子上扭痧有点痛，你要忍着点哦，啊，我一听就有点“吓丝丝”了。前些日子，在硬邦邦的背上刮得我龇牙咧嘴的，现在又要在软绵绵的肚子上一把一把地揪。我翻过身来，用祈求的眼光看着母亲，可她一点也不理会我。

无奈之下，我只好四脚朝天，仰面躺下，只见母亲把手掌伸进碗里沾了点水，中指和食指并弯成钳状，朝着我的肚子狠狠地扭来，那一刻，我似乎是被狗咬了一口，全身颤抖着，又被母亲接连扭了十余下，只听见“啪嗒，啪嗒”的扭痧声，每扭一下都疼痛难忍，约莫过了三五分钟，我再也受不了了，眼泪哗哗地流了下来，一下子从床上爬了起来，欲阻止母亲为我扭痧，却给父亲一个“头塌”打过来，“谁叫你喝那么多冷水啊？”我摸着脑袋，看到父亲瞪着眼，只好再躺下。此时，我明显感到母亲扭痧的手势轻多了，又过了几分钟，母亲说，“起来吧。”我有如释重负的感觉，低头一看，肚子上几行紫紫的，像几条茄子挂着似的，摸着凸凸的、痛痛的小肚子，全身上下都是汗，头发也是湿湿的，脸上也是汗涔涔的。说来也怪，扭痧没过多久，肚子痛的症状居然减轻了许多。

弟有次发烧，一听母亲要帮他刮痧，从床上一跃而起逃到了后弄堂的别针组里躲藏起来，却被父亲老鹰捉小鸡似的拎了回来，摁倒在床上。看到儿子浑身颤抖的模样，母亲顿时起了怜悯之心，她对弟说，“只刮十记”，弟才扭扭捏捏地撩起了上衣，露出后背，“一记、二记……五记”我见弟的后背上开始是一条有着颗粒的红色线条，慢慢地变成了紫红色的刮痕，弟双唇紧闭，两眼噙泪，已刮了五六分钟了，母亲还数着“七、八、九、六、五……”

弟一听不对，一个咸鱼翻身：“姆妈，侬数字也数不清啊？”母亲却“咯咯咯”笑道：“算了，算了，差不多了，侬起来吧。”弟嘟哝着嘴，两行眼泪落了下来。“小赤佬，帮侬毒气刮出来啦。”说完，母亲又拿出从烟纸店买来的“十滴水”，逼着弟喝了下去。

傍晚，弟肚子痛果然好多了，又捧着西瓜啃了起来，背上长长的两道痧就如同两条小黑龙，非常醒目。

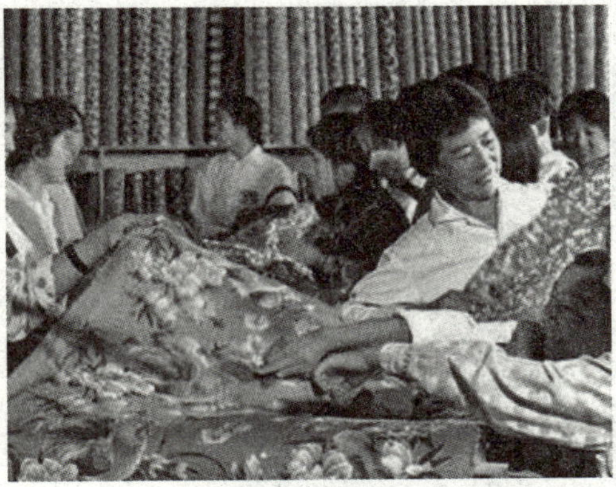

爱淘『等外品』的日子

一个时代有一个时代的生活场景，童年家庭拮据的生活，留存着我太多的回忆，那些难以忘怀的购物细节，至今回忆起来，略带苦涩又不失快乐。

那个时代，什么商品都要凭票供应，许多日用品还供不应求。父母总是想着用最少的钱去买最实惠的东西。等外品是不少商店专门有柜台供应的一种便宜商品。所谓的“等外品”是产品质量不合格，但又不妨碍使用的商品，商店也会挂出醒目的小黑板告示，顾客在购买前就知道该商品的缺陷。等外品一般只有正品的六七折甚至是对折。

刚进中学，学校就组织我们去市郊野营拉练，每人要自备一只水壶。父亲知道曹家渡万航渡路口一家旧货商店有卖军用水壶，便领着我去了。只见墙上挂着有大大小小瘪塘的军用水壶，这种水壶是铝制材料，由软木作为壶塞，用帆布带从壶两侧固定，外涂深绿色油漆，因为有瘪塘，属等外品，只卖五角一只。看着瘪塘水壶，我却拉着父亲去忻康里百货商店买新的军用水壶。父亲不允，僵持了一会，父亲推脱身上只有七八角钱，不够买新的。我无奈，只好让父亲买下了瘪塘水壶。野营拉练从学校出发时，我将水壶有瘪塘的一面朝里背，行进的队

伍中，谁也没有注意到我用的是一只等外品的水壶。

半个多月的野营拉练下来，人人背的军用水壶都是伤痕累累，有的还是大瘪塘连着小瘪塘，这时，我才庆幸，父亲帮我买的军用水壶是多么的“合算”。

淘等外品的日子是家里常有的。记得有一次，母亲陪我去长宁路一家百货商店买汗衫。我见一件喜欢的海魂衫挂在柜台上方，便缠着母亲买下，而母亲见柜台上有等外品的汗衫买，价钿却只有海魂衫的一半，只是汗衫左胸上有一只小洞，母亲也不管三七二十一买下了。我很是不爽，借口汗衫上有洞不想要，母亲却灵机一动，将我身上佩戴的像章摘下来，戴到了汗衫上，让我套到身上试衣，像章正好遮盖了小洞。母亲买到了便宜货，满脸喜悦，可我却是一肚子的不高兴，耷拉着脑袋跟在母亲后头。

家里的日用品，如面盆、搪瓷杯、热水瓶壳等，父母每每买回来的都是等外品。记得哥去崇明农场时，母亲给他买了一只印有“广阔天地、大有作为”农村图案的搪瓷面盆，边沿上有一处“碰瓷”，掉了一小块搪瓷，就成了等外品，母亲一看价钿，比正品要便宜一元多，这一元多是自己生产组一天多的工资啊，便毫不犹豫地买下了这只碰瓷面盆。哥让我去秀水路的地摊上用三分钱买回了一小包的搪瓷白漆，他用砂皮将碰瓷处砂了几下，擦净后用中指蘸漆涂到碰瓷处，涂均后晾干，不细心还真看不出补过的地方。

哥的修补术我也学会了，他去了农场后，家里不少搪瓷用品摔掉油漆后都是我补好的。

一次，跟着母亲去曹家渡大渡河绸布店去买我的裤料，进店母亲就看到一块小黑板上写着“等外品成裤，免收布票”的字样。母亲一阵欣喜，拿到裤子后却看到有几处粉笔圈出的跳线。她皱了皱眉，问明价格后便算了起来，果然便宜，比买布料还合算，在买布必收布票的年代，母亲觉得捡了大便宜，掏钱就买，营业员提议母亲让我试一下，我穿上裤子后大了不少，母亲仍买下了。她让对门的老裁缝稍改了一下便成了我一条合身的裤子。在几处跳线的地方，母亲让我用圆珠笔涂了几下，跳线就模糊了许多。

母亲爱淘等外品，除了价钿便宜外，更多考虑的是少用票证，甚至是免收票证。她爱淘等外品的习惯也传承给了我。1976 年，我去星火农场前，凭票可购得一条七元多的线毯，有正品，也有等外品。我断然选择了等外品，说是等外品，其实只是线毯上有几处红色线条印歪了，可便宜了一元多。到了农场后，一个寝室六个人的线毯全是一样的，晒在外面都难以辨认了，只有我的线毯一眼便能认出。

那个年代，人们的收入普遍不高，买的日用品几乎都凭票供应。唯有等外品，既便宜又能免票或少缴票证，也不影响使用功能。等外品，便成了许多弄堂人家购物的选择。

冬日澡事

儿时，冬日洗澡是件头痛的事，公共浴室人满为患，时常要在寒风中排上一两个小时才能进入浴室，偶尔也有人会送上几张附近工厂浴室的洗澡券，那可是一件高兴的事，人不多，水干净，还有更衣箱，是洗个舒服热水澡的地方，可浴券毕竟有限，大多数的时间还是在家洗澡的。儿时，冬日洗澡没有浴霸，没有热水器，更没有陶瓷浴缸，只有一只木盆和一只浴罩。长长的浴罩类似于单人圆顶蚊帐的塑料薄膜制品，用于洗澡时罩住浴盆，使热气不散发，形成了一个封闭的小空间，现在看起来好简陋，可它是冬日洗澡的神器呢。

每次洗澡前，母亲会选择在中午时分，因为这是一天气温相对高的时候，还盼着是个艳阳天，可以即刻洗掉换洗的内衣。几乎全家总动员，每个人都有分工，泡开水的、洗衣的、端盆换水的、照看煤球炉的……父亲会用报纸糊住窗户漏风的地方，怕我们洗澡受冷，引起伤风感冒，而哥会用一根细绳扎好浴罩吊在自家房梁上，高度还要正好够一个人站立，浴罩罩住了浴盆。哥用铅桶拎来冷水倒进浴盆，再把煤球炉上烧开的水和老虎灶泡来的开水倒进浴盆，还要伸手进去试水的温度，水要不烫不温，正好，就可以洗澡了。煤球炉上的铜吊“咕

噜、咕噜”的水蒸气四处散开，水雾蒸腾。哥把煤球炉拎到了浴罩附近，给我取暖，又在铜吊里灌满了水继续烧，以备弟洗澡用。于是，我拿好毛巾、药水肥皂，躲进了浴罩，哥忙用木夹子将浴罩夹住，以防水蒸气流失，水蒸气凝结在浴罩内壁，化作一串串的水珠往下淌。“哎哟哟”，我惊叫

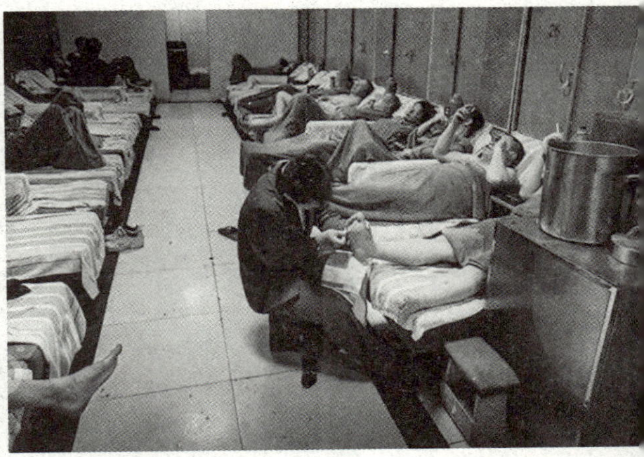

起来，水滴是冷冷的。洗头时，哥将一盆热水放在浴罩外，我撩起浴罩一角，将头探到罩外，由哥帮我洗头。他帮我涂上肥皂，轻轻地抹匀，搓起泡沫，又揉着我的头发，然后，用面盆里的水把我头上的泡沫洗干净，换来一盆净水又把我的头发洗了一遍，再用毛巾擦拭干我的头发。头发毛巾揩不干，我便将头伸到煤球炉上去烘，稍不留意还烧焦了头发。

说是盆浴，其实也是半盆浴。我长高了，双脚是伸在浴盆外的，哥弄了点热水倒在小脚盆里让我泡着脚。他说，脚热了，身体才会暖和。洗澡盆比普通的脚盆要大一些，在我的记忆里，家家户户都有这种洗澡盆，厚厚的木板，里里外外都涂着桐油，嵌着油石灰，很是牢固，偶尔母亲也会用澡盆洗衣服。洗澡用的是红色的药水肥皂，哪有今天的洗发水、护发素和沐浴露。搓澡用的是一块老旧的丝瓜筋。哥有时穿着棉毛衫裤钻进浴罩内为我搓澡，他力气很大，我背上积攒已久的“老垢”几乎卷成一条横线纷纷往下掉，很快水面上便漂着厚厚一层油脂和皂沫。等我洗完出来，身上就多了一条条的红印痕，清澈的水也变成了“牛奶水”。我站在浴罩内，哥从浴罩底下抽走了浴盆，倒进一旁的铅桶里，姐拎着铅桶去阴沟洞旁洗拖畚了。哥又将倒满大半盆热水的浴盆从浴罩下推了进来，我坐在浴盆中用干净的水又洗了一遍。我边洗，哥还要撩起浴罩的开缝处往浴盆里倒开水，我小心翼翼躲在一处，怕被开水烫到。“哎哟，

烫煞脱人了！”哥开水倒多了，我被烫得逃出了浴罩，赤裸地坐在屋中，冷得刮刮抖，哥连忙又加冷水。我钻进浴罩又大声叫了起来：“水太冷啦！”哥只得撩开浴罩一角为我又加了点开水，折腾一番，我又坐进澡盆。浴罩里太闷了，我时常会掀起浴罩的边沿，将头露出罩外，猛吸了几口冷气，顿时觉得心宁气爽。洗好澡钻出来时，“再倒点开水，泡着很惬意”，我话音刚落，母亲在外咆哮了——“开水都给你一个人洗，后面的人呢，不要洗啦？侬帮我死出来！”我一听母亲发火了，乖乖地从浴罩里钻了出来，哥连忙用父亲的军大衣给我裹上。换洗的内衣，母亲早把它放在被窝里用“汤婆子”“盐水瓶”焐着呢。“盐水瓶”就是医用输液瓶，弄堂人把它洗干净灌满开水当作了取暖工具。“盐水瓶”遇热不会爆裂，是弄堂人冬日取暖的必备物。我从“汤婆子”“盐水瓶”上取下内衣，拿出来在煤球炉旁一件件地快速穿上。

轮到弟洗澡时，我则拎着两只热水瓶一路小跑至老虎灶，来来回回泡开水。那时，用煤是定量供应的，只好多泡一分钱一瓶的开水来用，热水瓶拎得手麻木了，热水瓶上的软木塞掉了也没觉察到，回到家里一只热水瓶只有半瓶开水了，“啪”，一记“头塌”被父亲的大手打了下来。

从天真的孩童到青涩的少年，我很多时候是在家里澡盆洗的澡，对浴罩有着更浓烈的情愫，或者说是对弄堂生活方式的依恋与怀旧。

旧时的搪瓷制品

过去，上海弄堂人家的日常生活都离不开搪瓷制品，刷牙、吃茶是搪瓷杯子，揩面是搪瓷面盆，小孩吃饭是搪瓷碗，连半夜起来解手也是搪瓷痰盂罐，躺在床上病人用的扁马桶也是搪瓷的。

搪瓷杯，是弄堂人家一个时代的家庭图腾，白底红字的语录、标语、口号和厂名的搪瓷杯是那个年代的特色。白色搪瓷杯印上特定的字，作为奖品发给职工也是司空见惯的。

儿时，我经常看到父亲坐在家门口，手捧着一只印有“上海土产畜产进出口公司先进工作者”的搪瓷杯，边喝茶边与邻居“嘎讪胡”。如今，父亲去世25年了，这只搪瓷杯我还收藏着。它已是斑驳不堪，原本洁白的杯壁也变得黯淡无光了，黄褐色的锈迹星星点点地分布在杯子的各个地方，杯沿口的搪瓷也磕掉了不少，露出黑褐色的铁皮。偶尔，我思念父亲时，就会拿出搪瓷杯，往杯中撒把茶叶并倒入开水，茶叶在氤氲的雾气中，散发出阵阵清香，我闻着扑鼻而来的香气，思绪仿佛也融入轻薄的雾气中，渐行渐远。

我中学毕业去奉贤农场时，带去的一只搪瓷面盆还是哥从崇明农场上调后带回的，这只面盆又随我去了星火农场，虽然

面盆上有不少“补丁”，但我还是蛮喜欢的，上面有毛主席语录“农村是一个广阔的天地，在那里是可以大有作为的”。盆底还有农民开拖拉机耕地的图案。1976年冬连队挖灌溉机口时，人人拿出面盆运土，连夜挖成了机口。我的搪瓷面盆伤痕累累，掉漆处有20多处，实在不能用了，只好到场部百货店又买了一只新的，一直用到1979年底我“顶替”回沪，把搪瓷面盆也带回了家。它也是瘪塘无数，被母亲用作了种葱的盆子。我带到农场去的一只搪瓷杯是班级同学赠送的，上面有“国棉廿一厂职工运动会·奖”的字样。农场近五年，天天用这只搪瓷杯刷牙、喝水，偶尔也是喝酒的“酒杯”。寝室里的窗台上，整齐放着一排搪瓷杯，都插着牙膏和牙刷，搪瓷杯上面的文字各不相同，却也成了每个人用杯的记号。1977年，我被星火农场评为“学大寨积极分子”，奖到一只大大的搪瓷杯，我带回了家，母亲如获至宝，根本舍不得用，她做了一只布套，竟然珍藏起来了。后来，母亲把这只搪瓷杯送给了娘舅。

哥结婚时，是在弄堂里办的喜酒，邻居送的礼中，不少是花好月圆、万紫千红和红双喜等吉祥图案的搪瓷面盆，搪瓷痰盂罐和铝制热水瓶等，其中一只高脚痰盂罐哥留下自用，其余的几只都留在了家里。那时弄堂人家的痰盂罐很少是用作吐痰的，基本都当起夜的便器，弄堂里天天可见大人小孩端着有盖子的痰盂罐去倒桶站。弄堂人家大多没有卫生设备，搪瓷痰盂罐充当了起夜小便的容器，我与弟时常把痰盂罐尿得满满的。早上，从阁楼上端下楼要小心翼翼捧着，不敢有丝毫马虎，一旦泼出去，父母的“麻栗子”马上会敲上来。我与弟经常会“猜咚里猜”决定胜负，谁输谁倒痰盂罐，运气好的时候我可以一个星期不倒痰盂罐。

家里还有一只带盖的搪瓷缸，母亲专门将熬好的猪油盛放其中，待冷却后猪油一片雪白。吃阳春面时，母亲很是节省，用一只儿童吃药水的调羹给我们挖一点点。过年时，搪瓷缸的用途更多啦，有时母亲也会用来盛放做蛋饺的肉糜、做馒头的猪油豆沙等。夏天，母亲也会将煮好的绿豆百合汤盛于其中，放入已倒井水的面盆中降温。

搪瓷用品只要掉在地上就会掉漆，甚至掼出瘪塘来。家里的搪瓷杯、搪瓷面盆、搪瓷痰盂罐上都有补过的痕迹，不少是我与弟闯祸的痕迹。我经常看着哥修补搪瓷制品，后来渐渐也学会了。我会到长宁支路地摊上去买一种叫搪瓷膏的，各种颜色的都有，几分钱一小包，买回后，我用一块细小的砂皮把掉漆处打磨几下并擦净，再用手指轻轻蘸上搪瓷膏，涂匀掉漆处，阴干后就可用了，但补过的痕迹还是看得出来的。

那个年代，看弄堂人家使用的搪瓷杯、搪瓷盆子等，基本就能猜到他家人是什么职业的。哥在崇明农场带回的几只搪瓷盆子上印有“上海长征农场二十连”的字样；姐在邮局发的搪瓷杯和搪瓷盆子上印着“上海邮电局 50 支局”；弟去闵行读技校时，也发了一只搪瓷杯、两只搪瓷碗，上面有蓝色仿宋体“上海电机厂技校”；我刚到农场时，发的两只搪瓷饭碗上也印有“奉贤星火农场新三连”。

有一次，连队场休，我到吴泾厂里找同学蒋耀华“撮饭”、洗澡。临

走，他送了我一大一小两只印有“上海电化厂”字样的新搪瓷碗，字鲜红色，亮丽、崭新，让我高兴了很久，一直舍不得用。

搪瓷制品在那个年代家家有、户户用，是弄堂人家生活的“标配”，也是买汏烧的好伙伴，它承载了一代人的记忆，也温暖了我们的童年。

圆梦国际饭店

“南京路上的国际饭店，有24层楼高，是上海最高最高的大楼哦，侬人立勒马路上，往楼顶看，一阵风吹过来，会把侬的帽子吹得老远老远。”儿时，哥经常会对我说这番话。

听哥讲国际饭店，就像听他讲故事似的。我对国际饭店由此产生了好奇，时常缠着哥，让他带我们去看看国际饭店是啥个样子的。

那一天终于来到了，哥带着姐与我在中山公园乘上了20路电车，口袋实在太瘪了，哥买了三张四分的电车票，到了静安寺就下了车。连奔带走，约摸一个小时，我们便到了国际饭店跟前。我摸着光滑的深褐色大理石，对着锃亮的大理石哈了一口热气，又掏出手绢，擦去热气，看到大理石上有着自己模糊的影子，拉着哥姐的手，“你看呀，上面还有我的影子呢。”

姐好奇地盯着国际饭店的玻璃旋转门，徐徐转换着看个不够，我更是忍不住探出小脑袋，想往里面多看几眼，被哥一把拉住，“不要瞎走！”哥严斥着我。是的，对大多数上海人来说，也就是看看而已，至于哪天踏进国际饭店，在里面住上一天，撮上一顿更是想也不敢想的。

50年后，我与哥姐三人怀着极大的兴趣和期待，终于踏进

了这扇古朴典雅的老旋转门，圆了儿时的梦。

经历了87年风风雨雨的国际饭店，依然保持着当年庄重大方的雄姿，象征着昔日的辉煌和今日的风采乃至明日的不朽。我们从高处欣赏了上海城市的风光，又来到了二楼“国际饭店文史馆”，饶有兴趣地观看展品，探寻国际饭店的历史和文化，这里的柜子摆放着众多当年使用过的中西式器皿、英式座钟、内部刊物、股东印鉴、股票存根、建造时的照片，我不时拿出手机来拍照。徜徉其间，我慢慢享受着历史的韵味与气息，从岁月中找寻物载变迁的过往，每一件老物展品的背后，都让我感受国际饭店独特的魅力。

看累了，我们兄妹三人又坐到了一楼大堂的咖啡厅，买了一份298元的下午茶套餐，坐在柔软的沙发上，一边品着咖啡，一边又欣赏起墙上一张张三四十年代的老照片。

国际饭店由一代建筑大师匈牙利人邬达克设计，楼高83.8米、24层。1934年12月1日举行了开幕典礼。1935年2月18日，上海各界人士在二楼举行了欢送梅兰芳赴苏联演出宴会。1936年3月9日，喜剧大师卓别林从日本到上海，当晚，梅兰芳等各界名人在国际饭店设宴，款待卓别林。还有，陈纳德、陈香梅的订婚仪式也在此，曾轰动一时。1937年5月19日，宋美龄在15楼的房间里接通了大洋彼岸的美国罗斯福总统夫人的电话。1949年5月27日，上海解放，6月初，解放军三野司令员、上海市长陈毅在国际饭店召集解放上海部队团以上干部，欢庆上海解放。

我又来到人民公园门口，欣赏国际饭店这幢宏伟的建筑，发现它轮廓修长，顶部层层收紧，楼顶好似去掉顶端的金字塔，雄心勃勃地指向天空。国际饭店作为“远东第一楼”保持了30年。作为上海最高纪录保持了整整50年，直到1983年乌鲁木齐路上的上海宾馆拔地而起，楼高91.5米，有30层，国际饭店“老大”的位置才不保。

听说国际饭店的蝴蝶酥享誉沪上，哥急着想品尝一下，我连忙跑到门外，想去买一包让哥尝味，没想到国际饭店的饼屋前络绎不绝的购买者排起了长

龙，我只好回到座上，服务员知道我们想买蝴蝶酥，便让我打一个电话，没几分钟，饼屋的营业员便送来了蝴蝶酥。

我们兄妹三人又喝起了咖啡，品尝了蝴蝶酥，又聊起了童年来看国际饭店的那些往事。哥动情地说：“小时候，我只能在国际饭店的对面马路上，翘首仰望。”

“今天，终于圆了孩时的梦。”哥说此话时，眼睛是有点湿润的。姐接过哥的话题：“我儿时对国际饭店就有特殊的感情，哪天能走进国际饭店那是我的梦想、奢望。今天我们竟然如此轻松地踏进了国际饭店，圆了儿时的梦，好难忘。”我也抢着说：“现在的国际饭店虽然与周围的高楼大厦比，有些陈旧，没有游泳池，也没有停车场，它的高度还不如沪上一些小区的楼房呢！但它就是让人想念，让人怀旧，年代虽久远，身处其中，依然有穿越到那段岁月时光里的感觉，国际饭店值得来‘打卡’。”

怀念书信往来的日子

日前，书橱找书，无意间找到了几捆过去的旧信，打开来一看，有乡下娘舅写给母亲的信，有哥在农场时写给家里的信，也有我在农场时同学写给我的信。看着这些尘封发黄的信件被翻检出来，被重新阅读，字里行间动人的细节和情感深深打动着我的心灵。在过去的岁月里，写信读信曾在我们的生活里占据着多么重要的地位，写信时的凝思，回信时的焦灼，想

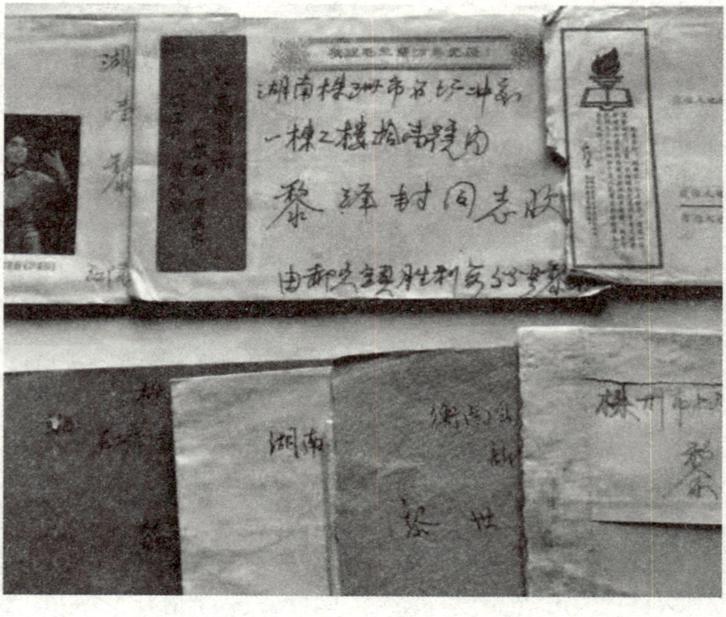

起来就让人回味无穷。

那些年，我书信往来最多的时候是在农场的五年。同学间的友谊都在书信间传递，每天收工回来，就会奔向食堂门口那只绿色邮箱的隔板上，看看有否来信。一旦有信，我先会捏捏信的厚薄，用力甩一下，让信封里的信纸“靠边站”，免得撕坏了信，拆信的动作也是猴急的。信封上常常会留下参差不齐的撕口，我会站在原地仔细阅读来信，看着那一撇一捺熟悉的字体，老同学的亲切问候和真情告白，好像彼此间又在促膝聊天，一时间，所有的劳累都烟消云散了。

刚到农场的头几个月，繁重的田间劳作非常辛苦，我会把这种苦和累通过笔尖宣泄给同学，也写下了不少青春的迷惘和彷徨。我时常在夜深人静的时候，趴在被子上，借着寝室昏黄的灯光，将所有聚焦在心头的思念化作一行行的文字在笔尖汩汩流淌，向父母舒张着心中的一些积郁，并从他们的回信中得到些许慰藉，疲惫的身心在那一刻得到满足。写信读信成了我业余生活最想做

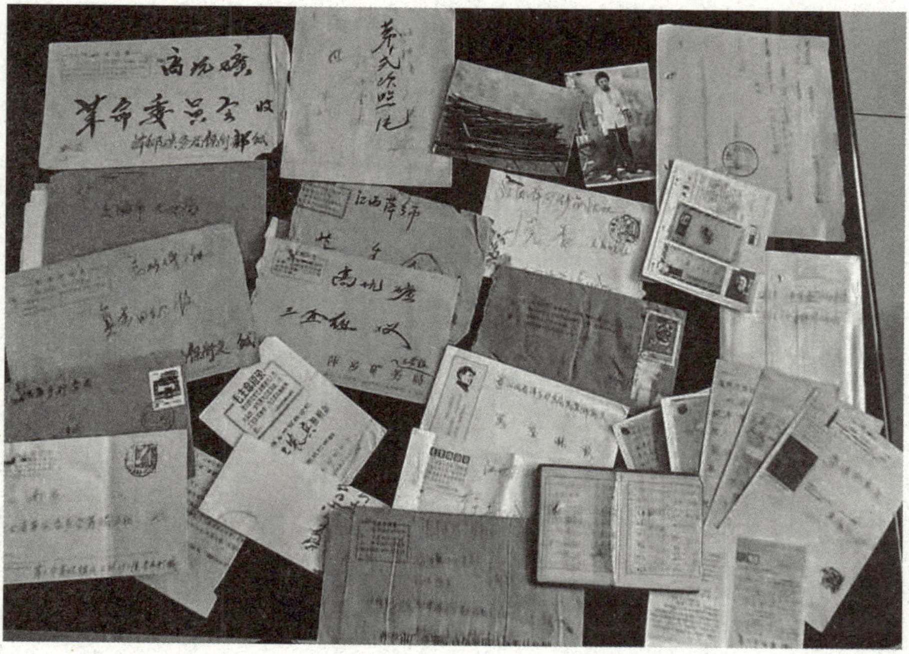

的事，单调乏味的体力劳动因为有了书信往来，日子才变得有滋有味。

1977年夏，我在农场因劳累而胃大出血，同学蒋耀华收信后星期天从上海赶到连队探望我，还带来了不少胃药。远在海丰农场的同学裴海渼还来信让我去上海黄浦区中心医院找她姐帮我做胃镜。一封封同学的来信，处处流露出情真意切，就像一股股清凉甘甜的泉水在流淌，读来沁人心肺，让我感到久违的温暖和珍贵。

木心在《从前慢》里说，从前的日子变得慢，车、马、邮件很慢。无疑，等待书信的日子是难熬的，但因等待而产生的期待却无比美好。我到农场后，家信也就成了连接家人的载体，特别是我心生寂寞或心存思念之时，把对父母对家人的思念，都从笔尖和信纸上缓缓倾诉出来，一封封或长或短的家信，饱蘸着深深的情感，每寄出一封信，就掐指算着家里的回信，此时，憧憬和牵挂浓浓的。日子似乎每天都充满着期待，连邮递员的身影都变得那么可爱，他那辆摩托车轰鸣而来，翘首以盼的心情可想而知，轻展书信的感觉是激动和快乐的。

父母一封封的来信包含着沉甸甸的爱。在信中，母亲知道我在农场第三次胃出血后，心急如焚，不识几个大字的她竟然一个人辗转三辆公交车加上黄浦江摆渡，再步行数小时才赶到连队，恰巧我又去了其他农场民兵集训去了，母亲没有见到我，很是失望。她坐在我寝室的床上伤心地哭了一顿，又匆匆赶回了上海。几天后，我结束集训回到了连队，才知道母亲来过了，看到母亲托室友写的一封信，除了嘱咐我养好身体，少吃多餐，按时服药，不要太拼命干活，便别无他言了。捧着母亲给我的信，我止不住的泪水一滴滴打湿了信纸。

在农场时，哥与我的通信也不少。他是从崇明农场“上调”的，在农场整整蹲了十年，积累了许多农作经验。我到农场不久，哥隔三岔五给我写信，关照我如何挑担肩不肿，插秧要选田埂边，插慢了也不会被人包围，冬日开沟手上涂好蛤蜊油再戴手套可减少起泡，酒后千万不能在帐子里抽烟易引起火灾，等等，都是满满的关心与爱惜，让我受益匪浅。

数十年来，在一次次的搬家中，我差点把那些旧信件当废纸卖了，却被姐阻拦了。记得姐说："你老了再翻翻这些信件，别有一番滋味在心头的。"于是，这些信件沾染着岁月的风尘，在柜子里默默地静候，等待着主人偶尔怀旧地眷顾。

一个夏日的下午，窗外透进几摊淡淡的阳光，被阳光照着的信札上，那一只一只的信封，那一张一张熟悉的邮票，那一个一个敲着的邮戳，那一笔一笔的字迹，那一句一句的叮嘱，又把我带进了书信往来的日子。我泡了一杯热茶，手焐着微烫的杯子，读着那些似曾相识的文字，见字如面的亲切感是这样的强烈，久违的温情弥漫心间，浸在旧信的文字里，一封又一封，怎么也不能释手，千种情怀、万般思绪涌上心头，那景那情那物迅速定格，凝成美好的回忆，一幕幕呈现在我的眼前。那是风雨不蚀的记忆，那是刻骨铭心的片段，既充实着我的人生，又给我的生活增添了许多色彩。

写信的日子，真好！拥有写信的人生，好美！我怀念那些书信来往的日子。

儿时年味最浓

离春节还有一个多月的时间，弄堂人家就渐渐忙碌起来。年味，已从家家户户散发出来了。

我站在弄堂的尽头，远远望去，看到不少人家的屋檐下吊着一根根的竹竿，腌好的咸猪头、咸鱼干高高挂着，不少煺了毛的鸡鸭，敞开着肚子，里面被一根根小竹棒撑着晾晒。在物资匮乏的年代，不少年货要凭票供应的，面对一沓红红绿绿的票证，母亲看得有些眼花，时常让我捏着钞票和票证，拎着篮子去买年货。我去南货店买回红枣、黑枣、木耳、粉丝、桂圆等年货。回家的路上，嘴馋得不行，便边走边拆开纸袋吃起了红枣、黑枣，可又不敢多吃，怕被母亲发现“吃生活”。精明的母亲还是从纸袋上发现了我动过的痕迹，以后的几天里，母亲不再让我去买食品了，而让我去菜场买禽蛋、发芽豆、咸菜之类的东西。

春节前几天，里弄干部上门来找我，让我帮忙出几块弄堂里的黑板报。里弄干部给了我一份“过一个革命化的春节”倡议书，几页好人好事的表扬稿，还有几则春节副食品供应截止日期的通知等，并且让我自己再补充一些内容。我去学校图书馆找回了“春节的由来”“小孩莫乱放鞭炮”等资料。还用揩布

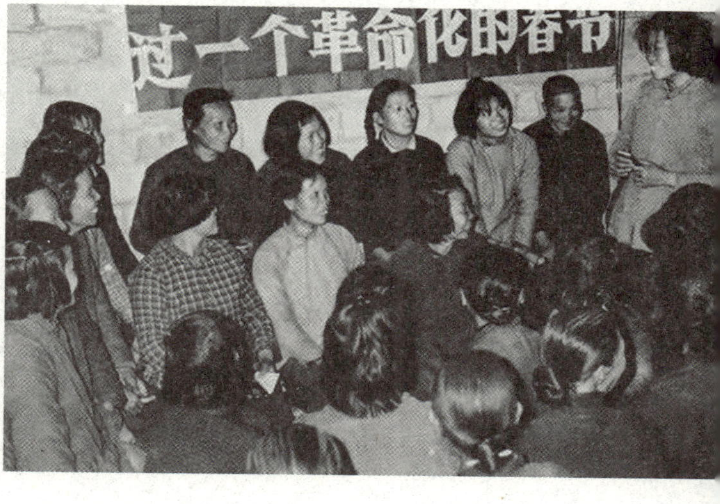

蘸水写了空心字“欢度春节”几个大字，再用红粉笔填色。里弄干部见我把几块黑板报出得都符合时情，奖给了我一本绸面笔记本。

母亲看到弄堂里有人家的门上贴着一对对的大红春联，也让我叫人去写一副春联来。我便买来了大红纸，把它裁成了春联纸，去学校找到美术老师，让他帮我写春联。老师大笔一挥，帮我写了一副毛主席的诗词“四海翻腾云水怒，五洲震荡风雷激”，我拎着墨迹未干的春联一路小跑回家，用糨糊贴到了自家的门上。

春节前夕，弄堂里爆炒米花的老头是小孩最喜欢的人。我特别喜欢吃爆年糕片。母亲时常会在买回的一叠年糕中分给我与弟弟几条，我切出薄片年糕，在太阳底下晒干，在把年糕片倒进加热压力炉子的那一刻，我会要求加进几粒糖精片。那时，白砂糖限量供应，过年烧菜用糖多，母亲是不会给我白砂糖去爆年糕片的。

春节前几天，各种香味也纷纷从各家传开来，不少人家在铁锅里放着黄沙炒花生米、香瓜子，也有的人家在炒山芋干、栗子、蚕豆、黄豆，我常常会从弄堂的一头走到弄堂的另一头，饶有兴趣地看看各家炒些什么好吃的东西，碰到熟悉的人家，还能抓一把炒货尝尝。哥也会在铁锅上炒着从乡下带回来的长生果，我时常会围着铁锅转，一看到长生果泛起焦黄，马上会抓一把剥着吃，那个香啊，被母亲看到吃“麻栗子”也不会松口。

除夕下午，家庭主妇们也到了各显神通的时候，有的人家就开始做蛋饺、搓肉圆、氽熏鱼、蒸馒头，也有的人家剥冬笋、烫粉丝、发鱿鱼、磨糯米粉，都忙得不可开交。灶披间里更是一派热气腾腾的景象，不同籍贯的人家烧出的菜肴也颇有地方特色，苏北人家的肉圆，宁波人家的糟货，南京人家的板鸭，上海人家的咸鸡，等等，风味各异，还不忘相互尝尝味道。我家的一只煤球炉不够烧年夜饭了，父亲买来一只新煤球炉，生好的煤球炉上“笃”着两只红烧蹄髈……

夜色笼罩着天空，弄堂里家家户户却灯火通明，鞭炮声此起彼伏。此时，正是各家各户年夜饭开始的那一刻，我们一家人围桌而坐，一碗碗香气扑鼻的菜肴端上了桌，我一时竟不知从何下筷……窗外，一朵朵的烟花在空中绽放，绚丽无比。年夜饭吃到快结束时，母亲将一只“全家福”的砂锅端上了桌，我知道这是弄堂人家年夜饭里最亮丽的一道菜肴，砂锅里煮着的有蛋饺、肉圆、鱼圆、冬笋、熏鱼、粉丝、河虾、菠菜、咸肉、木耳等，“全家福”预示着新年一家人团团圆圆的。

难忘的西瓜摊

入伏之后，上海开启了高温模式，好多天的气温都飙到了四十摄氏度。滚滚的热浪中，许多人“宅”在了家里。我捧着汪曾祺的《人间草木》阅读起来，其中汪曾祺在《夏天》里写吃西瓜的场景，让我颇感富有生活情趣。文中写道：“西瓜以绳络悬于井中，下午剖食，一刀下去，喀嚓有声，凉气四溢，连眼睛都是凉的。”汪老短短数语，让夏日吃西瓜的画面

一下子鲜活起来。过去一到夏天，西瓜上市了，马路边、弄堂口就会冒出许多西瓜摊，不少摊主在路边用油布、毛竹搭建瓜棚，也有的瓜棚用四根竹子拉着一张硕大的防晒网。西瓜摊上有一只旧桌和几只小凳子，一只钞票箱和一只电子秤，旧桌上放着一片片切好的西瓜零卖，怕苍蝇叮，摊主常会用玻璃罩子罩着。

西瓜摊常挂有一块小黑板，写着西瓜几钿一斤，还有“保熟”和“不保熟”的告示。“保熟”的西瓜切开后是生瓜可以调换的，而买到“不保熟”的西瓜只好自认倒霉了，但“不保熟”的西瓜价钿明显低于“保熟”西瓜。

毒辣辣的太阳底下，有的摊主晒得黝黑黝黑的，他们的脖子上时常围着一条黑不溜秋的毛巾，打着赤膊和穿着平脚裤在瓜堆里帮人挑瓜，汗时常顺着脸颊流淌到了头颈里，摊主用只脏兮兮的手一抹，颈脖子上立马添上了几道泥印，即使小憩片刻摊主也会扯着沙哑的喉咙，摇着蒲扇叫卖西瓜。顾客买好西瓜，很多时候，摊主会用刀切开西瓜一只小三角，戳在刀尖上让买瓜人看是否熟瓜，也可尝味。剖开出的生瓜摊主也不会扔掉，或以极低的价钿卖给顾客，或空下来的时候自己啃着吃。

晚上，摊主也会守着西瓜摊，躺在竹榻上过夜，只是脚边还点着一盘蚊香，时不时还要用蒲扇驱赶蚊子。我时常看见摊主半夜里还从水果批发市场踏来一黄鱼车的西瓜，车子周边用竹篱笆围着，西瓜堆得高高的。那些年，上海人吃西瓜多是南汇的 8424，这种西瓜圆形带条纹，红瓤瓜沙，很受弄堂人家的欢迎。

离我家较近的是秀水路长宁支路口的西瓜摊。我常见摊主的女儿坐在瓜摊上，小手用蒲扇无力地扇着凉风。炎热的天气常让小女孩去抹脸上的汗珠，摊主忙时根本无暇顾及她，小女孩渴了想吃片西瓜，摊主只给了她半只生西瓜，让她用调羹自己挖着吃，小女孩摇着头说不要吃，站在一旁的我琢磨着摊主给她吃生瓜吃多了。小女孩嚷着要吃奶油蛋糕，摊主却从钞票箱拿出四分钱让她去买棒冰吃，小女孩拿着硬币嘟哝着小嘴巴朝烟纸店走去。

那些夏天，我也常跟着父亲去瓜摊买西瓜。父亲经常习惯性地用手指轻轻地弹着瓜皮，一只只外表浑圆的西瓜被弹得咚咚响，也有穿着香云纱衫、手拎菜篮的老太在西瓜堆上这只摸摸那只敲敲，细看着西瓜的藤蔓，辨识着西瓜的生熟。我也会捧着西瓜，学着父亲的样子，用手指敲着一只又一只西瓜。时常父亲买好的西瓜由我抱着回家。一次父亲将称好的西瓜让我抱着，我刚走出几步，“啪”的一声，西瓜掉在地上碎裂了。父亲厉声地斥责着我，我一脸尴尬，而摊主却走过来拾起地上的碎瓜，笑嘻嘻地对父亲说：“爷叔，侬再挑只，碎瓜我切块卖。”我站在那里，对摊主充满着感激之情。

晚饭后，父亲将西瓜放到台子上，拿起菜刀，往西瓜上一刀下去，只听见“扑”的一声，西瓜立即爆成了两半，接着一股浓郁的清香扑鼻而来。我向父亲要来了菜刀，又把一半的西瓜切成了几片，瓜瓤是红红的起沙的，中间镶嵌着一些或黑或白的瓜籽，像是散落的珍珠，颗颗晶莹剔透。我拿起一片西瓜，迫不及待地“啊呜”一口，甜极了。

80 年代初，电视机渐渐在弄堂里普及，我经常看到弄堂口的瓜摊，一边是

堆得高高的西瓜，另一边是一只12英寸的黑白电视机前坐满了人。有的人头颈里还围着一条擦汗的毛巾，不少人还打着赤膊，他们边看足球世界杯，边啃着西瓜，人群里时常会爆出一阵欢呼或一阵叹息，看到进球的时候，大家都站了起来，啃西瓜的人张大着嘴巴，瓜也不啃了，都盯着屏幕看那精彩的瞬间。

日光岩下的怀念

日前，去厦门鼓浪屿，在日光岩下留了影。这一幕又让我的思绪回到了三十二年前，我带一批里弄干部来此旅游的情景。

1990年初，一批从“小辫子”就开始做里弄干部的老同志到了退休的时候，他们从事里弄工作大都有二三十年了，为了褒奖他们的付出，街道办事处决定由我带队组织他们赴厦门旅游。我们一行30多人登上了飞机。之前，他们几乎无人乘过飞机，都非常激动和好奇。上了飞机，他们不知道要系保险带，我就一排排走过去帮他们系好。长支二里弄的郁伯伯问我：“我腰上有皮带了，为啥还要束皮带？”我告诉他：“这是保险带不是皮带，是飞行时保障侬安全的。”郁伯伯似懂非懂地点点头。在候机时，我想到飞机起飞时，一些老人可能耳有不适会紧张，就对他们做了“培训”。谁知，当飞机起飞时，有的人张大着嘴巴呼吸，有的人捏住了鼻子深呼吸，有的人在做吞咽动作，其状至今回忆起来都有趣。当空姐来回推着餐车问他们要喝点什么时，里弄干部个个把头摇得像拨浪鼓似的。我小声地提醒他们，机上的饮料是免费的，并让他们相互传话，一时间，里弄干部几乎都伸出了手。

空姐又拿来了一叠报纸，长一里弄的蒋伯伯问，报纸几钿一张？空姐说是免费发放的。坐在蒋伯伯周边的几位老人都说：“我要一张。”随后，眯着眼睛看起报纸来。飞机在厦门机场降落后，下了飞机的老人们都急急地奔向了洗手间，不少人在洗手池前嘀咕起来，怎么水龙头没有扳手的啦。我向前一看，原来是只感应式水龙头，没有拧的把手，我做了个洗手的示范动作，不少里弄干部颇感好奇，聚在洗手池前不断伸手缩手洗手，像小孩似的，还都说开眼界了。我们住的是四星级宾馆，第一次出远门住等级宾馆的里弄干部又发生了不少趣事。次日早餐时，蒋伯伯挤到我身边问道：“介好的宾馆怎么连条被子都没有的，我与老蔡二人没有脱衣服睡了一晚。”我有些纳闷，便放下碗筷随蒋伯伯来到了房间，我一看笑了起来，一把从绷紧的床单上扯出了被子。蒋伯伯顿时傻眼了，在一旁自言自语道，迭记“洋盘”了。他还特地关照我：“问问其他人是否也有这种情况。”我想也是，便想着当天晚上要去各个房间提醒一下。话音未落，又有人告诉我，说有人开不来洗澡龙头的热水和冷水，有人洗澡时开错了龙头，被烫得跳出了浴缸。我听后也暗暗吃惊，万一他们烫伤了，摔倒了怎么办？早餐后我到各个房间，告诉老人怎么拉出床上的被子和分辨龙头上的红蓝标记，转到红印是热水、蓝印是冷水。晚上，又派人到各个房间去巡察，还教他们使用电器开关，提醒他们次日早晨勿忘吃常用药等。一切安顿好，我才放下心来。

有一天晚上快用餐时，蒋伯伯叫住我说："昨天夜里侬请阿拉吃过海鲜餐了，今朝侬可否把吃海鲜餐的饭钿分摊给大家，让我们自己选择吃啥。"我想也是，毕竟路边有不少小吃店也很诱人，我即同意了，分摊给了每人 50 元钱，谁知钱一发到他们手里，几乎所有的人都涌向了几家粥店面店，吃三五元钱的粥和面了。我问了几个里弄干部，为啥这么节省？他们说要把省下来的饭钿去买一些袋装的小鱼小虾，回去分给其他的里弄干部。这让我颇为感动，这些几乎做了一辈子的里弄干部尽是为他人着想的。

鼓浪屿日光岩下有一处为游客拍照并即刻可打印出来的摊位，我觉得让他们每人在此留影也很有纪念意义，我就在一旁扮怪相引诱他们微笑，老人们那一刻灿烂的笑容至今留在我的脑海里挥之不去。谁知，打印出来的照片全是半身像不算，还是黑白的，我有些不安。一旁华二里弄的江阿姨手拿着照片对我

说：“小陈考虑周全，为阿拉以后都准备好了。”我一听立刻紧张起来了，想解释什么，众人马上围了上来：“江阿姨跟侬开玩笑的，不要吓，不要吓。”说着有人指着照片上的一行字让我看，“厦门鼓浪屿旅游纪念”。“这不是蛮好的嘛。”见众人没有恼怒，我一颗悬着的心终于放下。

如今，三十二年过去了，不少随我去厦门的老人都已离世了。每当我去鼓浪屿时，总会要去一下日光岩，仿佛又听到了他们那慈祥的笑声，情切切、语千千，诉说着我对他们的怀念。

父亲的卷烟器

一天，闲来无事，我又整理起旧物来。一只木盒是那么熟悉，细看，竟是父亲早年用过的卷烟器。抚今追昔，又让我想起当年帮父亲自制卷烟的日子。

我从记事起，就知道父亲烟瘾很大，抽起烟来一根接一根，有时一天竟要二三包，烟抽多了开销就大，父亲的工资又不高，只能买低价的劳动牌甚至勇士牌抽。烟抽久了，父亲咳嗽多，老痰多，时常半夜里剧烈地咳嗽，把全家人吵醒。父亲抽烟还有个乱扔烟头的坏习惯。有一次，母亲从煤球店买回几袋生煤球炉子的刨花放在家门口。父亲的烟头正好扔到了刨花袋上，刨花燃起了熊熊大火，还差点把邻居晾晒的衣服烧着。父亲被母亲责骂了一顿，从此，父亲乱扔烟头的坏习惯才有所收敛。

母亲一直苦口婆心地劝说父亲戒烟，既能节省家庭开支又减少对身体的伤害。父亲嘴上答应戒烟，可一天几包烟照抽不误。母亲无奈，只好克扣父亲的香烟钱，而父亲宁愿步行去上班，省下的车钱买烟抽，令母亲一筹莫展。有一次，哥从学校回来，说看到隔壁弄堂有人家在卷自制香烟，这让母亲茅塞顿开，劝不了父亲戒烟就先从节省开支入手，她劝说父亲不要再

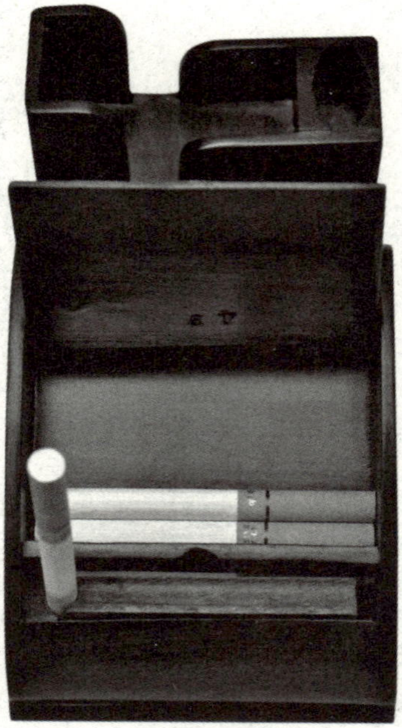

买蹩脚的烟抽了，不如学学人家弄只卷烟器来，买点好的烟丝，叫几个儿子帮着卷香烟。父亲听了略有所思，答应试试看。没过几天，父亲不知从哪里弄回家一只老旧的卷烟器，说是用三包“大前门”香烟与单位同事换来的。母亲见了很是高兴，觉得节省烟钱有望了，还主动把三包“大前门”的烟钱给了父亲。父亲更是来劲了，他让我去曹家渡战斗文具店买几张薄的白纸和一瓶糨糊，自己去了三官堂桥堍下的摊位上买回一包烟丝来。家人都纷纷从报纸里抓上一把烟丝拿到鼻子下嗅了起来，都说烟丝有一种辣喉咙的感觉。晚饭后，父亲拿出了卷烟器，一家人围着一盏昏黄的电灯下帮父亲卷香烟了。

说是卷烟器，其实就是一只木盒子，侧面有凹槽、旋钮等，一家人看着木盒不知从何处入手，还是哥说我来试试，毕竟哥看到过人家卷香烟，父亲就同意了。哥先在卷烟器的凹槽里填上一细条烟丝，用手按紧实，在凹槽后面铺上一张裁切好的扑克牌大小的白纸，又用毛笔抹上一点糨糊涂到白纸的边缘上，双手将圆珠笔大小的细棍旋到底，一根卷好的香烟就掉落了下来。父亲欣喜若狂，忙着用火柴点燃吸了起来，看着父亲吞云吐雾的惬意样子，全家人都会心地笑了起来，都抢着要卷香烟。母亲在一旁做了分工，哥仍卷香烟，我负责涂糨糊，姐专门拣去烟丝中的茎梗，母亲自己则将一张张白纸裁切成一沓沓的小白纸，父亲则拿着一只鞋盒接着哥卷出的香烟。多少个夜晚，一家人围坐在一起其乐融融地帮父亲卷制香烟，尽管日子过得紧巴巴的，却也能找到一丝的乐趣。

弄堂里不少人知道我家在卷香烟，都跑来问父亲要香烟试抽。父亲也毫不吝啬地一支支递给邻居，有的人还拿着牡丹牌、大前门香烟来换父亲的自制香烟，还给它起了个名，叫“金宝牌”香烟。父亲笑得合不拢嘴了，因为父亲的名就叫金宝。父亲还把自制卷烟装到大前门的香烟壳子里，被母亲看到说：“侬好意思哦。”父亲也不说什么，笑嘻嘻地将饭盒往腋下一夹，上班去了。后来哥去了崇明农场，我接过了哥的“手艺”。我开始卷烟时，卷出的香烟两头粗细不均，一旁督战的父亲说，烟丝没有放均匀，卷出的香烟就这个样子了。有时卷烟器上的旋钮又转不动了，父亲又提醒我烟丝放多了，我马上用手指拈出些许烟丝。果然，旋钮容易转动了。有时，我烟丝放少了，卷出的香烟是空落落的，父亲又责令我拆掉重卷。弟在一旁帮我放白纸、涂糨糊。很多时候我们兄弟俩认真卷香烟的动作，常受到父亲的夸奖。偶尔，他也会从口袋里摸出几只硬币给我俩，算是对我们的奖励。而在一旁做针线活的母亲会说：“伊拉介卖力，侬拨得太少啦。”父亲无奈，又从裤袋里摸出几只硬币塞给我与弟弟。

父亲经常坐在家门口与邻居“嘎讪胡”，不时拿出自制的卷烟与邻居分享，邻居们也乐意抽父亲的自制烟。有时，父亲自制的烟抽到一半熄灭了，父亲只好再次用火柴点燃，还自言自语道，烟丝肯定还潮了。从此，父亲不时把烟丝摊到搓衣板上晾晒。卷香烟，让家里每月节省了一笔不小的开销，可父亲的烟瘾仍很大，他抽烟引起的咳嗽也越来越多，有时父亲的老痰堵在喉咙里咳不出，还要我与弟在他的背上拍上几下才咳出来。全家人再也不热衷于帮父亲卷香烟了，母亲甚至把卷烟器藏到了阁楼上，还把父亲的烟灰缸也扔掉了。为了帮父亲戒烟，姐隔三岔五地买来一包包父亲喜欢吃的椰子糖和麻酥糖，来缓和父亲的烟瘾。母亲还去曹家渡的明声无线电商店买回了一只半导体收音机，父亲爱不释手，常跟着电台播放的样板戏哼了起来。电台的长篇说书也是父亲每天必听的节目，家人也很少看到父亲烟瘾上来那种抓耳挠腮的烦恼心情了。全家人都担负起父亲戒烟的监督员来，父亲每天下班跨进家门的那一刻，我就会去翻他的包看看有否香烟，还拿起他的手指嗅烟味，姐也会到他的跟前嗅嗅衣服上有否烟味，时常令我们一无所获。父亲真的戒烟了，他那只放卷烟的木匣子，也经常被我们买回的糖果塞满了。直到 90 年代父亲去世，他再也没有吸过一支香烟。

军装，那些年的最爱

军装，曾经是我学生时代的最爱。

我对军装的喜爱来自从小就耳濡目染了电影《上甘岭》《英雄儿女》《小兵张嘎》《地道战》《铁道游击队》等的英雄人物。当一名军人是我们那个年代很多学生最大的梦想，军营是我最向往的地方，最喜欢的颜色是草绿色，最喜欢的服装是军装，包括军人用的书包、水壶、皮带等。

每个时代都有每个时代最珍贵的东西，人的每个年龄段也有每个年龄段最珍贵的东西。学生时代我对军装有一种炽热的痴迷。一身绿军装，头戴军帽，腰扎武装带，肩挎军用书包和军用水壶，脚上穿一双草绿色的胶鞋，是那个年代最时尚的形象。我家对门的邻居同学，他的哥在部队当兵，带回了两套旧军装给弟弟，我知道后天天缠着邻居同学借军装穿，且只要那套洗得有点发白的军装，邻居同学就是不松口。每当邻居同学的妈把洗好的军装晾在竹竿上时，我是多么羡慕啊。

70 年代，弄堂人家都烧煤饼，为了节约钞票，不少人家都买来煤灰，借来模具，自家敲制煤饼的，可那是一个又脏又累的活儿。有一天，邻居同学坐在他家门口，笑嘻嘻地对我说："侬帮我敲 30 只煤饼好哦，我把军装借你一周。"我知道 30 只

煤饼是弄堂人家一周烧煤的用量，敲30只煤饼是要花大力气的，可我还是一口应允了。星期日，邻居同学家拌好了煤屑，搬出了模具，我也搬了只自家的小矮凳坐到了他家门口，戴好袖套便开始帮他家敲制煤饼了。那时，我已是一个中学生了，力气还是有点的。当我敲好十几只煤饼的时候，母亲从给水站汰好衣裳回家，看到我满头大汗在帮人家敲煤饼，一巴掌打得我眼冒金星。母亲拎着我的耳朵往家拖，嘴里还骂着："侬吃饱饭啦，帮人家这么卖力?"我又不敢细说，只能跟着母亲回家。没过多久，母亲又拎着篮子上菜场去了，我又跑到邻居家门口，把没敲完的煤饼全部敲完了。中午，我终于拿到了邻居同学借我的一套旧军装。

穿着军装，我还真把自己当军人了：看到弄堂里有老人吃力地背米回家，我会抢过老人的米袋子帮其送回家；煤球店拉煤球的劳动车进弄堂了，我还会去帮着推上一段路；看到驼背的老太拎着马桶，我也会从老太手中接过来帮她拎。

一周后，军装还是还给邻居同学了，没有军装穿的那种失落感油然而生。学校隔壁班级的一个同学，知道我收藏了一些邮票、烟标、年历片等，便把他穿得已非常旧的一套军装要换我一本邮票集、一本烟标、一套《摘苹果的时候》的年历片，还要加上我一块海绵乒乓球拍。我看到同学的旧军装虽然也是仿制的，但包括了武装带、书包、水壶等，渴望穿军装的我不免有些动心。后来，我与同学讨价还价，在邮集中留下了一张“毛主席去安源”和几张毛主席诗词的邮票，交换还是达成了。军装换来了，可我穿着有些短。巧手的母亲把衣裤的“贴边”给放了下来，让我勉强能穿上了。

哥从农场返沪后，看到我穿着一套不合身的旧军装，便答应给我做一套合身的军装。他回崇明农场后没过多久便给我来信说，军装做好了，可农场正值农忙季节，他没空帮我送回家。在一个星期日，征得父母的同意，我只身坐车到了吴淞码头，登上了仰慕已久的双体客轮。到了南门港，乘车后又步行了一个多小时才

到哥的连队。我迫不及待让哥拿出了军装，居然还是一套当时颇为时髦的面料“的确凉”的。哥说他拆掉了战友的一套破军装当裁片，再按事先量好的尺寸裁剪的。在连里唯一的一台旧缝纫机上，花了三天时间缝制而成的。我穿在身上，暖在心里，当即向哥敬了个礼。

穿上了这身的橄榄绿，内心的那份荣光不言而喻，我的脸上洋溢着自豪感。回到学校，同学们见我一身新军装，纷纷向我投来羡慕的目光。

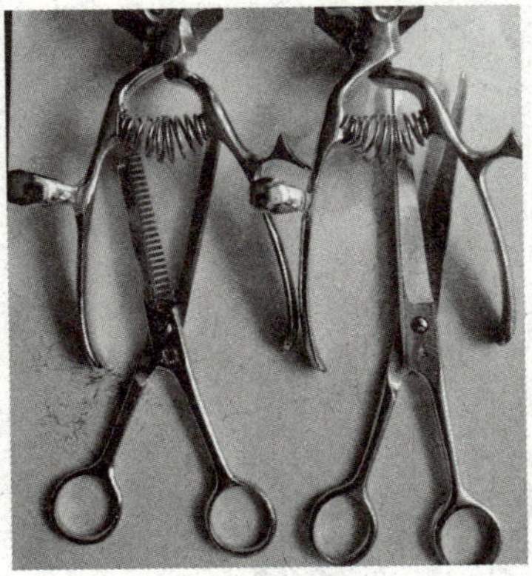

一把剃头推剪

多年来为我理发的哥突然瘫在了病床上，几个月来昏迷不醒，生命垂危。我是多么希望他能醒过来再为我理发啊，然而哥已高位截瘫，我抚摸着哥为我剃头的那把老推剪，眼里噙满了泪水，过往的岁月又在我眼前浮现。

儿时，弄堂人称理发为剃头的，母亲为了节约钞票，常让我与弟去路边摊剃头，还叮嘱我头发要剃得短点再短点，这样，可以两个月剃一次头，我也想为家里省钱，有一次干脆剃光了头发，回到家里被母亲一顿"竹笋烤肉"，母亲说，只有犯人剃"光郎头"的，并警告我以后不准再剃"光郎头"。在学校里，同学们见我一只小"光郎头"，都笑而不止，有人还上前来摸我的光头。为此，我还与同学打了架。

母亲想到了省钱的办法，她让哥去延安西路上的新中华刀剪厂门市部买了一把剃头推剪，哥拿回家后很是兴奋，反复比画着剃头的手势，我见推剪有两只手柄和两片锯齿状的刀片，上有固定的螺栓、螺母，两只手柄中间有一根圈曲的硬弹簧，捏紧手柄，两片刀片会在左右平行移动，头发就像割草一样被剪下，稍一松手，弹簧就自动撑开了手柄，母亲让哥自己去理发店看师傅怎样剃头的，回家就怎么帮弟弟剃头。

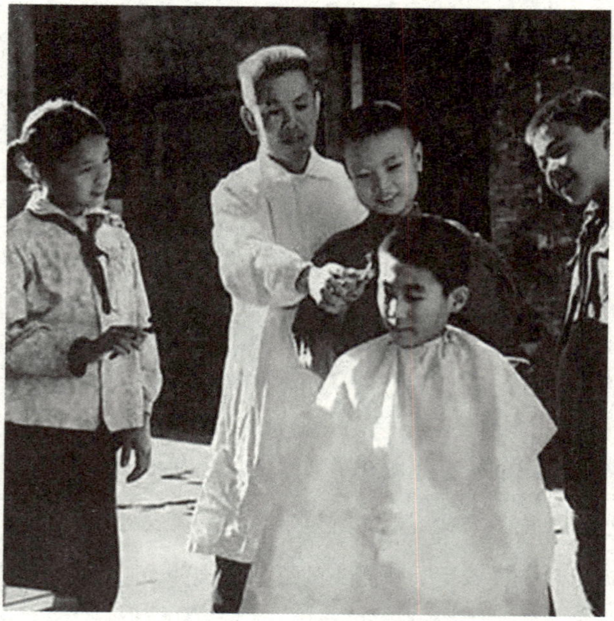

我与弟的头便成了哥的试验田，初学剃头的哥，时常将我与弟的头剃成了狗啃似的，母亲有时实在看不下去了，便领着我与弟去理发店让师傅再“加工”。哥也跟着去了，他趴在玻璃窗上看师傅如何“修改”他的“作业”，为此，哥有了一个嗜好，喜欢陪人去理发店，人家等着剃头，他却在一旁偷偷学艺。

我时常坐在家门口的骨牌凳上让哥剃头。哥用父亲的一件破雨衣围着，让我露出脑袋瓜，我还得规规矩矩坐上半个多小时，这个让我十分难受，生性好动的我，很是心烦意乱，尤其是碎发落进了我的头颈里，痒兮兮的，更让我坐立不安，只见哥一只“头塌”拍上来，我马上变得老实了，乖乖地低下了头。

有时，哥的推剪夹住了我的头发，痛得我“嗷嗷”叫，此时，哥又带歉意地对我说对不起。他小心将推剪退出后，会调一调推剪上旋钮的松紧度，滴上几滴缝纫机油，又将推剪放到耳边听听是否有夹齿的声音，然后，又小心翼翼地继续为我剃头。

哥帮我剃好头，还要为我洗头。那时，没有什么洗发膏护发素之类，就是一块固本肥皂，我时常睁开眼睛，肥皂水淌到眼睛里辣辣的，蹬着脚叫着要毛巾。剃头快好的时候，周围已有一帮小孩围着了，那时，弄堂里孩子们有个约定，谁新剃头后都要被邻家的孩子打三记“头塌”，叫“新剃头，勿打三记触霉头”。我剃好头，“劈里啪啦”的小手都打到了我的头上，当然，我也会在人家剃好头后，凑上前去打三记的。每每这个时候，孩子们总会荡漾起一阵欢乐的笑声。

没过半年，哥剃头的水平提升了，大人们从我与弟的头上看出来了，纷纷拉着自家的孩子来让哥剃头，哥都来者不拒的。特别是过年的时候，理发店剃头往往要等上几个小时，邻家孩子都来找哥剃头，哥忙得有时连午饭也来不及吃。邻居们有时也会盛上一碗饭，上面夹着菜，端来让哥吃，哥多半扒了几口就让我吃完的。

哥帮邻家孩子剃头时，我时常会站在一旁，看哥剃头。只见哥神情专注，左手执木梳，右手拿推剪，轻合缓开，隐隐听到缕缕头发掉落在雨衣上的声音，有的孩子剃头时喜欢动，哥会低声斥责，小孩吓得立刻不敢动了。

80 年代初，父亲中风瘫痪在床的几年，剃头的活就落到了哥的身上。时常是我托着父亲的头，哥蹲式为父剃头、刮胡子、洗头，大热天，无数颗汗珠顺着他的脸颊滑落。有一次，我还看到哥为姐剪发后，用生炉子的火钳帮姐烫了个大波浪，引得弄堂里的人都来看热闹。

老推剪虽然简陋，却是我们那个时代的记忆，那些曾经被夹住的头发、那些“嗷嗷”叫的时候，如今看来只能尘封在记忆深处了。老推剪是兄弟情的符号，也是弄堂邻里情一份独特的记忆。

第五篇　至味

第一次吃麦淇淋蛋糕、乘坐绿皮火车、珍贵的红灯牌收音机、备受欢迎的九英寸黑白电视机、弄堂里的“斯诺克”、味道浓香的鸡鸭血汤……生活的酸甜苦辣在时间的长河中一一浮现，平凡却难忘，历久弥新。

弄堂足球踢得欢

记得2018年俄罗斯世界杯足球赛进入了决赛阶段时，看球让我如醉如痴，也让我回忆起童年弄堂踢足球的那些事儿。

一条条弄堂是我们弄堂足球的热土，几乎每一条弄堂都有我们追逐的影子。放学的铃声刚落，我们就背起书包，像离弦的箭似的，冲出教室，来到弄堂，把书包扔在地上，一左一右叠了起来，就是一个球门。球门的宽度看弄堂的宽窄而定。

说是足球，其实是一只有点瘪气的皮球，几乎天天要打气，为此我还特地跑到南京西路朝阳体育用品商店买了一只气针，卸掉打气筒上的铁夹子，插进气针给皮球打气。弄堂足球没有规则，没有明确的前锋、中锋、边锋、后卫，更没有禁区、越位，人多时就会有一个守门员，人少时干脆没有，个个都是赤膊大将军，撒野地在弄堂里横冲直撞，一双双小脚纠缠在一起，拼抢中时常有人倒下，在弹街路上吃只“弹簧屁股”也是蛮痛的，可一骨碌又爬了起来，冲进混战的队伍中去。

弄堂踢球，我们的脚头功夫实在欠佳，常常没把足球射进球门，却踢翻了弄堂里晾晒着的梅干菜摊，踢翻了人家的鸡笼鸭棚，踢翻了人家放在家门口的马桶，愤怒的老太倒拿着芦花扫帚，叫嚷着“小赤佬，看侬哪里跑”，可一眨眼，我们就捧

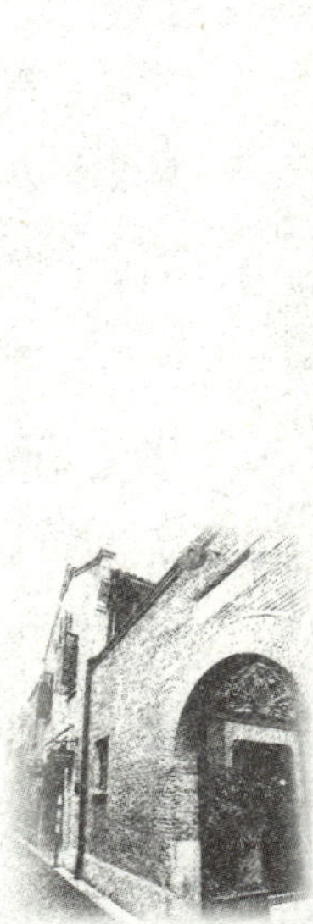

着皮球逃到旁边的小弄堂去了。

为了练好射门本领，我在已打烊的煤球店排门板上用粉笔画了一只圆圈圈，对着排门板练射门，“乒乒乓乓”的踢球声吵醒了阁楼上下夜班在睡觉的丁爷叔，他恼怒地赶我。“再踢一只，”我对着小天窗露出半个脑袋的丁爷叔说着。我一记猛射，心慌意乱地将皮球踢了出去，“呯”的一声，皮球射偏了，煤球店隔壁的石家玻璃窗被打碎了。这下，我没逃走，因为借来的皮球落到石家去了。夜晚，母亲把玻璃窗的钱赔给了人家，皮球拿了回来，但一顿“竹笋烤肉”，我终究没能幸免。

弄堂里再也不敢练脚头功夫了，我便去了长宁路712弄兆丰别墅后门的一块空地上练射门，那墙壁上用白石灰画了两只大圆圈，是专门让弄堂踢球的人去练脚头功夫的，我一有空就去练射门，直把母亲给我新做的一双松紧鞋踢得露出了脚趾头。

同一个班级里的住在后弄堂的小伙伴相约我们前弄堂的小伙伴比赛踢球。我们采用“乒令乓郎气”的办法分红队和黄队，结果前弄堂是红队，后弄堂是黄队。比赛没有哨声，我们就开始在一条狭窄的弄堂里追着一只皮球奔跑了，皮球在我们双方脚下来来回回地跑着，却老是与弄堂的阿姨们激情碰撞，碰到小脚老太走来，我们都会识趣地停下来。红队的小伙伴将球盘带起来以后，黄队想尽办法去阻挠对方的进攻，“拖、拉、拽、推”这些五花八门的小动作我们也会做的。红队的小伙伴带球到黄队球门了，黄队小伙伴发急了，就去拉人家的短裤，正欲射门的红队小伙伴怕被拉下裤子“曝光”，分心了，黄队的小伙伴便迅速断了球，直奔红队球门而去。黄队的几个小伙伴见我人高马大，老是拉我的短裤吓唬我，我怕他们真拉下我的裤子，只好一只手攥紧着自己的短裤一边奔跑，极不方便。黄队小伙伴“赖急皮”的动作，差点酿成了两队“打相打”，双方都瞪着眼睛发誓再也不在一起踢球了。可次日下午，好像昨天的事情没发生过一样，双方又围着一只皮球扑腾着。

踢球踢渴了，我们就跑到给水站的水龙头猛喝一阵，跑得满头大汗时也会

在水龙头上冲一冲。偶尔，给水站的杨大妈也会拿出一条破毛巾，让我们擦擦脏兮兮的身体。

一次，我当守门员，目不转睛地盯着滚动的皮球，不敢有半点马虎。突然，皮球凌空飞来，我一跃而起顶球，球却打在了我的鼻梁上，“沙鼻头”的我顿时血流满面。我躺在弹街路上一动也不敢动。小伙伴们都惊呆了，邻家好婆见状，拿出了自家消毒棉花球，塞进了我的鼻孔，又绞来了冷毛巾敷在了我的额头上，还拿出自家躺椅让我躺了上去。从此，我再也不敢用头去顶球了。

弄堂足球给我们的童年生活带来过无尽的快乐，是一段不会褪色的美好回忆。

难忘的国庆观礼

亲历1996年国庆观礼已经过去二十多年了。时至今日，当时的观礼场景仍使我久久难忘，仿佛放电影似的，一幕幕在我的脑海里浮现。

1996年9月下旬的一天下午，接市委组织部通知，我作为“全国百佳人民好公仆”宣传人选，受中央组织部邀请，参加北京新中国成立47周年的观礼活动，这让我特别意外，又非常惊喜。之前都在电视里看天安门广场的国庆庆典，从未想过有

机会在现场观礼。

我特地去"培罗蒙"买了一套笔挺的西装。9 月 30 日飞赴北京，住进了万寿路的中央组织部招待所。或许是兴奋，躺在床上的我久久合不上眼，又怕睡过了头，四点刚过索性起床，洗漱完毕就等集合了。七点多，我们一行人佩戴好"国庆观礼嘉宾"的绸带，几辆大巴从万寿路驶出，从没见过北京的长安街会有这样安静宽阔而几无行人的时候，街上的车辆皆是参加国庆活动的。

我们经长安街从北面的大门进入劳动人民文化宫，就到了天安门城楼的背面，从这里我们直接登上了天安门观礼台。巨大的红色观礼台宛如一双振翅欲飞的火红羽翼，一万多名各界代表在这里见证新中国母亲 47 华诞的盛宴。我坐的观礼台与天安门挨得很近，抬头可仰望天安门城楼，低头可俯视广场上在排练节目的群众载歌载舞。我登上了观礼台的最高处，发现观礼台位于天安门前方两侧，东西对称，各有七个观礼台，每个观礼台长约百米、宽约十米。观礼台呈北高南低的倾斜式，看台平缓的坡度减弱了观礼台巨大的体积，没有喧宾夺主之感，为拥有五百年历史的天安门城楼营造了更加恢宏的气势。

或许是激动，一宿没合眼的我一点也不觉得累，只想睁大眼睛观察身边的一切。离观礼台不远处布置了八组大型花坛，中心花坛"庆祝国庆 1949—1996"特别醒目，旁边又有两组"普天同庆""喜迎回归"的花坛。一只直径有四五米高的六边形巨型宫灯，轴心是香港回归的画卷，预示着 1997 年的香港回归。

金秋的十月，秋高气爽，空中不时飘过缕缕白云，柔和的阳光洒满了庄严的天安门广场。天安门城楼沐浴在金黄的阳光中，显得十分雄伟。我在观礼台上被广场上绚烂的花海、喧闹的人潮、一首首熟悉的歌曲深深地吸引住了。感受这神圣的盛典，一个人一生能有几次这样美好的经历呢?

观礼台上，相识的、陌生的，我们都相互打着招呼，拿出首日封，相互签名留念，以广场为背景相拥着拍照留念。在我的身后，有一群兴奋得像孩子似的港澳同胞，他们是受到特别的邀请回来参加国庆观礼的。他们操着一口浓重的广东口音，说呀、笑呀，不停地拍照，恨不得把眼前的这一切都收藏起来。一些来自边疆，身着亮丽民族服装的嘉宾也成为大家竞相合影的对象。

十时整，期待已久的时刻到了，观礼台上所有的嘉宾全体起立，让中华儿女热血沸腾的《义勇军进行曲》奏响。刹那间，所有人的目光不约而同转向了高矗的旗杆，鲜艳的五星红旗犹如一束火焰在天幕上绽放。天安门广场上几十万人齐声高唱国歌的气势如同潮水般震撼着每一个在场的观众。那一刻，我热血涌动；那一刻，我思绪万千；那一刻，我只有一个心愿——祝福祖国繁荣昌盛。若不是身临其境，真的很难用言语来表达。五星红旗越升越高，在国歌的最后一个音奏响时，国旗已高高飘在了天空，在阳光下舒展着它的英姿。

走在游行队伍前列的三军仪仗队出发了。我们每个人都不由挺直了身子，伸长着头颈，耳边隐约听得一阵极有节奏且震撼的声音由轻渐响。模糊间，东边一片方队渐行渐近了，来到了我们的眼前。他们个个昂首挺胸，身高几乎一致，方方正正见棱见角，手中武器锃亮，行走节奏统一，大家完全被镇住了，不少人拿着照相机竟忘了拍照。

群众游行队伍来了。锣鼓喧天，彩旗飘扬。欢呼声此起彼伏。手持彩色气球和缤纷花环的少年儿童来到天安门前，成千上万只彩球腾空而起，少年儿童春潮般地涌向金水桥，向着天安门城楼，挥舞着手中的花环，尽情地欢呼，尽情地跳跃。

身穿各式民族服装的游行队伍，用各个地方的民族装束来展示不同的家乡风俗，十分耀眼，令人感到盛世风采。我很后悔，没带上照相机，错过了那么多令人难忘的镜头。好在中央组织部带队的同志手里有一只照相机，为我们留下了许多珍贵的回忆，把一个个值得纪念的画面定格在特定的瞬间。

巨大的花车像一幅画卷，五彩缤纷，车上的人载歌载舞，在蓝天白云下浩浩展开，好像共和国47周年走过的足迹，观礼台上的嘉宾迫不及待地奔向长安街边，与不同的花车一一合影，大家的热情似乎也达到了高潮，当一组又一组的游行方阵从我们的观礼区经过时，不少嘉宾随着乐曲有节奏地鼓掌喝彩。此时，我却站在观礼台上，仰望苍穹，见证沧桑，喜悦之情也溢于言表，我见证了共和国47周年华诞呈献的宏大庆典，能够亲身置于其中，无疑是终生难忘的。

黄鱼车送母亲去医院

上海人几乎没有不熟悉黄鱼车的，在汽车尚未普及的年代，黄鱼车曾经是我们上海人的“皮卡”。

黄鱼车，是脚踏的三只轮子的车子，多用来装货、运货。为何会叫黄鱼车呢？也许这样的车子最早是卖黄鱼的人用它来运输的吧。

黄鱼车对于弄堂人家的市井生活而言，不少时候是弄堂里向办事的专车。

弄堂里有人家要结婚了，不少人家女儿的嫁妆就是用黄鱼车踏到男方家的。第一辆装了七八条甚至十二条绸缎被子，第二辆装了一两只樟木箱，还有脚桶、马桶和痰盂等，条件好一点的人家还有第三辆，装的是一只缝纫机。车头前还有红布扎成的大红花。这样的场景，逢年过节弄堂里是司空见惯的。

黄鱼车也是弄堂里送病人去医院的急救车。这让我想起 80 年代，我踏着母亲去四川北路一家医院看病的经历。

那天午后，我问居委会借了辆锈迹斑斑的黄鱼车，在上面放了一只吱吱嘎嘎的竹椅，将母亲抱上了黄鱼车，见踏脚板上链条油腻腻的，我就把裤脚管卷至膝盖处。出发了，我双手握着车把，双脚一上一下踩着踏板，发出“咔吱、咔吱”的声

响。沿着北京西路慢慢踏着，怕颠着母亲。

母亲怕我太累，一路尽是催促我歇歇。她知道我喜欢糯米甜食，在北京西路陕西路口的一家糕团店门口硬是让我停车。我只得去买了两只水晶饼，递给母亲一只，她硬是不吃，我只好边踏边吃，当我吃到第二只水晶饼时，发现背面有几处霉点，欲扔了，母亲却制止了我，叫我给她看看，我就把水晶饼给了母亲，然后自顾自地踏起了黄鱼车，踏不多远，回头见母亲咬着水晶饼，我连忙刹车欲夺回母亲手中的水晶饼，母亲却笑笑，“我把霉点全抠掉了，没关系，侬踏侬的车。”我一边踏着车，一边心里难过得想掉泪。

“咔—吱，咔—吱”，上四川北路桥时，黄鱼车慢了下来，我的屁股离开座凳站了起来，用力蹬着车，显得越来越吃力，母亲见状欲下车走过桥，被我制止了。我跳下车弓着身子拉着车，一步一步往上挪，费了九牛二虎之力才把黄鱼车拉上了桥，母亲见我大颗大颗的汗珠顺着脸颊流淌下来，“快歇歇吧”，母亲催促着我，我只好在桥顶处歇了会。下桥时，知道刹车有点不好，心慌慌地一只手扶着车把，一只手按着刹车。母亲也从竹椅上下来，蹲在黄鱼车上，双手紧紧握着两旁的车架，黄鱼车顺着坡势快速往桥下冲去。桥堍下，一个男孩奔着冲向马路对面，眼看要撞到男孩了，我用力将刹车按到底，刹车“吱吱吱”乱叫，可车还是没停下来，我只好猛地将车把往左拐，黄鱼车终没撞到男孩，却一头撞向了桥边的上街沿，“咚”的一声，黄鱼车的龙头撞歪了，母亲也重重地摔倒在车上，我急得不知所措，母亲慢慢坐了起来，嘴角淌着血迹，却向我摆摆手，“小孩没事吧？”见小孩已奔得很远，才对我说：“不怪你，走吧。”说着，母亲一下子瘫倒在竹椅上。

1986年，母亲骨癌转移住进了市六医院。屋漏偏逢连夜雨。瘫痪在床的父亲哮喘病又发作了，我从里弄加工组借来了黄鱼车，上面铺上一张席子，又摊好垫被，让父亲躺在了黄鱼车上，盖上被子。我们兄弟三人，踏的踏，推的推，将父亲送进了中山西路上的市二结核医院。医院说，病人已引发气胸，急需肺上打洞插管，还开出了病危通知，哥在手术单和病危通知上签了名。此时，父母亲住着东、西两个医院，忙得我们兄妹四人团团转。怕父亲撑不住，为了让父母生前再见上一面，我与弟踏着黄鱼车朝着市六医院飞驰而去，将母亲临时接出医院，弟背着母亲直奔父亲的病房。父亲已从昏迷中渐渐苏醒，见是住院的母亲来探望，已是老泪纵横了。母亲却很淡定，劝慰着父亲。医生怕父亲太激动，没让母亲多待，不一会，母亲又被我背上了黄鱼车，与弟将母亲送回了市六医院。听陪夜的姐说，这一夜母亲一眼未合。

那时，黄鱼车还是弄堂人家运货的主要工具。邻居蒋耀华要买一只写字台，翻遍了电话号码簿，打了几十只电话，才知打浦桥向红家具店有售。我去华三里弄借了辆黄鱼车，里弄干部说每小时租金六角，我付了三元钱押金就把黄鱼车踏到了耀华家门口。

耀华自告奋勇要踏车，我就站在了他身后，两手搭着他的双肩，哼起了电影《青松岭》的主题歌“沿着社会主义大道奔前方”，“长鞭哎那个一呀甩也，叭叭地响哎……”唱到兴奋时，我对着耀华就是一记“头塌”，还大声叫着“驾——”耀华回过头来，不解地问我：“我是马还是驴？”“差不多。”耀华回骂了我一句又闷头踏车了。在向红家具店，耀华花了35元如愿买到了写字台，那可是他一个月的工资哦。回家的黄鱼车是我踏的，当我与耀华使出了吃奶的力气将他的写字台搬上了直陡楼梯的狭小阁楼时，已是大汗淋漓了。按照约定，耀华要请我吃鸡鸭血汤和生煎的，我们来到长宁支路口那家有名的饮食店，一口气点了四碗鸡鸭血汤和六客生煎。吃罢，我俩又跑到长宁路古北路口的渡江浴室搓背洗澡。吃饱洗好，我们各自回家了。次日，我大便呈柏油洋，疑是胃出血了。耀华闻讯后很是诧异，他连忙去里弄借来了那辆踏写字台的黄鱼车，把我送到了长宁区中心医院，一化验，居然胃出血三只“+”。耀华知道我昨天太累了，坐在急诊室里一个劲地向我赔不是，我却轻描淡写，“有啥关系啦”。吊完针，我又让耀华用黄鱼车把我踏回了家。

麦乳精的香甜

已是深秋了，朋友知道我常常写作至深夜，送了我一罐鲜见的麦乳精，让我又惊又喜，喝上一杯甜丝丝充满麦香的热饮，除了暖胃外，还勾起了我对儿时麦乳精的深深怀旧。

麦乳精是麦芽加奶粉、可可做成的一种速溶性固体饮品，是当时最高档的一种营养品。在20世纪七八十年代一直被人当作是逢年过节的赠礼佳品。

那时，父母的这点工资是难以经常买麦乳精的。依稀记得家有第一罐麦乳精是父亲在单位献血后发给他的营养品，是上海福牌麦乳精，浅黄和大红之间的马口铁罐装，很喜庆的图案，罐头上有“强化”二字，不知为何意，想当然认为是更甜更有奶油味道的那种。我迫不及待地从父亲手中接过麦乳精，用剪刀撬开盖头，撕去亮亮的锡膜，麦芽和奶油混合的香味扑面而来，我急吼吼地用调羹舀了五六匙到玻璃杯中，用滚烫的开水泡了一杯捧在手里，烫嘴的时候我就喝了起来，嘬一口嘬一口的，每一口都那么入味。时值寒冬，一杯香浓的麦乳精入肚，唇齿留香且暖透心窝。喝完了，我又想去泡第二杯，却被母亲一把夺取了玻璃杯。

次日早上，母亲帮我冲了一杯麦乳精，我看着杯子有些沮

丧，隔着玻璃杯，几乎能看见对面吃着泡饭的母亲，呷一口，清汤寡水的。趁着母亲外出刷马桶时，我拿出母亲已藏好的麦乳精，对着杯子又倒了许多麦乳精，调了调，杯中的麦乳精立刻像豆腐浆了，不敢吃慢了，在母亲刷好马桶踏进家门的那一刻，我已喝光了杯中的麦乳精。没有露出破绽，我有点沾沾自喜的。

一天傍晚，看见母亲拎着两罐麦乳精回家，我立刻激动起来了，想着又好冲浓浓的麦乳精吃，我手舞足蹈了，可一听到母亲是买来送给生病亲戚的，顿时像泄了气的皮球。看着母亲拎着装有两罐麦乳精的网线袋出门，我咽了下口水，一屁股坐在了小矮凳上。

听说隔壁邻居绿美家买了麦乳精，平时不太去她家玩的我用各种借口去她家，绿美大概也猜出了我的几分来意。她用手扒开了麦乳精罐头的盖子，很快整个客堂间都香喷喷的了。绿美用手指头拈了几粒麦乳精，说："侬张开嘴巴，吃吃看，好吃哦?"我边嚼边闭上了眼睛，感觉到麦乳精是天底下最好吃的东西了。当我睁开眼睛时，绿美已把麦乳精罐头放回碗橱了。我寻思着再想吃上几粒，绿美似乎看出了我的心思，客客气气地说："下次再来吃吧。"隔了几天，我又去绿美家。绿美见我的眼睛打量着她家的碗橱，便又拿出麦乳精，倒了一大把在我的手掌心上，我用舌头一点一点地舔，到最后，我手心上都凝起了一层薄薄的麦乳精，我用门牙抠下来，似乎意犹未尽。绿美同意我手指头再进罐捻几粒，我计上心来，用嘴把手指头吮湿了再插进麦乳精罐头里，手指上一下子沾满了麦乳精，绿美见状，说："侬门槛哪能介精的啦。"我"嘿嘿"一笑，便自顾自用嘴吸吮着手指头上的麦乳精。

干吃麦乳精是那个时候我的嗜好。我时常偷偷舀上两调羹麦乳精灌进嘴里，咀嚼中发出"咯吱、咯吱"的声音，十分过瘾，那种味道至今难以忘却。

母亲怕麦乳精受潮结块，把盖子盖得紧紧的，用手根本扒不开，每次开罐头，母亲不是用剪刀撬就是用旋凿撬，而我经常故意去弄松盖子，让麦乳精受潮结块，只有这样，母亲才会掰开来让我干吃。此时，我抿住嘴唇，大力嚼咬，让麦乳精在嘴里慢慢化开，一种沁人心扉的滋味顺着喉咙缓缓滑进肚子，那个才叫爽啊。

家里来客人了，母亲打开麦乳精罐头，在舀进几调羹麦乳精到玻璃杯的刹那间，我也会用手指头伸进去沾一点麦乳精放到嘴中吸吮，手指头黏黏的，我就直接揩到裤子上去了。

母亲看到我老是偷着用手指蘸着麦乳精吃，就把麦乳精放到碗橱下的一只黑色柜子里，用永固锁锁掉了，我只能望“柜”兴叹。忽然，我看到锁上铰链的三只木螺丝，便算好母亲下班的时间，用旋凿拧松了铰链上的木螺丝，铰链带着锁掉落下来了，我打开麦乳精罐头，用调羹挖了一勺又一勺放到嘴里。这种偷吃的满足感即使被母亲发现吃顿“生活”也值了。吃到尽兴后，我将罐头倒过来，将麦乳精抖抖松，放回原处，用旋凿将螺丝与铰链重新拧好。故伎重演了几次，终于把螺丝洞拧松塌了，铰链装不上去了，我便用胶水粘着铰链，试图蒙混过关。可母亲一拉柜门，“哗啦”，铰链落了下来，铰链上还有黏糊糊的胶水，母亲恍然大悟，等待我的又是一顿“竹笋烤肉”。现在，各种饮品琳琅满目，可“调一调”的麦乳精，是我们童年刻骨铭心的记忆，是难忘且弥足珍贵的美食记忆。

除夕旧忆

一年一度的新春佳节即将到来，令我最难忘的还是那洋溢着浓浓年味的除夕。

离春节还有大半个月，我就掰着手指头算着还差多少天可以吃到年夜饭了，那是盼望已久的美味佳肴，想想牙齿都发痒了。弄堂里进进出出的都是拎着篮子的买菜人，手里拎着鸡鸭鱼肉的人一下子多了起来，在忙忙碌碌行人的脚步中，一声声的问候夹带着喜气洋洋。

除夕日，弄堂里家家户户在斩肉酱、杀鸡鸭、摊蛋饺、煮蹄髈、刮鱼鳞、蒸馒头、炒花生、舀芝麻，还有人家在砧板上“乒乒乓乓”斩着咸猪头……

弄堂里的孩子们不再“白相”了，帮着大人们做家务、打杂差。父亲杀鸡，我拿来一只空碗，盛了半碗水，放少许盐，抽了一根筷子等待着父亲手起刀落的那一刻，我接着鸡血，用筷子在碗里沿顺时针方向搅拌着，如此收集的鸡血，父亲告诉我烧鸡汤时嫩滑好吃。

除夕日一大早，家里就盆盈钵满了，面盆、脚盆、汰浴盆等都被母亲浸了笋干、肉皮、年糕和糯米。母亲从中午就开始准备年夜饭了，七碟八碗摆满了台子。她在选菜上也花一番心思的，一些富有吉祥寓意的小菜和点心是母亲每年必须准备的。鱼在注重口彩的弄堂人的心里意味着“年年有余”，羊肉代表着喜气洋洋，肉圆象征着团圆，蛋饺好比招财进宝，年糕恰似一年更比一年高。母亲还会蒸上一篮子的蒸糕，叫“蒸蒸日上”，“花头劲”透得有些我已记不清了。

做蛋饺是每年除夕我必做的事情。我坐在小矮凳上，左手拿了个长柄半圆的汤勺，在煤球炉上煨热了，右手用筷子夹住一小块生猪油，在勺子里一涂，算是放过油了，然后盛一调羹蛋糊倒入勺子，转一圈，将蛋糊摊开，夹入些许肉馅，用筷子夹起边沿，盖过去，再在炉火上烘一烘，顺势压实蛋饺的边沿，即可倒出了。一个下午，我要做一百多只蛋饺，手艺得到了母亲的认可。哥一个人将脚桶中已浸酥的糯米取出，放到石磨上推了起来，浓白的浆水沿着出口流到铅桶里，又将浆水倒入米袋中，用绳子吊在家中房梁上，让浆水沥干后再搓糯米粉汤团。

母亲把两只煤球炉烧得旺旺的，大鱼大肉入锅后，香气就开始弥散在家里飘荡，引得我不断吞咽馋唾水，围着台子转，脸上一副垂涎模样。母亲会心一笑，用筷子夹着一块红烧肉，塞到我嘴里，我解了馋，又去帮父亲做八宝饭了。只见父亲将白白的猪油拌进暗红色的豆沙里，撒上蜜饯和红绿丝，用蒸笼蒸糯米饭，我将豆沙馅嵌入糯米饭中，再用糯米饭封好，又放进蒸笼蒸一会后把碗倒过来一扣，好看又好吃的八宝饭做成了。我时常趁父亲不注意，抓一把豆沙塞进嘴里，低头佯装系鞋带，把豆沙咽进肚子里。

傍晚，弄堂内的路灯亮了，一家子忙活了一整天的年夜饭终于端上了桌。哇，好丰盛哦！白斩鸡、酱鸭、油豆腐红烧肉、清蒸鳗鱼、四喜烤麸、白切糟肚、冬笋肉片、爆鱼、咸鸡、红烧蹄髈、发芽豆等，家里两张桌子拼在了一起，家人四周围坐，小菜摆得满满的。母亲的手艺、诱人的色香味，加上吉祥寓意的菜名，馋得我口水直流，恨不得再长出一张嘴来。可母亲关照，白斩鸡、爆鱼、酱鸭和红烧蹄髈是不能动筷的，因为春节初二后走亲戚，这些看家菜要招待客人的，其他小菜尽管敞开肚皮吃。最后一道是“全家福”砂锅菜，肉丸、鱼圆、熏鱼、鱿鱼卷、菠菜、粉丝、蛋饺等，底下是一只蹄髈，吃得我满头大汗。年夜饭的尾声是一道父亲与我“合制”的八宝饭，还有姐包的黄芽菜肉丝春卷，在油锅里煎成了金黄色，跟醋上桌。吃得我龇牙咧嘴的。

天渐渐暗下来了，孩子们都出门来放鞭炮了。鞭炮声阵阵，发出赤色的光，此起彼伏，连绵不断，“噼里啪啦”响个不停，我在鞭炮声中欢呼雀跃，高兴地跳着、蹦着……

那时，没有电视机，没有春晚，也没有手机，吃罢年夜饭，放完鞭炮，我与弟又开始剥花生、嗑瓜子、吃炒米花糖，大人们却又忙开了。父亲用小石臼碾碎刚刚炒熟的芝麻，拌上绵白糖和猪油，反复揉捏成“黑洋沙”，又搓成一只只乌黑的小圆子，母亲将已揉捏好的糯米粉团又搓成条状，摘成一只只的面团，压成一张张的汤团皮，姐再将“黑洋沙”包进糯米团中，一只只汤团做好了，母亲用湿纱布盖好。这是弄堂人家大年初一早晨必吃的一道点心。

看我与弟吃饱了，玩够了，母亲把我与弟叫到跟前，拿出节前赶制的新棉袄、新棉裤和新蚌壳棉鞋让我与弟试穿，我的蓝卡其布裤脚管太长了，母亲当场拆开，重新“撬边”，我与弟都嫌棉鞋有些大，母亲拿来一团棉絮，塞到了四只棉鞋里。果然，我俩穿着“跟脚”了。试穿后，弟弟竟然不肯脱下新棉袄了，被母亲责令后才舍不得地脱了下来。

睡前，我与弟向母亲讨压岁钿。母亲说，半夜里会压在你们枕头底下的，我为了知道压岁钿到底有多少，佯装睡着了。果然，母亲把红纸包着的钞票轻轻压到我的枕头下，母亲前脚走，我后脚一跃而起，忙不迭打开红包一看，竟是四张五角的新票子，我高兴得不得了，那可是一笔巨款啊。新年，开心的笑容从那一刻绽开。

时光荏苒，似乎只是弹指一挥间，岁月的更迭变幻了许多人和事，唯一不变的是儿时除夕的旧忆，有着深深的眷恋。

穿弄堂

日前，去虹口区春阳里参观，我在里弄口长久地伫立，凭借着午后的阳光向弄堂深处望去，恍惚间，儿时穿弄堂的情景，又浮现在我的眼前。

穿弄堂是我童年弄堂生活的一部分，我家弄堂前前后后各种各样的房子犬牙交错，有石库门，有洋房，有棚户区，相互错落，交织在一起，房子与房子的夹缝是我们喜欢钻来钻去的地方。不少弄堂是四通八达的，有的两家人家的山墙连我们小孩也要侧着身子过去，我们叫这样的小夹弄为“一线天”。

放学后，我经常邀上几个小伙伴饶有兴趣地去穿弄堂。我们特别喜欢去穿长宁路 427 弄和西新街的弄堂，这里的弄堂蜿蜒曲折，时常让我们迷了路。房子也多为棚户简屋，居住条件简陋，不少人家数口人挤在几平方米的陋室中。

弄堂里横七竖八衣杆上的衣物滴着水，家门口的破面盆里种着小葱、大蒜和太阳花，还有人家在狭窄的自家屋顶搭着一只鸽棚。弹街路上被挑水的桶溢出的水弄得湿答答的。阴沟洞旁的泔脚桶散发着浓烈的酸腐味。弄堂里四处可见劈柴的，生炉子的，洗菜的，有的水斗上装着六七只自来水龙头，每只水龙头上都套着铅皮做的盒子，挂上了各种各样的小锁。

弄堂里的弹街路凹凸不平，斑斑驳驳的泥墙，空中密如蛛网的黑电线，大小弄堂蜿蜒曲折，遍布着烟纸店、剃头店、给水站、煤球店，还有墙角落低头“打掌子”的小皮匠，头顶上的“万国旗”迎风招展。

我们在拉着风箱爆炒米花的老头身旁蹲着，一声“嘭—啪—”，炒米花钻进一只油腻腻的破麻袋中，趁着老头将麻袋里的炒米花倒入铅桶之际，我们一拥而上把手伸进铅桶掏把炒米花，边逃边往嘴里塞。

弄堂里一帮帮的小孩在玩游戏，女孩在踢毽子，跳橡皮筋，玩造房子、挑绷绷的游戏，男孩大都在玩“斗鸡”、盯橄榄核子、滚铁圈、扯响铃、抽贱骨头、走跳棋等游戏。

有几个小孩拿出自家几只骨牌凳拼凑在一起当乒乓台子，拾两块砖头搁一把丫杈头当球网，四周围着一大帮小孩看热闹。有时我也会自告奋勇地上去与人家小孩比赛打乒乓，赢了几球便大摇大摆地走出弄堂，一副“冠军”的模样。

看到弄堂里有人家踏着黄鱼车送嫁妆，我们就在后面帮着推车，推到男方家里，也会得到几粒糖果，乐得我们喜滋滋的。

弄堂里时常响起锣鼓声，那是几个里委会阿姨妈妈“咚咚锵、咚咚锵”敲着锣鼓，拿着喜报，上门张贴“参军光荣”的喜报。到了人家门口，里委会干部振臂高呼，我们在一旁也举着小拳头跟着喊了起来。

我们在弄堂里恣意地奔跑，撞翻了人家晾晒萝卜干的床板，怒得小脚老太拿着苍蝇拍子在我们后面追赶。

夏夜的露天吃饭是弄堂一大特色，几乎家家户户都会搬出小台子，有的人家用一块木板当饭桌，甚至还有人家将脚桶反扣在骨牌凳上当饭桌。弄堂里不时飘来一阵阵的饭菜香，有的老爷叔打着赤膊眯着老酒哼着小曲，一盆油炸花生米，一瓶上海牌啤酒，也蛮自得其乐。家门口儿子帮老子剃头、老公为老婆剪头发的也司空见惯。

星期天家家户户的门口，一个个男人佝偻着身子在一堆黑乎乎的煤灰面前吃力地敲着煤饼，敲好的煤饼在自家门口层层叠叠堆着晒太阳。

不少居民家里狭小窘迫，有单位同事和亲戚朋友来，大多坐在家门口，搬只小台子，倒上一大杯大麦茶，偶尔也会切上几块西瓜端上来。

傍晚，有小伙子光着膀子在自家门口洗澡，只留一条短裤在身上，有的人干脆用一根橡皮管子接在水龙头上，从头浇下来汰浴，边涂肥皂边跑到旁边的“大怪路子”桌子上去看人家打牌，不时还要指指点点。

弄堂里有人家的铁笼子里捉老鼠了，立即吸引了半条弄堂里的孩子，只见一老妇一手拎只热水瓶，一手拎着老鼠笼子放到阴沟洞上，用开水浇老鼠，老鼠被烫得在笼子里上下逃窜，“吱吱”乱叫，一旁的孩子却拍手称快，老鼠最终还是难逃被烫死的下场，老妇又用火钳夹出死老鼠，扔进了垃圾桶。

我们时常尽兴地在笔直的弄堂里奔跑，在狭小的夹弄中玩着捉迷藏，只要在弄堂随便找个角落，便不见其人了。墙壁上的石灰留给我们满身尘土，弄堂角角落落撒下了我们银铃般的欢声笑语。

穿弄堂，留给我太多的岁月印痕。

想起了九英寸黑白电视机

80年代初，哥结婚时，多方托人弄到了一张电视机购买券，七拼八凑了两百多元钱，买回了一台上海产的九英寸黑白电视机。这是我们弄堂人家的第一台电视机，左邻右舍既好奇又兴奋，弄堂里的人吃罢晚饭便聚到我家看电视，有的人还端着饭碗就来了。那些日子，我家热闹极了，连母亲做家务也不方便了。有那么几天，母亲对着门外的孩子说：“阿拉今朝电视坏脱了哦。”便关上门拉上了塑料窗帘。一帮小孩知道母亲摆噱头，电视肯定开着，就统统坐在我家门口“听”电视，我不知情，开门倒汏脚水，有个靠在门上的小孩摔了个四脚朝天，母亲见状忙扶起小孩，开门把“听电视”的小孩全部喊进了家。

我家实在容纳不下那么多人，哥只好把九英寸黑白电视机搬到了家门口，让左邻右舍来看电视，不少小孩下午放学回家就将小矮凳放到我家门口。一些家庭主妇们也是早早吃好夜饭，洗掉碗筷，搬只骨牌凳或椅子坐在电视机前。黑白电视机简直就是一只魔盒，给弄堂人枯燥的精神生活注入了无限的乐趣。

哥总是小心翼翼掀开电视机的布罩，那是姐专门为电视机

缝制的一只天鹅绒的防尘罩，上面还绣了一对鸳鸯。电视打开后，屏幕上出现了画面，热热闹闹的人立刻鸦雀无声了，所有的人都睁大眼睛盯着电视，生怕错过一个好看的镜头，有的小孩连尿尿也不去，硬生生地憋着，实在憋不住了就奔到阴沟洞上去撒尿，回来还要打听一下故事的情节。夏日，许多小孩被蚊子叮出了好几只红肿块，一边抓痒、一边津津有味地看电视；冬日，有人戴着绒线帽、雷锋帽，双手插在袖筒里，跺着脚看电视。

那时的电视信号很不稳定。信号不好时，满屏的都是“多瑙河之波”和“雪花飞舞”，声音也听不清，哥提着室内天线慢慢地三百六十度旋转，不一会儿，画面又出来了，家门口瞬间又安静下来了。可坐在后面的人老是怨坐在前面人的凳子太高了，挡住了后面人的视线，趁前面的人不注意，一记又一记地扇前面人的“头塌”，哥还要大声制止。“信号太差了，怎么办？”哥叫我去问问长宁中学的物理老师，我便找到了教我们75届物理的仇老师。有了答案后，我弄来了一根旧的丫杈头和几根铁丝，与哥一起动手，在丫杈头上绕成了一只环状的室外简易天线，并把它绑在老虎窗旁。电视机的“雪花”基本消失了，可时常还是有“多瑙河之波”，我会爬上老虎窗，不停地转动室外天线的角度，只听见楼下的人叫着，“好了，好了”，我才会爬下老虎窗。有时，又会连续出现画面抖动的现象，转了好久天线效果不明显时，哥发急了，对准电视机后盖猛拍了几下，这下可好了，“多瑙河之波”神奇地消失了，可把母亲急坏了，连连叫着“不要拍，不要拍”。

九英寸黑白电视机在弄堂热闹了一阵子后，哥不知从哪弄来了一张“彩屏”，一种红黄蓝的三色塑料薄膜片，粘贴在黑白电视上，当作彩色电视看，这大概是弄堂里最早的“彩色”电视机了，可颜色却有点模糊。没过几天，哥就撕掉了“彩屏”。那时，市面上已经有 12 英寸彩电卖了，哥与我一直去曹家渡明声无线电商店转悠，梦想着哪天把家里的九英寸黑白电视卖掉，再贴些钱买台新的彩电。当我家对门的老裁缝得知后，天天盯着哥要买他那台九英寸黑白电视机，恰巧哥在单位又“摸彩”到了一张彩电购货券，终于使哥下定决心要买一台 12 英寸的彩色电视机了。

彩电买回家后，全家人如获至宝，哥还请来木匠做了一只电视机柜，平时把电视锁掉的，钥匙却只有一把，由哥掌控。弄堂里人要看电视，哥会搬出自家台子，拉出接线板，将彩电放到台子上，让众人看电视，还千叮咛，万关照，叫看电视的人不要去拧电视旋钮。弄堂里的人常常看到深夜，所有的频道全部说了“再见”，他们才会从小矮凳上站起，依依不舍地离去。

在那文化生活和物资匮乏的年代，看电视也算是一种奢侈享受了。岁月留痕，几十年前的事情，仿佛就在眼前。

荡马路

日前，中学同学相聚，四十余年不见，知心的话说不尽，纷纷聊起了当年相约荡马路的那些往事。

那时的星期天，没有什么娱乐活动，荡马路便成了我们的选择。班级里的同学大都住在一条弄堂或前后弄堂的。我会约上五六个同学，有男生也有女生，一起去荡南京路。

我们从安西路上了20路电车，为了节约钞票，只买了四分钱的电车票，乘足到常德路下车，便开始了步行。路过翼风船模材料商店，我与几个男同学一骨碌地钻了进去，女同学无啥兴趣，只好跑进隔壁一家绸布店去看零头布了。

“翼风”留给我太多年少时的记忆和遐想了。我时常用积攒的零用钱去买自己心仪的船模，然后回家看图拼装。那天，我口袋里没几个钱，只好趴在柜台上饱饱眼福。

出得门来，走不多久，我们就到了大光明电影院门口，大家都想进大光明一睹风采，那生活条件并不富裕的年代，在大光明看场电影是我们学生时代的梦想。我们便手持角票，一起在门口等起了退票，约莫过了半小时，连一张票也没退到，只好悻悻地来到了人民公园。我们在大草坪上摊开了几块塑料布围着席地而坐，开始了野炊，有人带了蛋炒饭，有人带了青

团、馒头，也有人带了大饼、油条，大家都把食物放到了塑料布上，一起狼吞虎咽地吃着，分享的过程总是那么美味，阵阵清风送来惬意的舒爽，我们边吃边聊，还欣赏着对面的国际饭店，那一顿“野炊”吃得唇齿留香，终生难忘。

出了公园，我们来到国际饭店门口。这幢被赭色大理石墙面包裹的雄伟建筑像一座大山那样矗立着，大家抬着头眯起眼睛，不由发出一阵阵惊叹。走近国际饭店的门口，那铜框旋转的玻璃大门还是第一次看到，“咦，门可以转圈的哦，”不知谁说了一句。一阵飘来的奶油蛋糕香味不由让我咂起了嘴。

市百一店在我们年轻时的地位是“高大上”的，是上海人购物的首选。逛市百一店是七八十年代一件时髦的事，大家争先恐后地钻了进去，买东西的人熙熙攘攘，我们从一楼逛到四楼，到处转悠。几个女同学在布料柜台前停下了脚步，摸着一块又一块的布料，问问价钿，议论着这块料做连衫裙漂亮，那块料做“两用衫”实惠，叽叽喳喳了半天，苦于衣袋空空，钱包瘪瘪，没有一个人在市百一店买得起东西。

我喜欢看市百一店的橱窗，它是当年上海最时尚的风向标，也是一道风景线。这里有紧俏的自行车、手表、缝纫机和电视机，令我羡慕不已。因为我家当时还没有这“四大件”。

女同学们太喜欢市百一店了，一只只柜台看不够，而男同学们却急着要去

中央商场了，便与女同学商定，在中央商场门口“会合”，我便带着男同学大步流星地朝着中央商场奔去。

中央商场的小商品特别多，是我学生时代常去的淘宝胜地，我会去买处理品的羽毛球、三毛球和乒乓球，虽然有点瑕疵，价格却只有正品的三分之一。我特别喜欢在这里买乒乓板上的海绵贴与橡胶贴，有时还会帮哥买瓶补套鞋的胶水和买块锉皮，帮母亲买松紧鞋上的宽紧带，帮姐买只“百雀羚雪花膏”或“蛤蜊油”。那天，我们走得饿了，便一起在旁边的饮食店每人吃了一角一碗的小馄饨。在那个没有票证就寸步难行的年代，我买到了许多不要票证的日用品。出了中央商场，我们又快步来到外滩，海关大钟“东方红”的旋律正在响起，我们趴在黄浦江水泥防汛墙上，看海鸥飞上飞下，聆听船上汽笛声的鸣响，偶尔有一艘五六层楼高的大客轮驶过，我们都会发出惊叹的尖叫。

我们沿着外滩走了一圈，又来到了外白渡桥，儿时记忆中叫它“外婆的桥”，我们在桥上远眺外滩风格迥异的万国建筑，对外滩的敬意油然而生。

荡马路是我们学生时代的一种时尚，是那苦涩岁月中的快乐，却深深印在了心里，成为一生甜美的回忆。

鸡鸭血汤味道浓

日前，去南京夫子庙一游，被鸭血粉丝汤的香味所吸引，忍不住停下脚步来品尝了一碗，真好吃，我整张嘴巴都沉浸在“鲜”的世界里了。

儿时的冬日，母亲常让哥带我去曹家渡健民浴室洗澡，哥却领我去了弄堂里的万航浴室，他说把省下来的钱去五角场饮食店吃碗鸡鸭血汤，我一听，把头点得像鸡啄米一样。哥还在淋浴时，我已快快穿好了衣服，一路小跑至饮食店，排队买筹子、等位子，待到哥匆匆赶来时，我的台子上已经摆好了两碗鸡鸭血汤，哥又用他的零用钱买了一客四只的生煎馒头。鸡鸭血汤里浮着一撮碧绿的葱花，宝石般的鸡鸭血，肥肥的油豆腐，灰色的鸡鸭肝和卷起来的鸡鸭肠，再撒上一点胡椒粉，令我胃口大开。不一会儿，我的碗里已捞不着东西了，我干脆端起大碗，一口气把汤给喝光了，又风卷残云般吞下了两只生煎馒头，抹抹嘴巴与哥搭肩而归。

五角场饮食店的鸡鸭血汤在曹家渡一带非常出名的，店门口排起的长队时常要弯到旁边的弄堂里。店堂门口的一只煤球炉是由大柏油桶改制的，直筒式的大钢精锅子里熬着大骨头汤，简陋的店里有六七只油腻腻的台子和十几只方凳子。店门

外地上也放着一只大钢精锅子，里面浸着大半桶的鸡鸭血，一根橡皮管子伸进桶里，自来水冲刷着鸡鸭血，溢出的水顺着马路流进了阴沟洞里。

我有个中学女同学毕业后分在该店里。我时常排在队伍里看她煮鸡鸭血汤。只见她用一只铁丝勺捞起一勺鸡鸭血，放进一只圆铁丝筒里，浸到了骨头汤里，鸡鸭血烫熟后，她将筒里鸡鸭血倒进碗中，加上鸡鸭肫、肝、肠、油豆腐、葱花……一碗热气腾腾、香喷喷的鸡鸭血汤就大功告成了。

我与另一个同学也时常去饮食店吃鸡鸭血汤。女同学见是我俩，先是一怔，后又佯装不认识，轮到我俩拿汤时，她会多抓一把鸡肫鸭肝扔到碗里，我俩满心欢喜地端着坐到桌子上，头也不抬地吃了起来。突然我大叫一声“啊哟，侬也来啦”，男同学不知有诈，回头一望，我趁机在他的碗底舀出一调羹鸡肫鸭肝，男同学想要回，可我已塞进了嘴里，他有些愤怒，端起我的碗，把我的剩汤喝得一干二净。

80年代初，我们几个小青年几乎天天在街道为他人值班，为的是那七角钱的值班费。晚上，我们几个都会骑着自行车去五角场饮食店，我们用值班费吃鸡鸭血汤，还会点上一客生煎，直到把七角钱用完才抹嘴回街道。

逢年过节家里总要杀鸡宰鸭，父亲总会先准备一碗冷开水，放入一小撮细盐并搅拌，只见父亲一手捏住鸡头，一手拔去鸡颈部的细毛，然后用锋利的菜刀一刀割下去，鸡猛烈挣扎着，血却涌出流入大碗。我在一旁用根筷子搅拌着鸡血，直到鸡不动了，鸡血也滴尽了，鸡血遇到淡盐水便凝成了果冻状的固体，父亲再把鸡放到早已准备好的铅桶里，用滚烫的开水烫毛。不一会儿，父亲便开始拔毛、开膛，他小心翼翼地剥鸡肫，洗鸡肠，用剪刀剪开鸡肠，剔除污物，用自来水洗了一遍又一遍，又将鸡肠切成了一段一段的。弄干净后，父亲才将鸡血交到母亲手中。只见母亲先把鸡鸭血放入钢精锅子里蒸上几分钟，一碗鸡血瞬间由鲜红变成褐色。端出后，母亲再把铁锅内的水煮开，滴上几滴麻油，将鸡血鸡杂倒入，稍后，用刀在盛满鸡血的锅里横竖划上几刀，算是切好了。

铁锅沸腾了，母亲又将鸡血分盛到几只碗中，撒上葱花、生姜丝、味精、胡椒粉等，一碗美味的鸡血汤便做成了，母亲一边煮，我一边已垂涎三尺了。母亲煮的鸡血汤一碗碗端上了桌，顿时，一股香气弥漫开来。我先用调羹舀了一口汤，真鲜哦，绿油油的葱花点缀，滴上几滴醋，有点酸酸的。嫩滑的鸡血，富有嚼劲的鸡肠，鲜美的鸡汤，简直是此物只应天上有，人生难得品几回呀。

家里来客人了，母亲一人烧饭炒菜煮汤来不及，时常也会让我端着一只小铝锅，一路小跑去附近的饮食店，买上几碗鸡鸭血汤。回来的路上，我忍不住那扑鼻的香味，馋得一塌糊涂，一边走一边对着锅子喝汤，还不忘用手指伸进汤里夹鸡肫鸭肝吃，几口滚烫的鸡鸭血汤下肚，让我惬意无比哦。

现在，我也会时常去一些店里喝上一碗鸡鸭血汤，可再也没了儿时的味道。当年饮食店的鸡鸭血汤的浓香味道深深留在了我的记忆里。

那些年的春晚记忆

春晚是一年一度的饕餮盛宴，满足了人们每年除夕的期盼。那些年，春晚的味道好过年夜饭，我可以不吃或少吃年夜饭，但不能耽误了看春晚的一个个节目。春晚是一只五彩缤纷的万花筒。

那些熟悉的面孔，天籁般的嗓音仍然留在我记忆里挥之不去，每一首歌、每一个小品、每一只相声背后都有一个时代，都承载着一段记忆，让我们一起来感受那些年的春晚记忆。

1983 年第一届春晚的主持人是刘晓庆、马季、姜昆和王景愚。70 年代末，刘晓庆在电影《小花》中出色表演成为当时家喻户晓的明星。她在晚会上穿的两件衣服也被仿制成了“晓庆衫”，一时，马路上撞衫的人比比皆是，成为一款流行衫。

《难忘今宵》这首 1984 年由李谷一唱响春晚的歌曲，30 多年来纵横春晚舞台，此歌以其浓厚的情感、深厚的底蕴、优美的旋律征服了一代又一代人，青山、绿水、天涯、海角，通俗易懂的歌词加上委婉动听的旋律，既道出了盛筵将散又深情告别时的真挚祝福，也表达了对来年再相会的期盼和祝愿。李谷一叹声轻柔的唱法，使得歌曲朗朗上口，回味无穷，成了春晚经典歌曲中的经典。

1984年，第一位上春晚的香港歌手张明敏用他磁性的嗓音成功演唱了《我的中国心》，张明敏身着中山装，戴着眼镜，唱出了天下炎黄子孙对祖国的挚爱深情。1986年的春晚，苏小明的《军港之夜》犹如一曲飘落在海风中的安眠曲，直到现在去卡拉OK，都会有人点唱。1987年的春晚，最火的人是费翔，一套红色的燕尾服，活力亮相舞台。这个有着一半中国血统的高大歌手真是太帅了。上一秒温文尔雅，下一秒直接奉献热舞，不知道当年是多少女生的男神哦，他的一首《冬天里的一把火》，让他出尽风头。那几年，还流传着一句调侃：费翔春晚上的"一把火"，烧着了大兴安岭。

1988年春晚毛阿敏的《思念》，1989年春晚韦唯的《爱的奉献》都引起了观众强烈的情感共鸣，成为至今传唱的经典作品。1990年的春晚，港台歌手潘美辰的《我想有个家》一下子打动了观众的心。还有令人印象深刻的《鲁冰花》《再回首》。1993年春晚，《涛声依旧》成为毛宁最红的春晚歌曲，还有1995年春晚那英的《雾里看花》、老狼的《同桌的你》、刘德华的《忘情水》也是朗朗上口的好歌。1997年春晚舞台上，董文华的《春天的故事》是一首感人至深的歌曲，记下了深圳乃至整个中国的变化，虽是一首歌，却有着史诗般的恢宏，又十分亲切，使人如沐春风。

1998年的春晚，那英和王菲演唱的《相约98》，曾获得CCTV-MTV音乐盛典内地最受欢迎的流行歌曲，那英的声音像厚土，温暖、坚韧，王菲的声音如天空，缥缈、清冷，是我非常喜欢的一首歌。《常回家看看》是1999年的春晚歌曲，由陈红、蔡国庆等演唱，"找点时间、找点空间，领着孩子，常回家看看……"这首歌当年不知打动了多少人，至今听起来仍催人泪下。2006年春晚上，蒙古族歌手演唱的《吉祥三宝》，是一家三口对答式的蒙古族小曲，别致的编曲和蒙语开场，让人耳目一新，稚嫩的童声散发着草原新鲜牛奶的味道。2014年，春晚歌曲《时间都去哪了》是一首具有蓬勃生命力的好歌，朴实无华的歌词，切实直达人的心底，将父母之爱表达得震撼人心，舒缓的旋律又深情地将这种爱慢慢地流淌。

“当你老了，头发白了，睡意昏沉；当你老了，走不动了，炉火旁打盹，回忆青春……”2015年的春晚，莫文蔚一曲《当你老了》，不知引起了多少人的共鸣。每一首春晚的经典老歌都是一段心情记忆的回放。

春晚的舞台上，相声与小品同样也体现了时代特点。1984年的春晚，著名相声大师马季表演了一段推销“宇宙牌香烟”的单口相声，用以讽刺社会上那种夸大其词、名不副实，在产品与销售中弄虚作假的歪风。这位笑星身着一件普通的蓝色中山装，头戴一顶蓝色的帽子，右手提一只黑色的小提兜，左手拿着一盒“宇宙”牌香烟，他那绘声绘色、惟妙惟肖的高超演技和入木三分的形象刻画，使人至今音如在耳、形犹在目。在这届春晚上，陈佩斯和朱时茂的《吃面条》标志着小品的诞生。这部作品使小品正式成为一种独立的艺术表演形式，也是小品的开山之作。这个小品没有任何道具和助演，纯靠二人的扎实演技，他俩凭借作品一炮而红，成为家喻户晓的喜剧演员。

《超生游击队》是1990年春晚宋丹丹和黄宏的著名小品，内容为一对农村夫妻在生了三个女儿后，为了躲避计划生育的政策，争取生一个儿子而四处流浪，成了超生游击队。小品以夫妻互相埋怨的对话，将“超生游击队”表演得淋漓尽致，记得当年父亲笑得连假牙都掉了下来。《不差钱》是2009年赵本山、

小沈阳的著名小品，小沈阳男扮女装的精致小丑装扮，那条红格子围巾、红格子裙一夜就被带红了，而那标志性的“娘娘腔”饱含风趣幽默。那句经典的“不差钱”一直流行至今。2014 年春晚小品《扶不扶》由沈腾、马丽表演，将“老人摔倒到底扶不扶”的社会热点话题搬上了春晚的舞台，严重讽刺了社会现实，非常有教育意义。

春晚小品的金句也让我印象深刻，“给你点阳光你就灿烂”“你太有才了”“冲动是魔鬼”“秋波就是秋天里的菠菜”“瞧你这长的，也太随心所欲啦”“好你个骗子，敢骗我们骗子”“我每天上班的心情好比上坟”“谈钱伤感情，谈感情伤钱”……

“年年春晚年年骂，年年骂完年年看”，在一个不断感叹“年味”淡薄的年代，可以说，在全世界范围内，再也没有任何一种文艺演出形式，能像春晚这样与十数亿的观众的情感缠绕在一起，成为世界群体的最重要节目中标志性的文化符号，伴随着多少孩童长大，从中年到白发，留给我们的是回味无穷和难舍的时光记忆。

永远的绿皮火车

傍晚，再次坐上去往井冈山的绿皮火车，这是一趟一路摇晃和杂响的火车。在夜幕降临睡意袭来之余，摇晃似乎要将我推入蒙眬，杂响又似乎要将我拉回。瞬间，脑子里涌出了无数绿皮车的回忆。

儿时，最喜欢跟着哥去长宁路上海西站的道口，探头去看从远处驶来的绿皮火车，黑色的火车头冒着浓烟喷着蒸气隆隆驶来，“呜”的一声巨响，我连忙双手捂着耳朵，闭起眼睛不敢再多看一眼。火车从远方来又驶向了远方。

我对绿皮火车有着一种莫名的情愫。童年，我经常跟着母亲去杭州娘舅家。母亲出行，总是手提肩扛着大包小裹。拉着响笛的绿皮火车慢悠悠地驶进车站，人们争先恐后地向车门涌去。母亲在前面左突右闪，我则紧紧拉着母亲的衣角不放手挤上了车。那时的火车都是不对号的硬座。上了车各自抢位子，没座位的时候，母亲会搀着我，一节节车厢一个个位子找过去，询问人家在什么站下车，如果恰逢人家在前方车站下车时，母亲可惊喜万分了，她还不时与人搭话，静待火车到站。记得有一次，与母亲坐夜火车去杭州，从上海西站到嘉兴站，沿途没有一个人下车，母亲与我只好在走道上铺几张报纸坐了

下来。刚坐了一会儿，卖商品的小推车过来了，“让一让、让一让”，我俩只好起身，如此往来几回，母亲与我索性站了起来，火车上烟味、酒味、汗味、臭味、蒜味也充斥着车厢，小孩的哭闹声、大人的喊叫声，睡着的人鼻鼾声，打牌声也是不绝于耳。

绿皮火车的窗户是很笨重的窗框，很费力才能打开，我很是喜欢伸出头去看看窗外的风景。江南烟雨朦胧的景色常让我凝神，母亲催促我关窗的“命令”，时常被我当作“耳边风”，直到母亲的“毛栗子”敲上来，我才依依不舍地落下窗来。我最欣喜的是火车经停在站台的那段时间。站台上有卖地方特产的小摊，打开车窗，篮子、托盘等递到窗前，嘉兴粽子、花生果、瓜子、山芋、茶叶蛋、米饼等，只要把钱递出去，小贩就会把你想吃的东西送进来。琳琅满目的小吃让我馋得直咽口水。有时，我还会拿着母亲给我的零钱，快步下车去买吃的，一听到铃声则马上返回火车，怕的是火车开走。火车一路行驶，我都盼着站站停靠。

每年寒假，母亲总会带我去娘舅家，让我去娘舅家待上大半个月。那时，我已是小学六年级了，正是长身体的时候，饭量大得惊人，舅妈看到我没有三大碗饭是不会放下饭碗的，才知道母亲来的用意了。好在那时娘舅家算得上村中富户，也不会计较母亲的“算计”。回家时，再拎些花生、年糕、甘蔗、咸鸡、咸鱼回家，过年一半的菜肴也搞定了。

春节前从杭州回上海的火车特别挤。母亲为了省钱又乘夜车，那种半夜里上车、凌晨到达的火车。火车的过道上坐满了人，上厕所成了最大的问题，特别是后半夜，走的过程中不得不把坐在地上的人叫醒，然后跟别人说：“对不起、对不起。”后来我乘夜车有了经验，上火车前和在火车上尽量不喝水，这样可以尽量不去打扰人家。

记得1971年冬天，我小学毕业，母亲让我一个人坐绿皮火车去娘舅家，为表姐结婚送去做新衣的布料和樟木箱镀铬的全套配件。我是早上六点在上海西站上的车，要下午一点左右才能到杭州娘舅家。那时的火车票是一张很小的

硬卡，稍不如意就会遗失，母亲再三叮嘱我上车后把火车票藏到票夹中，哥买了一角一张的站台票把我送上了火车，我上车后没有抢到位子，只能站在两节车厢连接的地方，旁边就是一个脏兮兮的厕所，气味刺鼻，呛人的味道实在不好受。脚酸了，我就摊开报纸坐在地上，车速不快，可我的心情越来越激动，去娘舅家可以吃到大米饭、年糕、甘蔗、花生，太开心了。火车过了嘉兴，我才想起书包里母亲为我准备的早饭，打开毛巾包着的铝饭盒，是半盒子干泡饭，上面盖着些许毛豆炒咸菜，可能是我饿了，没扒几口就吃完了。看到旁边的人剥着白煮蛋，啃着大肉粽，我有点馋馋的，只好站起来面向车窗呆呆地看着窗外匆匆而过的景象。火车到站，不时有衣着破旧、皮肤黝黑的农民，挑着两只箩筐上车，他们的眼神满是疲惫，坐在两只箩筐上搁着的扁担上，不一会就瞌睡起来。

在娘舅家的日子是惬意的，春节到了，我拎着大包小包要回家了。

都说站台是重逢和分离的地方，娘舅将我的行李搬上车厢后匆匆下车了，他站在站台上，我透过车厢玻璃窗，他还是默默地注视着我，不时挥起他那双布满老茧的大手向我告别。火车缓缓动了起来，娘舅依然站在那里，不停地对我挥手，就在车速加快的那一刻，我突然发现，热泪已充盈在我的眼眶里。

绿皮火车，满载着几代人的记忆，承载着一种抹不去的情怀，深深地留在了我的记忆深处。

结伴去郊游

1972年某个秋日的星期天，我们75届四个男同学相约去嘉定南翔郊游。早上五点多，就在长宁路476弄弄堂口集合了，都没来得及吃上泡饭，就在弄堂口的妇女食堂，每人花了七分钱，买了一副大饼油条啃了起来。

那时，我们刚进长宁中学不久，都穿着清一色的中山装，四个人的上衣口袋里不约而同地都插着钢笔，我们在嘻嘻哈哈的笑声中上路了。郊游的费用，我们商量好“劈硬柴”的（即现在的AA制），每人出二元五角，凑足了十元钱。为了节省钞票，我们没有登上去绿扬桥的62路公交车，却沿着62路行驶路线步行去绿扬桥，这样就节约了六角钱。

一路上，一班的曹建明在前面带路，他走得很快，二班的俞民力落在了后面，四班的蒋耀华与三班的我不是打打闹闹，就是勾肩搭背走，不时还一番追逐。民力笑着说：“你们两个人哦真是一对活宝。”约莫一个半小时后，我们走到了绿扬桥，登上了市里通往嘉定唯一的公交车北嘉线。车子很挤，我对正欲购票的民力说：“这趟车子，不要买票了吧，查到大不了被赶下去，乘后面的车子再上。”建明一听急了：“阿拉是学生干部，被捉牢弄到学校去，影响不好。”耀华却在旁边说：“捉牢

阿拉装聋子哑子嘛。”建明却板着脸对耀华说：“亏侬想得出来。”不由分说，建明让民力赶紧买了四张一角的车票。

北嘉线开出不久居然抛锚了，卖票员扯着喉咙让大家下去推车。建明一声令下我们都下了车，“吭哧、吭哧”推了好长一段路，车子才发动起来。回到车上，卖票员见我们手上墨墨黑，就给我们一块揩布揩手，还连连道谢。到了古猗园，我们花了二角钱买了门票。园内到处是绿竹依依，曲水幽静。我们来到了那艘古色古香的石舫上，水如平镜的戏鹅池，倒映出绿的树，红的花。建明用他借来的一只海鸥 120 方镜相机为我们一一在石舫前拍照。我们又来到了一座假山上，坐在亭外的栏杆上，凝视着眼前这个亭子，四根红漆巨柱擎起了几何形的拱顶，它属于方亭却只有三只角，唯缺东北角。“为啥少了一只角？”我自言自语道。“三只角上还是三只拳头呢，”民力看着也有些纳闷。“你不晓得了吧？”说着，建明拿出一本小簿子，像导游似的给我们讲起了这个亭子一段不平凡的来历。“1931 年‘九一八’事变，日寇侵占了我国东北三省，激起了中国人民的无比愤怒。南翔镇六十多名爱国人士带头署名发起集资，决定在古猗园内建造一座纪念亭，以志国耻。镇上的老百姓纷纷响应捐资建亭。经过反复商议，建亭时特地少塑东北一角，其他的亭角分别铸成一只紧握拳头的手臂，以表达愤怒。亭子建成后，取名‘补阙亭’，有收复失地再补角之意，也叫‘缺角亭’。”建明一番解释，赢得了我们的热烈掌声。

出了古猗园，我们来到了南翔老街上。一排排粉墙黛瓦的老房子跃入眼帘，古老的双塔默默矗立在报济桥的两侧。古塔旁边还有两口古井，在这里静静地见证着古镇的千年变化。

四个人在老街里东兜兜西逛逛，到了吃饭的时候，我们在一家叫向红饭店的店堂里坐了下来，我们点的是和菜（现在叫套餐），四菜一汤：番茄炒蛋、青椒土豆丝、清蒸白水鱼、藕炒肉丝和菠菜粉丝汤，仅花了一元五角。过了几分钟，盆子就见底了，耀华建议再加两个菜，又点了一个清炒猪肝三角五分，一个糖醋排骨四角，每人又喝了一瓶正广和橘子水，记得当时是一角三分一瓶。“到了南翔不吃南翔小笼叫啥来过南翔啦？”我嚷着要吃南翔小笼。

不一会儿，两笼二十只热气腾腾的小笼馒头端上了桌。我抢先夹起一个小笼馒头正欲送进嘴里，耀华却拦着我说：“急啥急啦，你先听我讲怎么吃再吃吧。”我只好将已到嘴边的小笼馒头放回蒸笼。耀华讲：“阿拉阿爸讲过的，吃小笼馒头要先开窗（咬一口），后吹吹，再吮汤，啊呜一口吞下去。”耀华话音未落，我早已夹起一只小笼馒头“啊呜”一口了，汤汁也溅到了耀华的衬衫袖管上。我连忙拿出手帕帮他擦去了油渍。

有了教训，我吃得更小心了，我用筷子轻夹起小笼馒头而不戳破皮，倒上米醋，夹着小笼馒头蘸一下，连皮带馅吞掉了小笼馒头。那个鲜啊，像刚嚼过一块蟹肉。吃完，我咂着嘴，满心欢喜。

饭毕，我们又去了一家临河的茶馆，找了一只靠窗的八仙桌坐了下来。茶馆里老人不少，喝着茶，抽着烟，聊着天，室内烟雾腾腾，耀华给我们要了五分一杯的碧螺春，服务员拿来了一只竹壳热水瓶。听着建明说他爸妈在西安飞机厂造飞机的故事。傍晚，我们乘北嘉线回到绿杨桥仍步行回家，到了弄堂口，已是华灯初上，弄堂里不少人家已围桌而坐吃着晚饭了。

时光一逝永不回，往事只能回味。翻着五十多年前的老照片，遥想着昔日结伴去郊游的日子，致我们已然逝去的青葱岁月。

弄堂里的『斯诺克』

日前，去某街道社区文化中心，看到几个“老克勒”在打康乐球，我被深深地吸引住了，站在旁边看了许久，脑海中又浮现了少时在弄堂里打康乐球的快乐时光。尽管有 40 多年没摸过枪棒了，我抱着试一试的心情，一盘打下来竟然没有输。一种久违的童趣在心中油然而生。

康乐球，又名克郎球，是一项技巧性的撞击球运动，打法与规则类似于台球，少时的弄堂里很是流行，有“平民斯诺克”之称，从 10 多岁的少年到 60、70 岁的老人都有。特别是夏季，弄堂四处可听到“老板”击子的“克郎”声，路灯下打康乐球的人一直要玩到深更半夜。

康乐球盘似张八仙桌大小，台下用交叉的木架支撑，球盘四边是四张光碟大小的圆洞，下面是储球盒，盘当中画有一只大圆圈，四周画有四只小圆圈，小圆圈是发球区。康乐球一般有 32 只球子，稍大略扁的一只称为“老板”，是用来击打其他球子的，有四根球杆，球杆一头粗、一头细，有四人对打的，也有二人对打的。我喜欢“打排子”，即把七只球子靠盘边整齐排列，盘角上也各放一只球子，叫“台湾角”，双方均打对方球子，先打完者为胜。开打时，将球子放在球盘当中，我们

每人手握一根枪棒，用“老板”开球，并将对方球子打进洞里。有时，打得过重，“老板”会随球子跟进洞里，“老板”进洞是要被罚的，往往会引来一片倒喝彩的叫声。

我喜欢康乐球，时常挤在众多的围观者中驻足观看，看人家如何握杆、出杆和寻找打球的角度和技巧，有时一站就是两三个小时。

弄堂口有只租连环画的书摊，也带租两只康乐球盘，我时常与同学相约一起玩，租金分摊，往往打上几个小时也只要一角钱。我们时常练习打“台湾角”，将一只球子放到圆洞后的角落处，反复击打，这只“台湾角”打不好，子不动，“老板”却先进洞了。打得好的同学可在击打“台湾角”上的球子时，还能将其他的球子一起打进洞，而“老板”却不进洞，令我羡慕不已。

打康乐球上了瘾，我一有空闲就去打，宁可少吃一顿早饭，也会把买大饼油条的钱去打几盘康乐球。口袋空空的时候，我也会帮租书人看摊头，看一小时打一盘。有时租书人忙事去了，我就一个人偷打康乐球，练习球技。

有一次下午放学，在小书摊上与几个小伙伴打康乐球，谁输谁买单，我连输几盘急着要赢回来，直到夜幕降临，我还在起劲地打着康乐球。母亲下了班，看到屋里厢水缸空空的，便寻到小书摊上来。我远远看见母亲气呼呼地走来，便感大事不妙，拔腿就跑，只听到母亲在后面喊：“侬有种今朝不要死回来。”很晚我才“抖豁豁”回了家，抢着揩台子、洗碗、倒垃圾，才免了母亲的一顿臭骂。

哥看我与邻家孩子太喜欢打康乐球了，便寻思着自制一只康乐球盘，我与邻家几个孩子便忙坏了，都在各自的家里翻寻着木板、木料。星期天，哥在家门口拿出圆规、粉笔、刨子、锯子等工具，动手做康乐球盘，一块大的旧三夹

板是我从自家阁楼上翻出的，被哥用作了康乐球盘面，哥用钢丝锯在四只角上各锯出一只洞来，盘边用四根有点弹性的硬木条，经过哥刨、削、挫做成了盘框，用两双破尼龙袜做成了球袋，又去人家竹篱笆上拨了两根细长的竹子锯成了枪棒，有点弯曲。哥在煤球炉子上反复烘着，扳直了竹子。各家缺“子”的象棋拿来当作球子，盘面上没有滑石粉，就问邻居讨来了洗澡用的爽身粉涂在盘面上，没有专用的木架支撑，就用两只骨牌凳垫起来就开打了。就是这只不正规的康乐球盘陪伴着我们欢乐的童年。

打康乐球打到后来变成“打相打”也时有所见。某日，在打康乐球时，弄堂小友建明弯腰打喷嚏时，根发快速从盘面上偷了一只球子捏在手里，正巧被建明看见，便骂根发“赖急皮”，一把从根发手中抢过了球子，根发还想狡辩什么，建明发怒地用枪棒重重敲在了盘面上，由于用力过猛，枪棒断成了两截。这下，根发也怒了，把自己的枪棒往盘面上一扔，冲过来揪住建明的衣领就是一拳，打到了建明的额角头上。建明被打痛了，一脚把康乐球盘推翻了，球子滚落四处。根发发现自家的康乐球盘翻棒断，怒不可遏，从家门口拿起一把扫帚劈头盖脸往建明身上打去。建明也不示弱，从对门人家门口拿起一把丫杈头，与根发的扫帚对打起来。“住手!”不知谁大喝一声，两人立马停止了对打，原来是建明的爸爸剃头回来见儿子与根发打得不可开交，便立即予以了制止。建明爸爸不分青红皂白，对着儿子就是一记耳光，打得建明哭着跑回了家。一旁的根发自知理亏，头也不敢抬，只顾低头捡起地上散落的球子。两三个月里，两人再也没有一起打过康乐球。直到元旦时，根发送了几张别致的年历片给建明，二人才冰释前嫌，又开始聚在一起打康乐球了。

探望一个熟悉的陌生人

年初二下午，阴雨绵绵，寒风呼呼地吹着，我开车路过万航渡路 1486 弄口，蓦然看见一个老太坐在马路边抽着烟，那似曾相识的脸庞，让我快速地回忆着，她是谁？我在哪里见过？车子已开出了很远，我终于想起来了，她曾是母亲单位的同事，将近 50 年不见了，她是我一个熟悉的陌生人。我的车在曹家渡调了头，又驶向了那个弄堂口，我买了一箱水果和零食，就向老太走去。

“阿婆，侬还认得我哦？”我试探着问老太。她摇摇头，反问了我一句：“你是谁？”“我是原来华阳胶木组夏英的儿子，阿拉姆妈侬认得哦？”老太连连点头：“认得，认得，在单位里阿拉是好姐妹。”说完，老太便自报姓名：“我叫葛金彩，今年 84 岁了，住这里二楼。”她边说边从裤袋里掏出一包“大前门”香烟，抽出一支要帮我点燃，我连忙摆手。“哦，侬不抽的，不抽好，侬姆妈好哦？”葛金彩问道。我沉默了一下，说：“阿拉姆妈生病去世了，已经走了 26 年了。”我话音刚落，老太脸上掠过一丝哀伤，她说：“侬姆妈是个好人，经常帮我忙的。”“侬才是帮我忙的人，”我接过话题，跟老人细说着儿时她帮我忙的那些旧事。

中学时代，我中午放学回家，要将母亲早上淘好的米、洗好的菜，煮好了饭、炒好了菜，一路小跑送到母亲的生产组。那时，在生产组门口总能碰到葛金彩。她一年四季围着一只藏青色的饭单，上面已有不少污渍，她是个跷脚，脸上还有不少麻子，我见这般模样的人，有点嫌弃她，她与我说话，我也是爱理不理的样子，她经常对工友说："迪只小赤佬架子还蛮大的。"我回家便对母亲说："傢车间门口的跷脚阿姨讲我坏话。"母亲问明了缘由便把我骂了一通，说人不可貌相，海水不可斗量。不识字的母亲居然说了时髦的谚语，我咯咯直笑。母亲又说："侬不要笑，伊姓葛，她可是大好人呐，喜欢帮助别人，侬下趟碰到伊一定要叫伊葛阿姨，听到了哦？"我见母亲如此认真地说，便点点头。

有一次，我给母亲送饭，眼看要迟到了，便一路奔跑，却在母亲车间的门口台阶上重重摔了一跤，篮子里的铝饭盒、菜罐撒落一地，我趴在地上一时起不来。正在此时，葛金彩一跷一跷地从车间门口快速走过来，将我扶起。我看着一地的饭菜，心里想着怎么办呢？葛金彩像看透我的心思一样，安慰我道："小弟，不要紧的，一会儿我把带来的饭菜分给傢姆妈一半。"说着，捡起地上的饭盒，去自来水龙头上冲洗了，又用扫帚把地上的饭菜扫起来送到对门的养鸡人家喂鸡。葛金彩让我跟着她去车间，她把自己的一半饭菜倒在了母亲的饭盒中。我畏畏缩缩地把饭盒送到了母亲的手中，母亲打开一看，有点惊讶："今朝哪来的韭菜炒蛋？"我有点支支吾吾，此时葛金彩已来到了母亲跟前，母亲听了她的话，非但没责怪我，还撩起我的裤腿，见我的膝盖上擦破了皮，马上讨来了"红药水"，帮我涂上，我一颗悬着的心终于定下来了。

我打从心底里感激这个跷脚阿姨，很多送饭的时刻，她看见我总是笑嘻嘻地问我："今朝帮傢姆妈送点啥厄好吃的菜啦？"说着，手伸进我的篮子打开饭盒。有时，她看到我炒的青菜碧绿碧绿的，便夸我炒得好，还说："下趟多炒点，拨我也吃点。"我连连点头，可事后一次也没给葛阿姨吃过我炒的菜，至今想来有点遗憾。

还有一次，我送饭的途中下起了“太阳雨”，葛阿姨怕我不带伞，就撑着伞在万航渡路弄堂口等我，见我拐出弄堂，一手拎着篮子，一手伸在头上挡着雨，她一跷一跷朝我走来帮我打伞，自己还淋湿了衣服，我的心渐渐被融化，心里想着：“介难看的女人却是个菩萨心肠。”从此，我见到她总会亲切地叫一声“葛阿姨，侬好”。

如今，葛阿姨已成了葛老太，她身体依旧硬朗。在她面前，我仿佛又看到少年时的自己。那一段为母亲送饭的经历是难以忘怀的，一个陌生人又成了熟悉的人。

侬吃过麦淇淋蛋糕哦

80年代初的一些春节里，弄堂里厢的一些人走亲访友流行送蛋糕。初二后的几天里，弄堂里、马路上，拎着圆盒蛋糕的人比比皆是。那时，人们的收入不高，买的都是麦淇淋蛋糕，也就是人造黄油做的，却也要十多元，几乎占了当时工厂工人月工资的五分之一。麦淇淋蛋糕上裱出的龙凤、寿桃和花朵，以及用果酱写的“新年快乐”，让人觉得高大上。食品店里卖得很火，不少店干脆卸下门板搭成售卖台。

弄堂里有毛脚女婿上门，踏着自行车，龙头上挂着一个大

蛋糕，在弄堂里穿梭也是蛮“扎台型”的。想当年，我年初三去丈母娘家，自行车上有“冲锋枪”（火腿）、“子弹”（凤凰牌香烟）、“手榴弹”（七宝大曲）和一个“炸药包”（麦淇淋蛋糕）。自行车踏到兆丰别墅门口，大铁门的凹道震松了包扎绳，蛋糕滚落在地，原本的奶油层和蛋糕层分明的蛋糕成了一摊烂糊状，我又不舍得扔掉，就一把一把抓起烂糊状的蛋糕装进蛋糕盒，拎到丈母娘家楼下的厨房间藏好，又奔出弄堂去愚园食品店重新买了一个蛋糕，这个麦淇淋蛋糕，我是捧着走到丈母娘家的。晚上临别时，我还不忘这只“烂糊状”蛋糕，夹在自行车后座上踏回了家里与弟弟当早饭吃了。

我家六合路的一个亲戚，有一次拎着一个大尺寸的麦淇淋蛋糕上了20路电车，车上的乘客很挤，亲戚怕挤坏了蛋糕，只好双手举过头顶托着。谁知，车行中一个急刹，亲戚手中的蛋糕没托住，蛋糕滚落到人家的肩膀上又掉在车厢的地上。穿着新衣裳的乘客肩上一摊奶油，亲戚掏出手绢将人家肩膀上的奶油擦去了，但新衣上的奶油痕迹还是很清晰的，麦淇淋蛋糕也被人踩得一塌糊涂，好在那个人好说话，亲戚千谢万谢总算没让赔偿。亲戚到我家时，一根漂亮的蛋糕盒绳居然还在手中。

那些年，弄堂的孩子几乎都没有吃过奶油蛋糕，看到麦淇淋蛋糕很稀奇，总想尝试一口，有的人家大人外出走亲戚去了，家里还留有一个蛋糕，孩子们围着蛋糕总想打开“缺口”，可那时扎蛋糕是门技术活，一般人打开后是扎不紧的，扎得不好拎在路上蛋糕是要打翻的。可也有功夫不负有心人的，弄堂周家的三儿子是个典型的“馋痨坯”，他趁父母外出，偷偷打开了蛋糕，用手指在蛋糕的底坯上抠了几只小洞尝了味道，又用舌头舔了奶油，再用手指剥下旁边的蛋糕一点点像补墙洞一样将蛋糕洞“修补”好，心满意足了才将蛋糕盒盖上。他自以为天衣无缝了，可圆形的蛋糕盒怎么也系不上了，情急之下，他想到了马路上的蛋糕摊，他就捧着蛋糕一路小跑到愚园食品店，让卖蛋糕的爷叔帮他重新扎好了蛋糕，也算是“瞒天过海”了。不知道他家亲戚发现过有暗洞的蛋糕否？

麦淇淋蛋糕送到谁的家里，都不是终点。那年头买个蛋糕不容易，亲戚送来的蛋糕谁家都舍不得吃，弄堂人家又会拎着它再去走亲戚，蛋糕会在亲戚、朋友，同事家送来送去……

我家亲戚送的一个麦淇淋蛋糕，到了元宵节，亲戚也走得差不多了，准备打开来尝味了，却发现蛋糕上面的“奶油”发硬了，蛋糕的底板也硬邦邦的了，更要命的是蛋糕已经发霉了，母亲却舍不得扔掉，她把蛋糕上有霉点的地方一点点地抠掉，再切开来分给大家吃，我吃上去的“奶油”如同嚼蜡，一点味道也没有，可这是我吃的第一个大蛋糕。

红灯牌收音机

日前，逛云州古玩城，见到我买过的一台红灯牌半导体收音机，我拿着“红灯”左看右瞧，哎，真与当年买的那台红灯牌半导体收音机一模一样的，成色还是八成新的。我打开“红灯”，信号不是很好，夹杂着“滋拉滋拉”的杂音，却传来一首熟悉的歌曲《乡间的小路》，我跟着节奏还哼上了几句，似乎又找回了当年的感觉，想必喜滋滋的神情被摊主捕捉到了，价钿就是还不下来，最后以 560 元的价钿买了下来。

我是一个怀旧的人，但凡儿时家中用过的老物件，我都有一种亲切感且有收藏的习惯。在那些艰苦岁月里，人们少有娱乐活动，收音机便是人们了解世界的一个窗口。弄堂人家买一只半导体收音机也算是家中添置了一件奢侈品。我们兄弟三人“合资”，在曹家渡明声无线电器材商店花了 32 元买了一只上海无线电二厂生产的红灯牌半导体收音机，用光了辛辛苦苦积攒的零用钱。

每天早晨一起来，我边刷牙边拧开“红灯”听新闻、听歌曲，晚上入睡前也会捧着“红灯”听上一会。

夏天，乘风凉时，我捧着“红灯”躺在竹榻上听广播连续剧，左邻右舍不少纳凉的人也静静地跟着我听，还叫我“开响点，开响点”，而正在打瞌睡的人则叫嚷着“开轻点，开轻点”，我有点不知所措，干脆关了“红灯”，漆黑中我隐隐约约听到有人在叹息。

1976年，我去农场时，把“红灯”也带了去。眼前是繁重的劳动、枯燥的业余生活，“红灯”里却有我渴望的世界，诗和远方。我时常躺在帐子里听广播剧，听电影录音，虽然看不到画面，但听听旁白和解说也是一种享受。那时，我特别喜欢听日本电影《追捕》《望乡》的录音，听了一遍又一遍，影片中许多经典的台词至今还能一字不漏地背诵出来。

“红灯”也是我学习广播外语的最常用的工具。在农场时，白天田里劳作，晚上室友已经入睡了，我还要打开“红灯”调低音量，跟着收音机学日语，没有课本还要做笔记，只好把订阅的《红旗》杂志的留白处当簿子。到了农忙，累得倒头便睡，根本无暇收听，而教学的难度又增加了，我没有跟上，只好放弃了。1979年底，我从农场“顶替”返沪，一股全民学外语的热潮正在掀起，我学外语的兴趣又来了，“上海人民广播电台广播英语”节目又成了我最好的“私教”。

弄堂的早晨太喧闹，我天天早上带着“红灯”到中山公园牡丹亭里听广播英语和背单词。为了练好发音，我还乘20路电车去人民公园荷花池旁的英语角去与英语爱好者用英语交流，甚至还到国际饭店门口用英语与老外搭讪，但在“hello，nice to meet you”之后，就结结巴巴了，终因词汇量太少，发音不

准，老外听不懂我说的英语，后来再也不敢去英语角和国际饭店门口了，我只好老老实实待在牡丹亭里捧着“红灯”跟着广播学英语。虽然看不到老师，但我能听到标准的英语发音，听到老师深入浅出的讲解，让我受益匪浅。直到后来在业余大学上了正式的英语课，我学广播英语才渐渐地停了下来。

80年代初，父亲因病瘫痪在床，“红灯”更是陪伴了父亲一个又一个的日日夜夜。“红灯”放在父亲的枕头边，有时他睡着了，收音机却还开着，我便轻轻地把“红灯”关上，可刚一关，父亲就醒了，示意我打开收音机。“红灯”成了父亲的一种精神寄托，使他不感到孤独寂寞，直到父亲去世的那一刻，“红灯”一直在他的枕头边。

时隔多年，偶尔走在静谧的小巷，当耳朵里捕捉到那久违的声音时，我都会驻足倾听，会想起那些与“红灯”如影相随的日子。“红灯”里装满了我青春的记忆，是永不消失的电波。

忆一位退休老党员

80 年代末，我认识了华阳街道退休党员黄连桥，他住在长宁支路一条狭长逼仄的小弄堂里。那时，我经常为报社写稿，曾经几次去采访他，渐渐结为了忘年交。走过路过他家，都要到他门口坐一会。老黄守着清贫却甘为邻居做好事，几十年来，留在我的脑海中挥之不去。

我认识黄连桥时，他已近 80 岁，步履蹒跚，白发苍苍，可他有着一颗不老的心。他活着，就是为了别人。清晨，他会拎着篮子去牛奶摊为弄堂里 15 户居民取来牛奶并逐户送上门。而后，又要帮邻居两个双职工家庭的小孩，搀着他们过马路送到学校。回来后，他又挨家挨户检查无人家庭的门窗是否关好，煤炉是否封好。接着，他又回去参加里弄的“红袖章”治安岗。傍晚，他又要去学校门口把邻居两个孩子接回家，督促他们在自家屋里做作业、吃点心。

一次，我去探望他，见老黄在家门口做绣花鞋。我还以为是老黄为他家对门的长征鞋厂加工绣花鞋了，一问才知他为孤老张福宝做鞋。那密实的鞋底、挺阔的鞋帮和鞋尖上两朵莲花，真难以相信是一位高龄老人制作的小脚鞋。记得黄连桥曾告诉过我，张福宝无儿无女无伴无工作，靠政府救济度日。她年迈体弱眼花，生活上全靠邻居黄连桥照顾，一天三顿热饭热菜，还要送上几瓶开水过去。张福宝病倒了，大小便失禁，黄连桥和多病的老伴却天天为她喂饭喂药、擦身洗脚。当医生见了瘫在床上两月之久的张老太还是清清爽爽，没有一点褥疮时，惊叹黄连桥的护理水平够得上“特级”。黄连桥虽有金子般的善心终无力回天，张福宝临终却还让黄连桥帮最后的一个“忙”。她想戴一顶藏青色的、粗绒线钩织的，有六朵梅花图案的寿星帽。晚上，黄连桥在昏黄的灯光下，戴起了老视镜，一针一线，熬了几个通宵居然为了张福宝钩好了帽子。带着满足的安详，老人离开了人世。

张福宝走了，我想黄连桥可以歇歇了，没想到我去居委会时，看到他又在弄堂口摆了一只修补摊。他的一只破木箱中塞满了“家什”，他免费为路人补套鞋，修雨伞，瘪塌的铜吊、钢精锅子在他的手里一只只“起死回生”。弄堂人家知道黄连桥的老伴也是一位无劳保的老人，家里也很是拮据时，都会给黄连桥一些修补钱“意思意思”，可黄连桥却生气了。他说，为邻居服务是我这个老党员的义务，若要“扒分”，我早去曹家渡摆摊头了。黄连桥操着一口的苏北音，时常会对我说起他摆摊头的初衷。

我在黄连桥家里看到过，床上的被子也是补了又补的一条棉被，家里没有什么像样的家具。若要搬家，一辆“黄鱼车”即可装完了，可他帮人从不计较，该花的钱一分也不会少，他始终围着弄堂人家这些烦琐的小事驰而不息。一个冬日，我带着一条簇新的鸭绒被送到他家，没想到黄连桥却泪流不止。他告诉我，从来没有盖过鸭绒被，他又想送人，被邻居制止了。

如今，黄连桥去世已有二十多年了，我时常还会想起他。一个过着清贫生活并甘之如饴、俯首甘为孺子牛的退休党员一直像面镜子映照着我们。

福园书场听评弹

日前，去苏州平江古城，发现这里依旧保持着自宋代以来的端庄秀丽，水陆并行，河街相邻，这里有散发着历史气息的雕花门廊，也有小巷拐角蜿蜒着藤蔓异草的曲径通幽，更有街巷深处绕梁的弹词开篇。我倚着窗台，静静聆听那轻轻柔缓的吴音夹杂着水乡特有的小调，妙趣横生，一下子把我带回到了童年时光。

离家不远的万航渡路上，有一家福园书场，是一幢二层楼砖木结构的老房子，在曹家渡周边也算是小有名气的了。一走进书场，一股老房子特有的味道扑鼻而来，书场里有座位 220 个，都是长条的硬木背靠椅，坐下时会发出“吱吱嘎嘎”的声音。记得当时的门票是一角五分，泡一杯茶叶末子茶是八分钱。书场允许观众自带杯子、茶叶，免费提供开水，巧的是福园书场隔壁就是老虎灶。

儿时，随父亲去曹家渡健民浴室洗澡后，父亲必要拖着我一起去福园市场听一场评弹过过瘾头的。他把泡上一杯热茶、听一场评弹看作是惬意的午后时光。

评弹的雅音妙韵常让父亲流连忘返，在福园书场简陋的舞台上，我时常看见评弹演员把惊堂木往台面上一拍。刹那间，

交头接耳的观众马上变得鸦雀无声。评弹演员一袭长衫和一件旗袍，手指一拨，吴侬软语抑扬顿挫，三弦琵琶悦耳淙淙。父亲常常凝神屏息地聆听着历史故事，有时台上的演员唱到精彩处，他居然也会旁若无人地跟着哼起来。评弹演员从登台到结束，演出中间会有十余分钟的时间小憩，他们会放下乐器，松弛下坐得笔挺的身段，直直腰、喝口茶。此时，父亲会挤到台前，与演员打招呼、拉家常，演员们也毫无架子，捧着茶杯，与听众说说笑笑。福园书场没有食堂，演员吃住都要自理，老观众们时常会在家里烧了“好小菜”装在饭盒里送到书场给演员们吃。

福园书场的隔音条件非常差，外面便是车水马龙的万航渡路，评弹演员说到最精彩的地方时常会被马路上车子的高音喇叭所打扰。书场里时不时还能听到马路上小贩的叫卖声。更有趣的是书场隔壁有一条狭长的小弄堂，书场有名家来说书会安排早、午、晚三场。早场说书时，书场里软糯的音调和生活化的故事会让观众听得津津有味。而一墙之隔，弄堂里的孩子对大墙里面充满着好奇，费劲地趴在门缝上往里瞧，一个个孩子轮流着看“西洋镜”似的。在弄堂里洗衣做饭的人有时还会竖起耳朵想听点什么，除了听到清脆圆润的琵琶声和三弦声，弹唱的内容却是朦朦胧胧的，更有趣的是弄堂里主妇们刷马桶的声音也会让书场里的观众听得真真切切的，居民生煤球炉的浓烟和炒菜的味道也会钻进书场。弄堂里邻居“吵相骂”的声音也时常打扰到观众，可书场里的观众们似乎对这一切都习以为常了。

书场里有几十位白发苍苍的老人，他们是老观众，有的还是老邻居，坐的是老位子，风雨无阻地来，每天不听一场书就像失魂一样。冬日里，老人们穿着厚厚的棉衣，捧着汤婆子、热水袋甚至是盐水瓶，有的还捧着一只印有某某厂“先进工作者”样的搪瓷杯，全神贯注地注视着台上演员的一颦一笑。多年听书，使他们成了老朋友，有的还结成了儿女亲家，几天不见，就会互相牵记。

无奈，时光流逝，一些老位子变成了空位子，被流行律动塞满双耳的年轻人是很少会去填补这些空位子的。福园书场开始萧条，上座率从加位子到每场空出许多位子。书场只好取消夜场，改放武打片录像招徕青年人，特别是外地来沪的农民工。随着旧区改造的拓展，2003 年，福园书场正式关门谢客，书迷们在对书场泛黄的记忆中留下了太多的温馨时刻。

『淮国旧』里淘旧货

日前，去淮海路上新开张的“淮国旧”兜了一圈，发现“淮国旧”已成为二手奢侈品的专卖店，但店里仍有一些让人怀旧的情愫，不由让我想起学生时代常来淘货的那些日子。

六七十年代是一个物资短缺的年代，商品比较匮乏，我常去那里帮父母买些不用票证的处理品、搪瓷用具，还会去看一些自己喜欢的东西。

有一次，我路过“淮国旧”，看到柜台里有一双出口转内销的浅黄色灯芯绒轻便鞋，很洋气，我十分喜欢。

打我从记事起，就没有穿过这么漂亮的鞋子。因为儿时一直穿的是母亲手工制作的黑色布面松紧鞋，我很想得到这双轻便鞋，便天天去母亲单位门口等她下班催着去买鞋。母亲执拗不过我，一天终于同意让我陪她去看看。我俩在曹家渡坐上了 45 路公交车，到了襄阳路就下车，为了省钱，我与母亲没再坐公交车，一路走到“淮国旧”。没想到适合我穿的 42 码鞋子卖掉了，我很是失落，营业员就拿出了一双 44 码的同款鞋子，说是比 42 码还要便宜几角钱，我喜出望外地对母亲说，可以穿的，买吧，买吧。母亲犹豫了一会，用一元三角钱买下了这双鞋子。我穿在脚上，有点大，鞋尖还微微翘起，被母亲塞

了团棉花在里面，果然跟脚多了，我穿着这双别致的帆布鞋，觉得很是“扎台型”的。

“淮国旧”里不少商品说是旧货，其实不少是“等外品”“处理品”“出口转内销”的，并不是旧货，只是有点瑕疵而已。店里一些有点小瘪塘的铝饭盒、钢精锅子，掉了一点漆的面盆、痰盂罐，只要稍加动动手，涂点搪瓷漆就能修好的，不影响美观更不影响使用，价钿却是市面上的三分之一，最要紧的是不要票证，很受老百姓的欢迎。

我见父亲上班夹在腋窝下的铝饭盒，又脏又旧，瘪塘连连，几乎满目疮痍。可我对这只铝饭盒充满着期待，因为父亲上班带饭菜，下班时常会带一盒冷馄饨、馒头等点心回家，就是这样一只铝饭盒父亲还舍不得换个新的。我见“淮国旧”里有买处理品的铝饭盒，便用自己积攒的五角零用钱帮父亲买回了一只新的铝饭盒，盒盖盒身上有几处瘪塘。我路过弄堂口的皮匠摊，让老皮匠垫着车胎，把瘪塘全敲好了。父亲拿着饭盒，左看右看，说五角钱真是太便宜了。

弄堂里不少人家听说“淮国旧”有卖不要票证的日用品，纷纷让自家的孩子跟着我去淘货。我们左邻右舍的七八个学生，有男有女，为了节省钞票，从弄堂口出发，一路走向“淮国旧”。一路上大家有说有笑，不知不觉走了两个多小时。到了“淮国旧”，大家直奔日用品柜。有人买了掉了点瓷的金鱼面盆，有人买了一只图案有点模糊的铝制热水瓶，也有人买了几个印花不很清晰的糖缸盒。大家买的东西或多或少都有点瑕疵，但价钿便宜了许多，也不要工业券，都高兴得不得了。回家的路上，大家拎着淘到的宝贝，

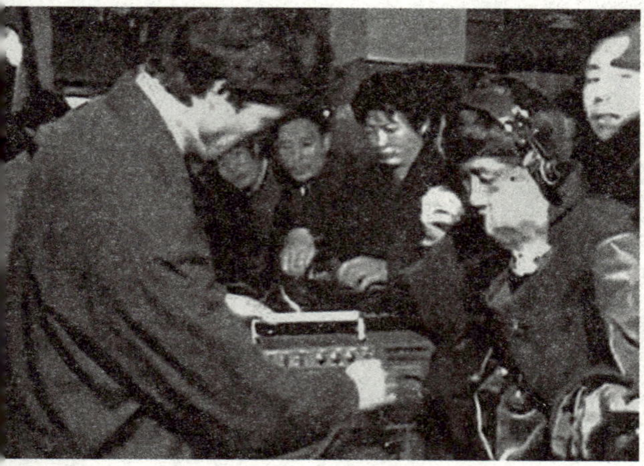

还逛起了淮海路，一边走一边买吃食，粢饭糕、老虎脚爪、糖糕、麻油馓子，侬掰给我吃点，我拗块给你尝尝。

我家对门的老娘舅在长风公园附近上班，天天挤67路汽车累得要命，一直想买辆自行车，苦于弄不到票证。听我说“淮国旧”里有卖自行车且不要票证的，他兴趣来了，星期六便让我陪他去看看。我俩穿过“淮国旧”店堂来到后门的长乐路上，搭的棚里有许多红木家具和一排半新不旧的自行车。老娘舅一辆辆看过去，看着车上挂着的价钿小吊牌，不时握着自行车车刹，用脚踏上几圈，还不时从中山装口袋里掏出小本本记上牌子，又从尾看到前。我有点不耐烦了，趁老娘舅不注意溜进了店堂，一只只柜台看过去，有卖照相机的、卖金笔的、卖手表的、卖钢笔的，正当我看得津津有味时候，老娘舅的一双大手搭在了我的肩膀上，说是回家去吧。这样，我陪着老娘舅先后去了四五次，才在那年国庆前，老娘舅约花了60元钱买回了一辆七成新的凤凰牌26英寸链罩的自行车。记得是老娘舅让我坐在后座上一路踏回来的，路过曹家渡长宁支路口的那家饮食店，老娘舅还请我吃了一碗鸡鸭血汤和四只生煎。

弄堂人家要买不用票证的日用品都会让我带着去“淮国旧”，穿的、用的、玩的都有，“淮国旧”淘货的记忆深深地留在了我的脑海中，挥之不去。

有一种时髦叫『的确良』

儿时是一个票证的年代，买布要布票且是定量供应的，弄堂不少孩子从小都穿着打补丁的衣服，我哥穿不了的衣服给我穿，我穿不了了给弟穿，除了过年能添件新衣服，平时几乎是没有新衣服穿的。即使穿件新衣服，母亲还要让我戴上一副袖套来保护新衣服的袖管。70 年代，的确良的出现，如一股清风吹进弄堂人家的生活。的确良是一种合成纤维，也是我们常说的涤纶纺织品，挺括不皱，易洗易干，质地牢固，久穿免烫还

不易褪色，因此弄堂人家很是喜欢，对穿惯了式样老旧、皱皱巴巴的棉布衣服的弄堂人来说是个福音。

我们弄堂靠近曹家渡，一听说黄河绸布店有卖的确良了，左邻右舍奔走相告，一路小跑去排队。有时，我身无分文也会被邻居喊去，去的路上我到公用电话站打电话给母亲，让母亲下班过来。的确良虽然比棉布贵好多，但不要布票，大家也乐意买。熙熙攘攘的人群，时常会把布店的柜台玻璃轧碎了，不少弄堂人家买回的的确良做起了新式的的确良衬衫，两只尖角领用树脂片衬托的，很挺括，穿在身上不会有皱痕。弄堂里的小姑娘也喜欢穿印有各式碎花图案的的确良裙子，五颜六色的的确良花裙成为弄堂一抹多彩的流行色。不少弄堂人家做好的的确良衬衫、裤子、裙子等平时都舍不得穿，只有在重要场合才穿出去，弄堂男青年“谈朋友”外出约会，穿件雪白雪白的的确良衬衫，是很有面子的；送条的确良花裙子给女朋友，不亚于现在送一只限量版的名牌包包。的确良几乎就是当时弄堂人家的“正装”代名词。

哥会裁剪，我俩排了几个小时的队，终于买到一块做裤子的深藏青的确良料子，家里也没有缝纫机，哥又要急着回农场参加“三夏”农忙，就将的确良带回农场去了。过了农忙，哥来信让我乘船去崇明取裤子，正在读中学的我，便向班主任请假去了崇明，拿好的确良裤子仅待了一个晚上又赶到了堡镇港，因大风不开船耽搁了一天才回到上海，受到了班主任的批评，可我心里还是乐滋滋的，因为我有了一件稀罕的的确良裤子。而洗的确良裤子，母亲是不让我在搓衣板上搓的，只能放在面盆里用手搓洗，也不能用力去绞干裤子，而是挂在竹竿上让水自然滴下来，母亲说，这样晾干的裤子笔笔挺的。哥还用做裤子的“边角料”帮我做了两只大尖角的“假领头”，穿在身上既实惠又时尚，我时常轮流戴，好像穿了一件又一件的新衬衫一样。

70 年代末，哥结婚时，上身穿的是的确良卡其布上装，下身穿的是毛的确良裤子，那年代流行的就是“上的下的”，哥也是赶时髦的人，脚上穿的是一双七元六角五分的荷兰式模压猪皮皮鞋，内衣则是的确良白衬衫，也算是那时结婚的“标配”。

的确良其实不凉的，夏天穿着不透气也不吸汗，一旦被雨淋到，衬衫更像是一层塑料布裹在身上一样，让人很是难受。即使这样，弄堂人家依然喜欢的确良衣服。

时过境迁，人们的穿着打扮，审美情趣不断更新，如今，纯棉纺织品重新被人喜欢。当然，棉布的质地、花色等都和曾经软塌易破的棉布不能同日而语了。而曾经的的确良成为人们衣着的一个匆匆的过客，它虽离我们远去，却让我们这一代人铭记。

后记　告别弄堂的时刻

许是和岁数有关，人愈渐老去就愈容易回忆过去，怀念那段平静而笃定的弄堂生活。虽然已经过去了许多年，但是每当我回想起那里，内心仍会感到无比的温暖和幸福。我从小是在中卢薛宅长大的，这条不过百米的弄堂，一头是给水站，另一头是老虎灶，中间还有一家煤球店和两家烟纸店，前门阿婆、后门爷叔，邻里间东家长西家短，有吵闹喧嚣，也有彼此关照，有老人赤膊纳凉、围桌麻将，也有孩童嬉戏玩耍、追逐打闹，每个人都生活得安之若素……

时光如同沙漏般，在不断坠落中慢慢消逝，而一经抖动，回忆的沙砾就显得分外清晰。正如作家王安忆说的，上海弄堂的感动来自最为日常的情景，这感动不是云水激荡，而是一点一点积累起来，这是有烟火人气的感动。这十年来，出于一个老上海人对弄堂朴素的情感和真挚的眷恋支撑着我笔耕不辍，先后写成了 200 多个弄堂小故事，来怀念这个我生于斯、长于斯 20 多年的地方，怀念过去的美好时光和青葱岁月……这些人和那些事承载着笑与泪、快乐和磨难，成为了我生命经验很重要的一部分，对我来说他们是根、是血脉、是乡愁，是我的整个青春和童年。

回想在过去那个还依靠着痰盂和马桶、刷牙洗脸都在家门口公共水池的年代，不管是哪家包了馄饨，一定会给左邻右舍热气腾腾地端上一碗；呒没汏衣裳机，要想床单快点干，邻家姆妈都会过来搭把手，一起拧拧干；落雨了，谁家的衣服还晾在外面，哪怕是吵过相骂的邻居也会代收代保管的；谁家结婚办喜事，四周邻居会借出桌子、凳子甚至碗筷……常常感慨童年珍贵，往事美好，也许是因为过往这些岁月里，真心可贵，所以才会让人无比怀念。而眼下，似乎再难看到几户人家共用一只灶披间的热火朝天，再难听到厨房里炒菜时借用油盐的熟稔无间，也再难见到一群老人排着坐乘风凉和孵太阳的惬意自在。时至今日，我才明白弄堂给予我和我们这代人最大的馈赠是——要学会对生活始终保持真诚和热忱，这样它才能变得更加美好。

纵横交错的上海弄堂，漂泊着几代上海人的生命碎片，可惜它们随着城市现代化的嬗变而渐行渐远。在钢筋水泥的包围之下，一边是数不清的高楼层层叠叠，一边是不少弄堂走到了历史的尽头，一条张张动迁通告赫然醒目，一家家搬进公寓新宅，有的在期待中迎接新生活，有的则难舍曾经的种种牵绊。当搬离弄堂的那一刻，我伫立在那久久凝望，想起生命中的人来人往，别离的伤感涌上心头，倏地发现，跟曾经的生活说再见并非一件易事，往后唯一能做的就是在记忆深处打捞和拼凑弄堂生活的拼图，然后在这些碎片上面安置我的后半生。其实这就是人生，不管是什么样的经历，一旦成为回忆，都显得弥足珍贵。

陈建兴